小珠的幸福宅配車

森澤明夫

目錄

第一章

血脈相連

葉山珠美

滴答、滴答、滴答……秒針聲響迴盪在昏暗的空間中。

仰望牆上時鐘，時間已經過了晚上九點。

好慢喔。

還沒好喔……

我在坐起來很不舒服的長椅上，深吸一口帶著藥味的空氣後嘆氣。

這是「島出中央醫院」住院大樓三樓，走廊尾端的候診室。從我那個腦袋會自動補上「實在有夠」來強調的鄉下地方老家開車過來，大概一個小時。我正在本地人口中名符其實的「最後堡壘」，也就是本地唯一的綜合醫院，等候父親手術平安結束。據說是要切除長在脊椎的腫瘤，再置換人工骨骼，大費周章的手術。

連接候診室的走廊照明不久前逐一熄滅，總覺得氣氛有些詭異。

寂靜的走廊上，有時會隨著腳步聲出現護理師往來交錯的剪影。她們刻意壓低音量的腳步聲，感覺上反而更突顯院內的寂靜。「噗嗯～」那彷彿在地面爬行的低沉聲響，應該是朦朧飄浮於黑暗中的自動販賣機的呼吸聲。

是因為空氣乾燥的緣故嗎？喉嚨有點卡卡的。

我稍微清清喉嚨。那聲音彷彿一路迴盪到走廊最深處，讓人不禁肩頭瑟縮。

夜晚的醫院有種獨特的恐怖。讓人覺得，到處都有無數隱形的緊繃線條，縱橫交錯。病患靜靜躺在熄了燈的病床上，在幽暗中各自靜靜陷入沉思，而從他們身上散發出近似「思念」的東西，就像蜘蛛絲結在漆黑建築物內部……那不是會營造出一股難以言喻的緊張與恐怖嗎？我就是這麼覺得的。總之，對於從沒住院過的我而言，這個充塞封閉感的昏暗空間，簡直就是瀰漫異樣寂靜的異世界。

然而，卻有個女性完全不把這種氛圍當一回事，發出幾近搞錯場合的開朗聲音，剛剛一屁股在我身邊坐下。

「小珠，肚子餓了嗎？我有香蕉喔。好甜、好甜的香蕉喔。要不要吃？」

個子嬌小、纖瘦，臉有夠小，這麼說雖然很失禮，但是胸部也小，要二十歲的我叫「媽媽」未免也太娃娃臉的那個人，正因為是長期持續曝曬在熱帶陽光下的人種，肌膚有些黝黑。

「現在不要。肚子還不餓。」

我簡短回答。

「為什麼？晚餐不是也還沒吃嗎？小珠是個可愛的女孩。減肥什麼的，根本不需要。所以，吃吧。」

夏琳用純潔少女般的圓滾滾大眼睛仰望我，一邊遞出熟透的香蕉。這個外表看來年輕得很，戶籍上卻已經成為我「繼母」的菲律賓女性，今年應該三十九歲了。

「我才沒在減肥。」

我自言自語似的說，不過姑且接下香蕉，省得麻煩。

但就是沒心情吃。

「小珠，快看、快看，這個香蕉有很多褐色的斑點喔。這就是香蕉好吃的證明喔。」

夏琳說完一笑，將自己那根香蕉剝皮後，以幸福的臉龐自顧自地大快朵頤。

我隱忍住嘆息，轉向前方。明明才剛看過，卻再次仰望牆上時鐘。手上的香蕉感覺格外冰涼。那溫度讓我莫名感到淒涼。

「別擔心。爸爸桑，會好的。小珠，最要緊的是打起精神喔。」

嘴巴塞滿香蕉的夏琳這麼說。然後有些黝黑、孩子般的細瘦小手，輕輕觸碰我的背。那隻手開始緩緩上下移動，原來是在輕撫我的背。

想撥開那隻手……倒還不至於，反而覺得「好溫柔喔」。只是，同時還感受到一股絕對不算輕微的違和感。

違和感……

是的。這種感覺不是厭惡，而是違和感呢。

要說我討厭夏琳……其實並非如此。我很清楚這一點。只是，自從她成為我的「家人」，成為我「繼母」的這三年間，我始終擺脫不了不知道該如何是好的違和感。我沒那麼世故圓滑，能壓抑這種違和感或假裝沒事，同時也不是個心胸寬大的成熟女性吧。單純就只是那樣……我覺得。說不定，只是想要那麼覺得就是了。

我往身旁瞄了一眼。

生於異國的女性嘴角含笑，眼神卻是盈滿憂慮地仰望我。

「小珠，打起精神來喔。」

「嗯，不要緊。我還是吃香蕉好了。」

夏琳的手停止動作，從我背部移開。違和感的殘渣會暫時留存吧。但我決定別放在心上。

我撥開已經浮現所謂「甜斑」（sugar spot）的褐色斑點的香蕉皮，從尖端咬了一小口。口感黏稠，的確很甜。讓人想起輕拂過夏琳生長的南國，感覺甜膩的風的滋味。

「小珠，好吃嗎？」

閃耀光澤的漆黑眸子望著我，這麼問。

「很好吃喔，夏琳。」

我沒叫她「媽媽」，一如往常直呼名字。

儘管如此，夏琳還是純真地展露微笑。

「香蕉還有一根喔。我已經飽囉。這也給小珠。」

夏琳從看來廉價的二手托特包，拿出香蕉給我看。

「不用了。我也飽了。」

我微微苦笑搖頭時，昏暗走廊深處，傳來護理師由遠而近的急促腳步聲。

不久後，腳步聲終於停在我們面前。

那是位年約三十，雙眼細長的纖瘦女護理師。她的身材修長，看起來大概有一百七十公分。一百六十公分的我，從長椅起身，身旁一百五十公分的夏琳也立刻跟進。

「葉山小姐，抱歉，讓您等這麼久。等得都累了吧。」

護理師滿懷歉疚，雙眉垂成八字型，不過口氣有別於說出口的內容，感覺輕快。所以，我開始放下心裡的大石頭。手術肯定很順利。

「不會，沒關係。」

我回答後，仰望護理師。

「那個，手術方面呢，雖然比預期還要花時間，不過總算平安完成了。」

夏琳抓住我的右手臂說：「Nice。」

「只是……」

護理師說到這裡，語調有些下沉。

「欸？」我稍微歪頭。

「花的時間遠比預期還要長，患者的體力都被消耗掉了。所以，今天還是會在麻醉作用下，繼續沉睡呢。」

「啊……喔，好，我瞭解了。」

「不好意思耶。」

受到護理師誠惶誠恐的神情影響，連我也跟著變得誠惶誠恐。

「不會，沒關係的。啊，對了，體力消耗會不會妨礙術後復原之類的啊……」

「不會有那種事的，請放心。」

我吐出安心的嘆息。那是連自己都嚇一跳的深沉嘆息。

「可以見爸爸桑嗎？」

個頭嬌小的夏琳，幾乎像在看天花板似的詢問護理師。

「可以喔。現在已經被送進ＩＣＵ，我帶妳們去。」

那麼，請往這邊走……護理師小姐說著轉向昏暗的走廊。

我也隨著那個瘦長的背影，邁出步伐。

夏琳原本抓著我右手臂的手一鬆開，立刻說：「啊，包包忘記了。」然後自顧自地開朗笑著，抓起長椅上裝有香蕉的托特包，小跑步跟上來。

來到走廊中段，左側有個護理站。裡面有五位護理師輕聲細語地交談，同時俐落工作。我斜眼望向那幅情景，一行人隨之從護理站前走過，緊接著往左手邊拐個彎。那裡有個昏暗的電梯間。身材修長、眼睛細長的護理師按下那個為了讓輪椅人士也能按到，設置較低的「上」按鍵。

「小珠，太好了呢。爸爸桑會好起來。我也好高興喔。」

背後響起夏琳爽朗的聲音。那與熄燈後的醫院極不搭調的聲調，讓護理師的側臉露出苦笑。開始覺得有點丟臉的我，轉頭對她「噓」了一聲。

「啊，不好意思耶。噓～好喔。噓～」

夏琳模仿我，將食指立在嘴唇前方，圓滾滾的雙眼隨即瞇起，露出淘氣的微笑。

◇◇◇

從「鳥出中央醫院」回老家的沿途，幾乎不是海岸就是山裡。道路護欄沿路雖然都設置了路燈，但是視線不良的彎道或隧道一個接著一個，車子開起來實在累人。而且今晚又下著雨。那是似乎隨時都會變成雪的臘月冰雨。

「還好，小珠開車一起來呢。開到那裡的電車很少，謝謝妳喔。」

纖瘦背部整個陷入副駕駛座的夏琳，朝我這邊說。的確，這個時間的電車，一個小時有沒有一班都不知道。

「話說回來，夏琳為什麼搭電車去醫院呢？」

既然有駕照，可以開爸爸的車過來啊……我這麼想，所以開口問她。結果，夏琳脖子一縮。

「爸爸桑的車，壞掉了。電瓶，空空。引擎，發不動。」

「哎呀呀。」

十之八九恐怕又是停車後沒關車燈，導致電瓶沒電、車子發不動吧。糊塗蟲夏琳以前也曾有過大概兩次相同前科。

車子沿著海岸駛向險升坡。

我踩下這輛被父親不屑地稱為「破銅爛鐵」的黃色輕自動車（註1）油門。都已經踩滿深了，欲振乏力的愛車卻幾乎沒加速。也是啦，畢竟是之前已經開過十幾年的舊款，行駛里程都累積到某個程度了，買到的價格也只花了區區「五圓」，沒什麼好抱怨的了。順道補充一下，以「五圓」這種破盤價買到這輛車的是父親，而那段過程還真是充滿我父之風。

那是前年，我才十八歲那時候的事……

父親的某個酒友大叔，偶然間來到我們家經營的「架上的麻糬居酒屋」喝酒時，隔著吧台出現這麼一段對話。

「喂，正太郎呀。我那台車，又～整組全壞了啦。聽說你有個學弟是在賣車的？那傢伙，能不能幫忙回收啊？」

「正太郎」是父親的名字。父親額頭上緊緊綁著印有商號的藍色毛巾，戴著一副橘色太陽眼

（註1）「輕自動車」：日本車輛分類中規格最小的車輛，排氣量六百六十 cc 以下的三輪或四輪車稱之。

鏡，正在吧台內分解本地產的魚，做成生魚片擺盤，一邊回答。

「又是化油器掛掉嗎？」

「我哪知道啊，反正就是引擎發不動。」

「喂，老頭兒，既然如此，那輛車我幫你買下來吧。」

「啊？要買？你知道，那可是一輛發不動的車喔？」

「也不礙事。」

「發不動的車，你是打算花多少錢買啊？」

父親此時放下菜刀，抬起頭來。

「這個嘛，希望光棍老頭兒能交到一個色色女友共結良緣，用五圓跟你買怎麼樣（註2）？」

「哇哈哈哈。五圓喔，還真是傑作啊。」

「反正是發不動的破銅爛鐵。與其被人家收一筆報廢車處理費，五圓跟你買要好多了吧。」

「嗯，是吧。好，我明白了。破爛車就以五圓賣給正太郎。隨時都可以過來牽車喔。」

所以啦，父親就這樣以五圓承接了一輛發不動的輕自動車。他事後立刻打電話給當地做汽車維修的學弟——常田壯一郎，請他幫忙修理。這個人就是我的一位同學常田壯介的父親，聽說那時候憑藉學長學弟的關係，硬是拗到了不花半毛錢的修理費。傳聞說，常田先生相對地也獲得在我們店裡「三天喝到飽」的權利。

以五圓獲得一輛跑得動的輕自動車的父親，後來決定將車子送我，慶祝我進大學。

「小珠也終於要到大城市去，成為花樣年華的文學系女大生了，有輛車子，說什麼都比較方便吧？而且啊，只要有了這傢伙，噗～一聲，就能輕輕鬆鬆開回家來啦。」

這就是，父親送禮時的補充說明。簡單來說，就是因為我這個獨生女即將遠走他方，覺得寂寞，所以要盡量開著這輛車，頻繁回家來喔……的意思。

從那之後過了兩年，很感激的是這輛黃色破爛車從沒故障過。不僅如此，在此期間還加裝了音響與車用導航，另外也換了輪胎與輪圈，達成大幅度的進化。起初開車時還是初學者的我，沒兩三下就習慣了駕駛，後來還開始載著大學同學到處遊山玩水，每個月也會花單程三小時的時間回老家一趟。

但是，以「花樣年華的文學系女大生」身分，從住慣的城市公寓，開著這輛黃色破爛車回老家……都已經是過往雲煙了。其實，我早就放棄了大學生的身分。大概三個月前，我已經悄悄向大學學務處提出了退學申請。

退學之後的我，一邊在超商與餐廳打工賺錢，同時勤奮研究與文學毫無關連的領域。我忙著大量閱讀與「創業」相關的書籍，還有網路資訊。除此之外，我也花一整天時間參與保健所舉辦的「衛生法規」、「公眾衛生學」、「食品衛生學」講習，取得「食品衛生負責人」證照。這對

（註2）日文中「五圓」與「緣分」發音相同，所以五圓硬幣也被視為吉祥象徵。日本人到神社參拜投擲香油錢時，也喜歡選擇五圓硬幣，故有此言。

於我即將投入的工作，是不可或缺的一張證照。

凡此種種，我在積極籌備創業事宜之餘，也很清楚差不多該向父親報告已經從大學退學，同時商量一下想回老家發展的事，所以懷抱著有點緊張的心情，嘗試打了電話……結果，天底下哪有這種事！在電話中受驚的人，竟然是我。

『喔，小珠啊。我正想打電話給妳耶。這就是人家說的完美時機呢。』

「嗯？是喔。什麼事？」

『唉，也沒什麼大不了啦。只是想先跟妳說一聲，要是我死了，妳可要跟媽媽好好相處啊。』

蛤？

什麼死不死的，怎麼回事？

什麼媽媽，是說夏琳嗎？

「什麼，東西？我聽不懂你在說什麼？」

『明天，要動一下脊椎手術啦。』

父親彷彿音痴哼歌般這麼說。

「咦……明天？重點是，你說手術是指什麼？我怎麼從來都沒聽說過這回事？」

『那是當然啦。這是第一次跟小珠妳說啊。』

「等……那麼重要的事，應該事先好好跟自己女兒說清楚吧？」

撇開自己連「大學不念了」這種大事都還沒告訴父親，我嘟著嘴巴抗議。

『啊哈哈，不用那麼擔心啦。』

「當然會擔心啊！」

『就跟妳說，沒什麼大不了的啦。』

「要是真沒什麼大不了的，動什麼手術啊。給我說清楚喔，受不了耶。」

『不要那麼大聲嘛。總而言之呢……』

總而言之呢，悠哉的父親據說就是不知道什麼時候，脊椎長了一顆大腫瘤，因為還滿痛的，所以得趕緊切除，然後將置換的人工骨骼「塞進去」。

「你說腫瘤……欸，等一下喔。」

開始有些恐慌的我，讓父親發出嘲弄的笑聲。

『喂喂喂，什麼嘛。小珠，妳是覺得本大爺真的會死喔？』

「嗯……畢竟，都說有個大腫瘤了……而且剛剛還說，『要是我死了』……」

『喔，我忘記講了。很遺憾，那腫瘤是良性的耶。哇哈哈哈哈。』

「良性？」

『嗯啊。』

「那，不會死囉？」

『傻了啊妳，怎麼可能真的死嘛。』

「絕對？」

『唔，絕對。我在死之前都會活得好好的啦，啊哈哈哈。』

「……」

我說，講話再怎麼隨性輕浮也該有個限度。我雖然火大到不行，但是心情一放鬆就感覺雙腿發軟，將自己要講的事情忘得一乾二淨。後來就忙著問隔天的手術時間、住院事宜準備好了沒，或是關於那個良性腫瘤之類的問題。雖然父親對我說：「有夏琳在醫院照顧我，小珠就好好去念文學什麼的。」卻被我當頭斥喝：「說那什麼話，怎麼可能嘛！」於是，今天就急忙開著黃色破爛車，飆車趕到醫院去。

我將油門踩到底爬上陡坡，緊接著是和緩的下坡。這裡中途會有個大彎的下坡，是常因速度過快引發事故的車禍熱點，在本地很有名。我一邊滑行一邊間歇性地踩煞車，慎重轉動方向盤。

「小珠，肚子餓了耶。」

夏琳說。

「啊？不是才剛吃過香蕉嗎？」

「光吃香蕉不夠喔。等我們到家，就吃好吃的東西，一邊乾杯喔。」

「乾杯？」

「女兒回家來了，家人也很開心啊。爸爸桑也是，只要小珠回來就會乾杯喔。還有，慶祝爸爸桑手術成功喔。」

夏琳嘴裡迸出的「女兒」一詞，在我胸口淺處形成彷彿小石子的違和感，滾過來滾過去。而且，那句「回家來了」也讓我心頭一震，心臟漏跳一拍。因為不論如何，那並不是單純的「回家來了」，而是「大學不念，回家來了」。

不論父親還是夏琳，都必須告訴他們這個事實才行。只不過呢，畢竟父親是那種個性，就算說出口，起初或許會有些吃驚；不過，只要確實說明原因，感覺上就會意外瀟灑地諒解我的決定。「唉，國中畢業的我可能也沒立場說這話就是了，不過人生也不是只有念書。小珠就來當我們店的店花好了。」結尾他肯定會這樣一笑置之。

他就是這樣的人，從以前就是這樣。而夏琳，一定會站在父親身旁笑嘻嘻，感覺會說什麼「那樣很Nice喔，全家一起生活，是最幸福的喔」。

話雖如此，我好歹也是年滿二十的成年人了，眼見父親手術當前，這件事暫時祕而不宣的體貼，畢竟還是有的。

就跟向女人示愛一樣，如果想跟別人說什麼要緊事，必須講究「就是現在」的時機喔……既然父親都常這麼告誡我，那我在這當下保持沉默，也是無可奈何吧……暫時就先這麼想好了。

「快到了喔。肚子都咕嚕咕嚕叫了耶。」

夏琳摩擦瘦扁的肚子，一邊說。

「超商那裡，不用順便繞過去一下嗎？」

「不用喔。一回到家，冰箱裡就有很多好吃的東西喔。」

這輛破爛輕自動車，翻過最後一個山頭，進入小小的市區街道。

我在二十年前出生，然後持續生活了十八年的偏鄉聚落……

是個名字很美，叫作「青羽町」的町（註3）。

這片西側被層層深山環繞的土地上，有一條名為「青羽川」的翡翠色清流流過，形成一片扇形平原，居民密集生活其上。東邊則是湛藍海洋。

在這裡，新綠的春天就去採山菜，孩子一到暑假就成群結隊跳進青羽川或海裡游泳，大人則享受香魚、山女鱒、岩魚的垂釣之樂。最近，也有越來越多人划獨木舟遊河。滿山遍野紅葉似錦的秋天，就是採菇季節。時序接著進入冬天，大家會叨唸著「好閒、好閒啊」，一邊擁進某人家中，夜夜圍爐、暢飲當地美酒。其中，還會有無畏寒風跑到海岸邊，釣來冬天滋味更肥美的「寒冬烏魚」、「寒冬瓜子鱲」的瘋狂男人。

青羽町是一個能親近豐富自然資源，當地居民往來密切的聚落。離開這裡到大城市後，我有多麼以自己的故鄉為榮啊。但就算是這種地方，也不敵大時代的洪流，年輕人的外流勢不可當，人口在數年前已經跌破八千。人口過少與高齡化，也成為這個聚落如今最嚴峻的問題。

青羽川滿載的河水如同澄澈無瑕的汽水，河口附近有個小港口，當地漁民每天早上都會將新鮮魚貨打撈上岸。我的祖父與父親都曾當過漁夫，後來因為漁船過於老舊，祖父辭世，再加上父親腰痛加劇，父親於是順勢放棄當漁夫，上了岸。接著，就在熟悉的港口附近，開了一間主打海鮮料理的「架上的麻糬居酒屋」。那是剛好十年前的事了。我們雖然是一家只要坐進十五個人就會客滿的小酒館，不過因為父親豪邁直爽的個性，還有美味的新鮮魚貝，來客數還算穩定。

「架上的麻糬居酒屋」，這個像鬧著玩的店名，當然是主張「人生就是要搞笑」的父親所命名。順帶一提，父親的座右銘就是「架上麻糬掉下來，得來全不費工夫」（註4）、「單純活著就已經是穩賺不賠」，所以也很能理解為什麼會取這種奇怪的店名。我在就讀中小學一貫制學校時期常被一些白痴男生取笑說是「架上麻糬店花」，但是如今對於這個像鬧著玩的店名，卻反而有股依戀。

我會這麼說，也是因為某天喝醉的父親曾這樣說。

「所謂的『架上掉下一顆麻糬』，簡單來說不就是很走運嗎？而所謂的走運，也就是受到神明疼愛。所以說，我只要每天晚上喝酒，跟大家嘻嘻哈哈，彼此開開心心的，神明也會覺得很開心，自然而然就會聚在這裡。然後呢，正因為是神明聚集的地方，運勢就會慢慢大開啦。」

要打造出一個讓大家開開心心、神明也開開心心，運勢大開的地方……

父親這樣的想法，如果要以「喜歡」還是「討厭」來一刀切，我可以非常單純地說出「喜

（註3）「町」：日本地方自治行政組織之一，在各行政組織「都」、「道」、「府」、「縣」、「市」、「町」、「村」中，規模僅大於村。

（註4）原文為日本諺語「棚からぼたもち」，意為不勞而獲、喜從天降。

歡」。而且根據日本神話，天照大神也是因為受到石窟外開心歌舞的其他神明引誘（註5），最後才會從原本隱遁的天之石窟走出來的。所以我後來也慢慢覺得，父親的話並非一無是處。果然，神明也喜歡開開心心的呢。

補充說明一下，我們家就住在那間運勢很好的店鋪二三樓，各樓層窗戶都能將青羽灣的明媚風光盡收眼底，真的非常舒服。特別是在吃早餐時，一邊眺望地平線彼端莊嚴神聖的旭日東升，即使是個孩子也會覺得真是種奢侈；晚上，不論是遠眺漆黑地平線上整列漁火，又或傾聽遠方浪潮聲一邊安穩入眠，都讓我深深覺得自己好幸福。

我國一時因車禍撒手人寰的母親，也很喜歡這個家。她還常家事做到一半，就突然停下手邊工作，眺望廣闊的青羽灣，沉靜微笑。

「再一下，就到家了喔。」

夏琳的聲音，讓回憶中的母親臉龐煙消雲散。

「對啊。」

「有點，開始下雨了喔。」

「嗯。」

我頷首，在青羽川河口的橋樑前方將方向盤往左打。那是一座被當地人單純稱為「大橋」的紅色大橋。

「希望明天可以變暖喔。我，是從菲律賓來的，所以很怕冷喔。」

夏琳雙臂抱胸，表演受凍。

「也是呢。」

我噗嗤一笑。順著沿岸細長道路往海那邊前進，不久後就能慢慢看見河口對岸青羽港的路燈。往對向的左手邊一看，那裡就是我們家。

車子滑進店鋪前面沒鋪柏油的空地，我選擇沒有積水的位置停好車，打到P檔，拉起手煞車後熄火。蹚蹚它它它蹚……車內頓時充塞寂寥的聲響，那是敲擊這輛便宜車車頂的雨聲。

「小珠，謝謝妳開車喔。」

「嗯。」

我們分別套上外套，拿起東西下車。我們在雨中小跑步繞到店鋪後方。

夏琳將鑰匙插進後方玄關大門，開了鎖。

連夏琳擁有老家鑰匙這種瑣事，都讓部分的自己有著小小的異樣感，對此不禁想嘆息。

「哇嗚，都溼掉了。雨，好冷喔。小珠，快進去。」

一拉開門，夏琳推著我的背，讓我先進去。這樣的體貼，反過來說也讓人感受到「夏琳是這

（註5）天照大神為日本眾神中地位最崇高的太陽神，也是日本皇室的祖神。相傳天照大神當初由於弟弟「素盞嗚尊」在高天原作亂，憤而隱遁天之石窟，造成天地無光、萬物喪失生命力，眾神因此齊聚石窟前，用盡各種辦法才終於引天照大神出洞。

個家的人，而我是外來客人」的結構。我也厭惡自己會心胸狹窄地這麼解讀，而這次，真的發出了一聲小小的嘆息。

我步上二樓，開啟起居室暖爐。順手也打開暖桌開關。

跟我住在這裡的那時候相較，這個起居室感覺有點雜亂。夏琳並不擅長整理。像是脫下的衣服就扔在那邊，用過的餐具也擱在暖桌上。

家裡變成這副樣子，父親都沒有什麼感覺嗎……

我突然望向起居室內側的佛壇。

母親生前很愛乾淨，不論什麼時候都會把這個景致優美很棒的家，整理得乾乾淨淨的耶。

當我走近佛壇想點香時，背後響起聲音。

「小珠，久等了。」

是夏琳從一樓店鋪冷藏庫隨便選了幾樣小菜，用托盤跟啤酒一起端上樓來了。夏琳將暖桌上用過的餐具隨意推向一旁，將啤酒與小菜擺到空出的位置。

「夏琳。」

「怎麼了？」

「乾杯前，可以先點香嗎？」

夏琳也沒理由拒絕，我姑且還是先請示了一聲。

「當然啊。那很好。我也要點香喔。」

我站在佛壇前。家中打掃並沒有做到面面俱到，但是不知道為什麼就只有佛壇內外，還有牌位全都擦得光潔亮麗，讓我稍微鬆了口氣。

我用百圓打火機，點燃左右兩邊蠟燭。

背部感受到夏琳就站在身後，一邊用蠟燭點了香。

我輕輕將香插進香爐，將缽敲響。

細長白煙，裊裊爬升。

我雙手合十，緊閉雙眼。

眼前，再次浮現母親充滿慈愛的微笑。

母親在七年前死後，佛壇右側本來一直都放著遺照。那張照片是我與父母親一家三口，在附近防波堤釣竹莢魚拍下的。不規則反射在藍色水面的陽光，讓照片中的母親有些刺眼似的瞇眼微笑。那抹溫柔的微笑，簡直就是我們這個幸福家庭的象徵，每次只要一看到那張遺照，心情就會變得心酸又溫暖。

但是四年後，父親與夏琳再婚，佛壇旁的母親遺照也在同時不見蹤影。是新任妻子不喜歡前任妻子的遺照嗎？又或是父親顧忌新任妻子的感受呢……？真相不得而知。當時已經十七歲的我，刻意不去觸碰那件事。只是我還記得，當我在平常收納坐墊或熨斗等物品的壁櫥角落，發現母親遺照被隨便塞在那裡時，一股炙熱的情緒瞬間從內心深處的湧泉咕嚕咕嚕冒出來，獨自泫然欲泣。我從狹窄黑暗的壁櫥中，「救出」母親遺照，抱在胸口，隨即拿到三樓自己的房裡。然後，輕輕收藏進書桌抽屜。

從此之後，我每次都會打開抽屜，悄悄面對母親幸福洋溢的微笑。雖然不是漫畫《哆啦A夢》，但是那個書桌抽屜對我而言，就像是能夠返回那個幸福時期的某種時光機器。

兩年後，我離開家鄉到城裡去的時候，決定將母親遺照與書桌一起留在自己房間。因為母親真的好愛這個家，總覺得不想帶她到大城市去。相對的，我每個月都會開著黃色小車回來一次，就算是短暫停留的時間，也會將母親遺照從抽屜裡拿出來，立在桌面上。

媽媽。

我回來了。

我在沒有遺照的佛壇前，緩緩睜開雙眼。

放下原本合十的雙掌。

已經移動到旁邊去的夏琳，替我站在佛前，以彷彿日本人的熟練手法將缽敲響，然後供上兩柱清香。

「為什麼是兩柱呢？」

「爸爸桑跟我的喔。」

夏琳露出一副「這是當然的吧」的樣子，然後睜著圓滾滾的大眼睛合掌，以一如往常的開朗聲音開始對牌位訴說。

「繪美，小珠回來囉。爸爸桑的手術也很成功喔。不用擔心喔。」

我從旁望著她那樣子，不自覺停止呼吸。媽媽的名字「繪美」從夏琳嘴裡迸出來的時候，對我造成一股不小的衝擊。

鬆開掌心的夏琳，轉向這邊。

「小珠，ＯＫ了喔？」

「欸？啊，嗯。」

「那，來乾杯喔。我的肚子都咕嚕咕嚕叫囉。」

夏琳彷彿遭受斥責的孩子一臉狼狽，雙手一邊壓著自己腹部。那樣子實在好笑，讓我輕笑出聲。夏琳也有些害臊地「嗚呼呼」發笑。

我們面對面，雙雙把腳伸進暖桌。

「日本的暖桌，我最喜歡了喔。」

夏琳說著，拉開罐裝啤酒拉環。

「冬天，還是要有暖桌呢。」

我也「噗哧」一聲拉開拉環。

「那，小珠。為了手術成功，乾杯喔。」

「好，乾杯。」

我們沒用酒杯，拿著酒罐輕碰對方酒罐。

喉嚨響起「咕嚕」一聲。

「好～喝。」

夏琳雙眼瞇起。

擺在時尚家具風格暖桌上的小菜，原來都是店裡冷藏庫的剩菜。有堆滿一大碗公的軟絲生魚片、涼拌青菜、日式高湯煎蛋捲、燉南瓜。另外，不知道為什麼還有四顆小號飯糰。

「怎麼會有飯糰？」

我頭一歪，夏琳縮著肩膀笑出來。

「飯糰，是我中午做的啊。但是，忘記帶去醫院了。所以，袋子裡就只有香蕉而已呢。」

「欸欸欸～」

「兩個，給小珠。兩個，給我。本來是便當喔。但是忘在家裡，就沒意義了呢。」

夏琳自己說著，嗤嗤發笑。

「還是老樣子，冒冒失失的耶。」

「對啊，我就是冒冒失失的。所以，現在肚子咕嚕咕嚕。」

像個沒有絲毫虛偽的少女的夏琳，用她那有些黝黑的小手，幫我捏的小號飯糰……我也大口享用。

飯糰餡料是梅子，吃起來就是貨真價實的日本飯糰味道。雖然，這原本就是理所當然。

「這個，很好吃喔。」

我坦率這麼說。

「3Q！」

夏琳也展露率真的笑容。

這個人，要是當朋友就好了……

不是什麼繼母，如果是普通朋友……

我將差點溢出的嘆息，跟好吃的飯粒一起吞進肚子。

之後，我們聊起父親。

雖然從身體岔出了好幾根管子，他在病床上的睡容看來好幸福；明天開始要去探病；他對疾病或健康向來滿不在乎，我們不提醒他是不行的……等等，我們就是聊著這些事。

總覺得，這麼相處起來，就好像真正的家人喔……我以暖呼呼的心情這麼想，隨即慌亂地打消這個念頭。

夏琳並不是「好像」一家人，是真正的家人呀。

我們聊父親聊了好一會兒，然後商量要不要請我同學，同時也是汽車修理廠第二代的常田壯介，幫忙修理那輛電瓶掛掉的車子，另外也聊到店裡熟客的八卦，一邊用啤酒將小菜灌進胃裡。

雖然剛剛都沒有察覺，不過事實上，我好像也滿餓的，筷子一動就再也停不下來。

兩人各喝完兩罐啤酒後，夏琳又從樓下店鋪拿日本酒來。她以熟練手法將一升瓶裝酒倒進小酒瓶，用微波爐溫酒。

「來，喝吧、喝吧。」

她說著幫我斟酒。

「謝謝。那，我也幫妳。」

我也幫她斟酒。

回想起來，夏琳剛來我家時，幾乎完全不懂家電產品的用法。會將金屬器物放進微波爐，還將我錄好的電視節目不小心刪掉，不但曾經放太多洗劑到洗衣機裡，弄到泡泡全都冒出來，也不懂如何分辨抹布與廚用擦巾，還用髒抹布擦餐桌。有天早上，她嘗試挑戰不敢吃的納豆時，結果一入口就翻白眼，直接衝到廁所去嘔吐。

結果，短短三年之間，她已經很習慣日本生活，各種事情都會做了。現在，家電產品用來得心應手，還能代替父親手握去骨刀輕鬆片魚，甚至能做出生魚片擺盤的好本領，讓人鼓掌叫好。

老實說，我雖然排斥叫她「媽媽」，但是夏琳身為父親的「妻子」、店鋪的「老闆娘」，表現越來越可圈可點。這部分還是希望確實給她正面評價。

「我跟妳說喔，夏琳。」

「什麼事？」

娃娃臉的三十九歲，俐落地以小酒杯喝下溫酒，然後將細長黑髮往上撥。長至胸口的頭髮，沙沙地被撥到背後。

「是關於爸爸病情穩定以後的事。」

「病情？」

「啊，這個嘛……就是身體情況。」

「ＯＫ。病情，我知道囉。」

「嗯。到時候，我打算搬回來。」

「欸？」本想斟酒的夏琳手停了下來。「小珠，大學呢？從家裡去上學嗎？」

「其實呢，我九月已經退學了。」

夏琳瞪大雙眼，「哇」的一聲。

「為什麼？為什麼要退學？爸爸桑他知道嗎？」

「不知道。我還沒跟爸爸說。」

再次誇張地「哇」了一聲，夏琳雙手貼在胸口，讓自己冷靜下來似的深呼吸。她隨即為兩個小酒杯斟酒，然後將其中一個小酒杯放到我面前。

她不發一語，只以眼神示意「然後呢」，催促我繼續說下去。

「之前因為馬上就要動手術了，對爸爸實在是開不了口。」

「ＯＫ，我明白喔。現在，還是先保密比較好喔。」

我拿起小酒杯，將酒含在嘴裡。揮發過的酒精竄過鼻腔的同時，酒米的甜味也一點一滴在舌尖上擴散。

「我呢，退學之後，想要去工作。」

「工作？」

「嗯。」

一見我頷首，夏琳隨即以雙手摀嘴，露出大大的笑容。

「小珠，是要跟我一起顧店吧！」

「欸？」

不是那樣的……我正想這麼說，卻立刻被插話。

「爸爸桑要手術，然後住院。沒辦法到店裡來喔。我會代替他加油喔。料理我也都會做了喔。雖然還很少就是了。跟進貨的大叔他們，大～家也都是朋友了。所以，店裡很OK的。如果小珠可以跟我一起顧店，很多事情都沒問題。這就更、更good喔。」

夏琳的動作就像個亢奮的女高中生，躁動聒噪地持續滔滔不絕。

「不是啦，那個……」

「如果小珠能回來，爸爸桑也會很開心。那是最幸福的了。」

「咦……」

「我也超級開心的喔。家人都在一起。那真是再幸福不過了。」

夏琳的頭稍微往左看向佛壇的方向。她嘴角掛著明顯的笑意，就像在說「對吧，繪美」。

「我跟妳說，夏琳。」

我刻意發出沉穩聲音。

「嗯？」

「抱歉，不是那樣的。我所謂的『工作』，不是顧店啦。」

「……」

夏琳嘴角僅殘留些許笑意，沉默歪頭。

「我想做的啊……」

說到這裡，我啜飲一口溫酒。

夏琳也像在進行什麼無關緊要的儀式般喝了酒。

「就是啊，要怎麼說明才好呢。」

「……」

「簡單來說，就是跑腿宅配車……這樣明白嗎？」

夏琳像在摸索記憶，凝視右上方，隨即開口。

「跑腿，是被人家拜託，然後去買東西吧。宅配呢？」

「送到家裡去的意思。」

「ＯＫ、ＯＫ，我懂了喔。所以是要用車子送貨吧？」

「對對對。」

「但是，小珠為什麼要去做送貨的工作呢？」

嗯，就是這個呢，這裡是最重要的……我在內心深處呢喃。然後，我費盡心思，盡量挑選簡單易懂的詞彙試著說明。

「這個地方呢，有很多老人家可能腳不好，沒辦法走很遠，又或是沒辦法開車，不是嗎？」

「嗯，有很多喔。」

「我就是想用車載著需要用的東西，到那些沒辦法去採買生活用品的人那邊，把東西賣給他們。這工作，就好像是當阿公或阿嬤的跑腿一樣。」

這樣的說明，能瞭解嗎？

我開始有些不安，一邊望向夏琳。

夏琳以一反常態的認真眼神，望向這邊。

然後，「怎麼樣？瞭解了嗎？」就在我這麼說的同時，「嗯……」夏琳罕見地皺眉低吟。

「我不懂喔。」

「欸……是我的說明不好瞭解嗎？」

「不，不是那樣的。那些話的意思，我都瞭解了喔。但是，我不懂小珠的這裡。」

夏琳說「這裡」時，指向自己胸口。我也不懂夏琳想說什麼，歪著頭。結果，夏琳就將手上的小酒杯放到桌上，「唉」地一聲，發出淺顯易懂的不滿嘆息。

「小珠妳呢，是葉山家的女兒喔。爸爸桑住院的時候，是家人危急的時候喔。在菲律賓，家人是最重要的。幫助家人是理所當然的喔。」

夏琳說到這裡就暫停，看著這裡。那苦澀的神情，與平常純真開朗的氛圍截然不同，感覺特別糟糕。

而我，或許是被那一記直擊內心的正確主張迎頭痛擊，又或是「在菲律賓」這部分實在讓人不痛快……總之，可以明顯感覺自己的心情因為夏琳的言論而出現些許疙瘩。

「日本人也是很重視家人的啊。那道理，我都懂呀。但是……」

「NO～NO～不行喔。小珠真的不懂喔。」

我說到一半被插話，夏琳滿嘴都是否定詞彙。

我使勁屏息，看著眼前的菲律賓人。那異常不滿的雙眼中，早已浮現一副很受不了的感覺，像是在說「哎呀呀，真糟糕啊」。

這個人，是瞧不起我嗎？

我將屏住的那口氣，緩緩吐出。我暫時有意識地深呼吸，企圖平復情緒。

嚴峻的氣氛奪去我們兩人所有話語。

突然間，我的腦海浮現最愛的靜子奶奶的笑容。靜子奶奶是我的外婆，現在還是孤伶伶一個人，住在青羽川河口再往上一點的河邊。我知道，她自從數年前放棄耕作後，體力就逐漸衰退，最近就連要去買個東西都很辛苦。

跑腿宅配車呢……本來，就是為了靜子奶奶才想做的耶……

我下定決心，開了口。

「那個啊，我再說一次，我也是很重視家人的……」

就在那當下，暖桌上響起突兀的機械音。

嗶嗶嗶鈴、嗶嗶嗶鈴。

原來是我的手機響了。

什麼東西嘛，挑這種時機……

我抓起手機，一看液晶螢幕，上面浮現「常田壯介」四個字。我瞄了夏琳一眼，接了電話。

「喂。」

『啊，小珠？』

青梅竹馬那一如往常的悠哉聲音，讓我稍微鬆口氣。

「嗯，好久不見。」

『現在，方便說話嗎？』

看到我回答：「方便啊。」夏琳的雙腳隨即從暖桌下伸出去，站起來。接著就背對我，快步朝樓梯那裡走去。

『正太郎叔叔動手術了吧？』

「啊，嗯。」

『那，情況怎麼樣了？』

不愧是總愛瞎操心的壯介，聲音有些不安。

「託福，手術很成功。」

我盡量以輕鬆的感覺回答。

壯介似乎在電話那頭輕輕嘆口氣。然後，聲音變得稍微開朗了一點。

『是喔。嗯，太好了。我家老爸也很擔心。他說傳簡訊給正太郎叔叔也沒回應，要我打電話給小珠問問，所以才會打電話給妳的。』

「是喔，謝謝。」

我一邊回答，眼神追逐從暖桌這邊走掉的夏琳背影。夏琳沒有再轉頭，直接步上樓梯。三樓是我的房間，還有父親與夏琳夫妻倆的臥房。

『聽妳這麼說，我就安心了。』

等到再也看不見夏琳後，我將小酒杯裡僅剩的酒一飲而盡，然後發出刻意不讓壯介聽見的小嘆息。接著，再次說明狀況。

「但是啊，手術是成功結束了，不過因為手術耗的時間比預期要久，聽說爸爸的體力還很衰弱呢。今天晚上就讓他維持麻醉狀態，好好睡上一覺。所以，傳簡訊給他也沒辦法回喔。」

『原來，是這麼一回事啊。』

「嗯。但是已經不用擔心了，也麻煩再跟壯一郎叔叔說一聲喔。」

『喔～瞭解。』

我此時才想到。

「啊，話說回來，我有事正想聯絡壯介呢。」

『嗯？』

「想麻煩你幫忙修理爸爸的車。」

『修理？撞到囉？』

「不是，好像是電瓶掛了。」

『怎麼發動都沒反應？』

「聽說是沒反應……」

『是夏琳說的？』

「嗯。」

壯介噗嗤一笑。

『又來囉。夏琳，上個月也搞這一齣耶。』

那人就是粗枝大葉嘛，我本想這麼說，卻半途作罷。因為，夏琳正好從三樓下來。她望向在暖桌旁講電話的我，與我四目相接，然後以若無其事的表情指向浴室。她是以肢體語言說「我先去洗澡囉」。抱在右身側的是捲起來的粉紅色睡衣。我的手機依然貼在耳邊，對她沉默點點頭。

夏琳打開浴室門走進去後，從這裡就看不到她的身影了。雙方直到剛剛都還那麼認真爭辯，但是從她臉色看來，嚴肅感覺似乎已經消失無蹤。這對情緒變化相當隨性的夏琳而言或許是家常便飯，但是我的心情卻老是跟不上。

總而言之，挑對絕佳時機打電話來的壯介，或許救了我一命。

『奇怪，喂喂，小珠，聽得到嗎？』

「啊，抱歉。剛剛夏琳來了，又進浴室去了。」

我稍微壓低音調說。

『是喔。還真是說曹操，曹操就到耶。』

「對啊。」

我不出聲地苦笑。感覺上，壯介也在電話那頭微笑。

『話說回來，小珠妳是回老家囉？』

「剛回來沒多久就是了。」

『喔～那，明天呢？』

「欸？」

『不是說要修車唄？』

「啊，嗯，拜託你了。」

『大概幾點有空？』

「我什麼時候都行啊。配合壯介囉。」

『那就……這樣好了，十點過去。』

「OK。謝謝，還好有你。」

『嗯，那就，明天見囉。』

「嗯，晚安。也幫我向壯一郎叔叔問好喔。」

『好喔。拜。』

我結束通話，將手機放到暖桌上。

喀……輕微聲響迴盪在寂靜的起居室中。

桌上隨意擺放的酒與下酒菜明明就是兩人份的，這裡，卻只有我一個人。這種狀況讓室內空氣莫名地變得空虛。

「呦咿咻。」

我雙手撐在暖桌桌面，站起來。因為我想趕緊收拾乾淨。要是坐視不管，夏琳那個人，感覺會把餐具之類的就那麼扔著直接上床睡覺。

我將還沒吃完的下酒菜用保鮮膜包起來，放進廚房冰箱。那些不知道是什麼時候用過的餐具也全都一起大致洗過，放進瀝水用的不鏽鋼籃中架好。末了，再用廚用擦巾擦拭桌面，飯後清理就算大功告成了。走廊深處傳來淋浴聲，仔細一聽，其中隱約夾雜哼歌聲。真是的，今晚實在沒有心情再與夏琳打照面了。我這麼想，於是步上三樓，進入自己房間。

一打開房內照明，六個榻榻米（註6）大小的熟悉空間頓時在眼前展現。我按下門把上的按鍵，將門鎖上。書桌、椅子、床、便宜的衣櫃、小小的書架。白色壁紙加上原色窗簾。我想以女生房間的標準而言，算是乏味無趣。但是，這個簡約的房間對我而言，卻是全世界最好窩的空間。當然，我對於大城市那間獨居的房間也有感情，只是怎麼樣都擺脫不了暫住的「疏離感」。能讓我安心休息的，還是這間老「家」裡的自己房間。

「冷死了……」

臘月的寒氣讓我雙肩瑟縮，我於是開啟空調暖氣。

輕輕拉開書桌抽屜，隨即與燦爛微笑的母親四目相接。遺照，感覺比以前稍微褪色了。

「我回來了，媽媽。」

我以低喃般的聲音對她說，雙手拿著相框兩邊，將照片立在書桌上。

正想關抽屜時，我的眼神突然停在某樣東西上。那個總是放在遺照旁，手縫的小東口袋。那是我大概小二時，媽媽的媽媽，也就是靜子奶奶幫我做來放小東西的袋子。上面繪有好多四葉幸運草圖案。質地是壓棉布料，我很喜歡那輕柔的觸感。

我小時候是個蠻野的丫頭，會將寶貝或零用錢，總之只要是小東西就全塞進這個小東口袋，抓著東口繩一圈又一圈甩動袋子，一邊到處跑。

那時候的我天真無邪，而吹拂過我身處世界的風，感覺上也比現在擁有更為柔和的觸感，彷彿閃耀著光芒。而且，是因為手裡拿著四葉幸運草東口袋的關係嗎？很不可思議的是，甚至覺

（註6）兩塊榻榻米約為一坪。

得身邊好事或快樂俯拾皆是。簡單來說，那時候的我是非常幸福的。直到母親去世之前的那段時間，幸福生活的條件肯定是恰到好處地完全齊備了吧。

好懷念喔……

我拿起十幾年前做成的束口袋看看。

質料想當然爾已經磨損不少，但是那柔軟的觸感，更讓我想起小時候內心的滿足感。

不知道為什麼，突然一陣心酸，我將束口袋貼著鼻子聞。聞起來似乎帶著些許灰塵的味道，莫名地總讓我想起雨剛停歇的上下學道路。

我果然好喜歡這個袋子呢……

就在我這麼想的剎那，腦海中靈光一閃。

對了。展開跑腿宅配車的工作後，可以將這個束口袋當作錢包。上面印了好多四葉幸運草的圖案，還是最愛的靜子奶奶親手幫我做的，絕對會幫我帶來好運的。

更何況……

我將束口袋從鼻子這邊拿開，凝視著以油性麥克筆寫在布料左下方的四個字。

葉山珠美

那是母親幫我寫下的名字。

我跟妳說喔，要用那種很可愛、圓圓的字寫喔……

每次請母親在學校用品上寫名字時，年幼的我總會如此央求。而母親總會很溫柔地瞇起雙眼，將原本的娟秀筆跡寫得稍微潦草一點，以圓圓的文字寫出我的名字。媽媽慈愛地慢慢寫出每個字的右手手指，還有她那稍稍頷首、沉穩的側臉，時至今日仍然歷歷在目。說不定，我現在的字跡有些渾圓，也是常看母親幫我寫的文字影響。

我再次凝視寫在束口袋上的四個字。真的好像我現在寫的字跡，像到幾乎讓人發出嘆息。

所謂的血脈相連，也會反映在這方面啊……

我轉向母親遺照，在內心低喃。

母親以始終如一的臉龐望著我。

房門突然響起敲門聲。

『小珠，浴室現在沒人用喔。我去睡囉。』

夏琳的聲音。我瞬間猶豫該不該開門，最後還是決定隔著門回答。

「啊……嗯，謝謝。」

之後，一秒、兩秒、三秒……

討人厭的沉默，在隔著一扇門的空間中一點一滴堆疊，就在我忍不住想開口時……

『晚安，小珠。』

夏琳搶先開口。

不只是「晚安」，另外還用「小珠」這樣的暱稱叫我，讓我稍微鬆了口氣。所以我在道「晚安」之餘，也能補上一句「明天見喔」。

門的另一頭傳來夏琳轉身後輕微的腳步聲。隨後就是「啪答」一聲，隔壁房門關上的聲音。

家人危急的時候，幫忙家人是理所當然的……

夏琳說的才有道理吧。

我以類似狼狽的心情嘆息。然後茫然望向窗戶那邊，從窗簾縫隙的黑暗中可以看見小小的光亮。定神一看，那是下雨的夜空，還有水平線上的整列漁火。今晚雖然下著滿冷的小雨，不過幾乎沒有風，海上同樣也是風平浪靜吧。

我抱起桌上的母親遺照，走到窗邊，刷地拉開窗簾。冷冽如冰的窗戶那頭，是一片猶如濃稠煤焦油的汪洋大海。海洋盡頭是橫向整列的奶油色光芒。那點點漁火，朦朧滲入小雨，看來也與蒲公英的毛絮有幾分像。

感覺上，彷彿在好久以前的夢裡看過這樣的景象。

「雨夜中的漁火光芒，雖然很柔和，不過有點淒涼呢。」

我向抱在胸前的母親遺照如此低喃。

◇　◇　◇

隔天早上，我醒來後一下樓，就聞到烤魚的香味。夏琳早已站在廚房中，一看到我，就像南國的太陽，展露一如往常的明朗笑容。

「早安，小珠。」

一張彷彿將昨晚的事忘得一乾二淨的臉龐，衝著我打招呼，讓我對於到底該用什麼態度回應感到不知所措。

「啊，唔，早安。」

「瓜子鯧快烤好囉。這魚很好吃喔。」

「嗯……」

烹調食物的聲音。聞起來很美味的氣味……看到穿著單寧圍裙，攪拌味噌湯鍋的夏琳，「真的是爸爸的老婆呢」的念頭再次浮上心頭。現在，我只要閉起雙眼，就能將夏琳的身影置換成母親站在廚房裡的樣子。不僅髮型、服裝、表情，甚至是帶著婚戒的溫柔雙手，都能靈活地重現。

我總覺得難以直視一臉好心情，幫我做早餐的夏琳，我於是往連接廚房的起居室走去。昨晚與夏琳乾杯的起居室，盈滿讓人想要瞇眼的光輝。因為從東側的大面落地窗，注入滿滿的檸檬色朝陽。

我站在窗邊，眺望閃閃發亮的大海。

昨晚閃耀漁火的漁船，大概也都各自返回母港，魚貨也都卸完了吧。

「小珠，報紙已經拿了喔。在暖桌上喔。我都看不懂就是了。」

夏琳打趣地說。一定是養成了習慣，每天早上都會從一樓的投報箱幫爸爸拿報紙吧。

「謝謝。我先去洗把臉喔。」

廚房裡的夏琳對我比出ＯＫ手勢。

我昨晚沒洗澡直接就寢，所以在洗臉台洗頭、洗臉，刷牙。洗臉台這裡有紅色與藍色相同款式的漱口杯，感情融洽地挨在一起。杯子裡分別放著紅色與藍色的牙刷。我的牙刷是水藍色的，就只有那支不是放在杯子裡，而是被放在洗臉台鏡櫃裡的收納盒。

還好，至少我的牙刷不是紫色的……我終究按捺不住想要鬧彆扭的情緒。因為，紅色加藍色就會變成紫色。要是媽媽還活著，一定會用白色牙刷吧。如果說爸爸是藍色，媽媽是白色，而我的牙刷是水藍色，心情會滿好的吧。

我茫然想著這些壞心眼兒的事，一邊刷完牙，正在用吹風機吹乾頭髮時，起居室隨即傳來沒有絲毫惡意的聲音。

「小珠～早餐做好囉。」

「好～」

我將小小的罪惡感隨著回答一併吐出，不過後來有好一會兒，還是一個人持續吹著頭髮。

我們各自坐到與昨晚相同的暖桌位子，齊聲說：「開動了。」

說老實話，夏琳做的早餐好吃到讓人幾乎呻吟出聲。煮得非常飽滿的白飯，加上蘿蔔海帶芽味噌湯、鹽烤瓜子鯧，還有昨晚下酒所剩的軟絲生魚片，以鹽麴調味後搖身一變成為口味清爽的熱炒菜餚。仔細觀察瓜子鯧，會發現魚鰭甚至仔細抹上了厚厚的鹽巴，防止燒焦。

「夏琳。」

「怎麼了？」

「好好吃喔，全部都是。」

雖然有點不好意思，但是我覺得想要傳達出去的話語還是得說。

「哇喔，好開心。謝謝妳喔，小珠。」

與父親結婚三年。眼見這位娃娃臉的纖瘦菲律賓人的努力與進步，必須坦率地俯首稱臣。她或許已經是即使在日本成長二十年的我，都望塵莫及的真正「日本太太」了。

「我喜歡的烤魚有瓜子鯧、竹莢魚，還有梭魚喔。小珠喜歡的烤魚是……那個，叫什麼去了，眼睛大大的，大概這種大小。」

「大眼青眼魚？」

「喔～對。大眼青眼魚。那種魚，店裡沒在賣喔。」

夏琳說著，用小茶壺幫我連綠茶都倒好了。

「啊，有點不好意思耶。什麼都讓妳做。」

就算是我，也不禁心疼起來。

「ＯＫ喔。沒問題喔。」

「那，飯後的清理就由我來吧。」

「NO～NO～小珠，昨天晚上已經幫忙洗碗了喔。所以早上我來做。完全沒問題喔。」

對話就算出現「昨天晚上」的關鍵詞，夏琳還是滿臉好心情。不會對過去的事情耿耿於懷，原本就是菲律賓人的天性嗎？不然的話，這人該不會完全忘記昨晚與我的對話了吧……我反而開始萌生這樣的不安。但是我也不願因此就刻意一大早又重提昨晚的事。

總覺得兩人的對話好像又會僵掉，所以我盡量聊些像是已經拜託壯介修車、大眼青眼魚的魚貨量很少，網購還是買得到、又或昨晚的漁火很漂亮等，比較保險的話題，一邊就這麼坐立難安地吃完早餐。結果，飯後的清理工作還是由夏琳俐落地一手包辦。

其實「誰來做」根本就不是問題，只要主動說出「我來幫忙」，與夏琳一起站進廚房就好了。我懂這個道理。但是，我還是只說了句「吃飽了」，隨即回到三樓自己的房間。

「唉～呦。」

我輕聲說，整個人同時倒到床上。

就那麼仰躺的當下，感覺在胸口淺淺的有什麼東西「喀答」滾動。

違和感……是叫這個名字的石子啊。

◇　◇　◇

早上，差一點十點。

當我茫然眺望自己房間窗戶那頭的蔚藍海洋，一邊做伸展時，窗外傳來叭叭兩聲喇叭聲。是壯介。

我站起來，從海洋另一邊的小窗戶探出頭，俯視未鋪設柏油的店鋪停車場。窗戶正下方，停著一輛白色箱型車。靠在箱型車駕駛座車門上的青梅竹馬，陽光刺眼似的仰望這邊，舉起右手。

「嗨。」

我也對他輕輕揮手，說：「馬上過去。」

我嘴裡吐出的白色氣息，嘩地聚攏成一團，飄浮在臘月早晨凜冽緊繃的空氣中。

「總覺得很久沒見到小珠了呢。」

我從店鋪玄關一跑出去，壯介那張彷彿乖巧柴犬的臉龐隨即展露笑容……我卻在同時感覺到那視線從頭到腳將我仔細打量一番。素顏加上邋遢的打扮，讓我害臊了起來，所以我對他擺出軍隊的敬禮姿勢。

「今天就拜託你囉。」

「啊哈哈，妳這是幹嘛啊。好了，車鑰匙借我呀。」

「好，這給你。」

我將父親的車鑰匙，放到壯介掌心上。那是已經開了十年的白色豐田「ＭＡＲＫⅡ」。據說是個性隨便的父親，對壯介的父親隨便開條件說：「幫我用一百萬以內的價格，隨便標一輛拍賣的中古車來開開吧。」就那麼以隨便的心情買來的。所謂的「拍賣」，是指車輛買賣業界人士買進中古車的專門市場（以前聽父親說的）。

壯介確認過「ＭＡＲＫⅡ」的引擎發不動後，以熟練手法打開引擎蓋，開始進行各項檢測。我從旁窺探，當作見習。

壯介以關節突出的粗壯手指，逐一摸過引擎室裡讓人完全搞不清楚到底是做什麼用的機械。他那邊緣因機油而泛黑的指甲感覺很厚實。

小一時，跟我手牽手一起上學的那雙小手，曾幾何時變成「勞動者的手」啦……我有些感觸良深，一邊望向這個青梅竹馬的側臉。還是那張好像在曬太陽的柴犬，甚至連一丁點惡意都感受不到的悠哉娃娃臉。也就是說，是張完全感受不到類似「男人味」氣息的溫和臉龐。

「喂，壯介。」

「嗯？」

「那個啊……」

「電瓶已經死透囉。得更換才行耶。我先找了一顆『ＭＡＲＫⅡ』能合的中古貨，充電後帶來了，先換換看喔。」

「嗯，拜託你了。」

「好呦。對了，什麼事？」

「咦？」

「剛剛，不是叫我唄？」

「啊，對了。也沒什麼大不了的啦。」

「……」

「壯介，你以後要繼承『常田馬達』嗎？」

「唔，我覺得會耶，怎麼了？」

壯介神情狐疑，稍微歪頭。

「沒有啦，那件短夾克胸前不是有『常田馬達』的刺繡嗎？」

「嗯……」

「一看到那個，就覺得啊，壯介以後好像會繼承家業吧。」

「哈，在說什麼東西啊。對～了，不覺得這夾克設計很俗嗎？這是老爸滿久之前訂做的。要是我的話，就會把設計弄好一點。」

那是一件只要到有賣工作服的店家，隨手就能買到的毛領短夾克。時髦還是俗氣無所謂，總之就我看來，穿在壯介身上感覺很適合。配上那雙勞動者的手，就更適合了。

「沒那麼糟喔。普普啦。話說回來，壯介，反而是你睡覺起來亂翹的頭髮比較俗喔。」

「咦，真假？哪裡？」

壯介以粗壯的手，撫摸後腦勺乾爽的頭髮，同時露出苦惱柴犬般的表情。

「呵呵，騙你的啦。」

「欸？真假！我就想說，今天早上明明都整理過了，怎麼這麼奇怪還有頭髮亂翹哩。」

「喔～跟我久別重逢，連髮型都特別整理過啊。」

我打趣地這麼一說，被他嗤鼻一笑。

「白痴啊妳。」

「啊～壯介，在害臊喔。」

「笨～蛋，想要我害臊，至少化個妝再來啦妳。」

「哇，竟然對一個青春少女說這種性騷擾的話耶。」

我們不知不覺間，開始像以前一樣，插科打諢鬧著玩。就在這對話進行的同時，壯介雙手也以絲毫不拖泥帶水的動作，確實消化眼前工作。我望著那專業的手腕，一邊追憶遙遠過往。

常田壯介的家，就位於我們家與靜子奶奶家中間的河岸旁。

這個從小就長得一張柴犬臉的青梅竹馬，不論任何時期都是「偏差值50的人」（註7）。念書普通、運動普通、音樂普通、個性普通，長相也普通。但是，他國中隸屬的棒球社，好像比普通還糟，總是候補。說到我記憶中穿著制服的壯介，老是坐在冷板凳上高聲吶喊的加油團。

不過呢，這位「偏差值50先生」還是有唯一一個出類拔萃的優點，那就是雙手靈巧到實在不像話。

他不僅在美勞課創作出讓老師瞠目結舌的優秀作品，每年都在縣大賽中勇奪金牌。壯介國二上國語課，被老師逮到在桌子底下用美工刀雕刻鉛筆時，甚至因此創造出某種「傳說」。原來是老師沒收了美工刀與那枝鉛筆後，竟然不自覺低喃：「哇，你……這個，好厲害啊。」老師會驚嘆也是理所當然。畢竟，再平凡不過的鉛筆經過壯介巧手雕刻，變成精緻的龍。連每片鱗片都細膩雕刻出來的鉛筆，讓職員室的老師個個驚愕不已，最後還有個被校長先生叫去「稱讚一番」的精彩結局。

世上任何有形體的事物，對於那時的壯介而言，看來肯定都是創作的素材。因為他是那麼開心地撿拾河灘或海邊的漂流木或垃圾，做成形形色色的各種作品，那些垃圾藝術品甚至還躍上當地報紙版面。而且還有傳聞說，大城市那些看到報導的有錢人都特地跑到壯介家，將他的作品全買走了。我事後試著向壯介查證時，他苦笑著說：「沒有全部啦。被買走的只有三件。」但是對同為國中生的我們而言，那已經是足足有餘的爆炸性大新聞了。

高一那時候，壯介從我家後面海岸收集撿拾漂流木與海玻璃（註8），創作出「海玻璃燈」。然後就在某個夏夜，他在「常田馬達」的車庫中，向我展示那盞燈的光芒。形狀各不相同的海玻璃，被一片又一片毫無縫隙地細心組合，拼湊出燈罩，燈一點亮隨即散發如夢似幻的藍色光芒，

（註7）「偏差值」：意指對比平均數值50的相對數值，可以看出某數值與群體平均數值的相對關係。如日本的學力偏差值就是入學的決定性指標，數值越高代表自己領先的人數越多。舉例而言，偏差值55，表示成績落在所有考生的前30.85％。

（註8）「海玻璃」：sea glass，被海水磨去稜角的圓滑玻璃片。

讓滿是灰塵的車庫搖身一變成為初夏的淺海。我忍不住發出嘆息似的聲音：「哇，好美……」那是種彷彿豎耳傾聽，就能聽見沉穩潮浪聲的美。

「好棒。太美了。喂，也幫我做一盞這種燈啦。」

我嘗試認真地這麼一拜託，壯介就笑說：「要再做一盞跟這個一樣的很累人耶，妳就拿個什麼東西來換這盞燈吧。」據壯介說，創作最好玩的就是製作過程，一旦完成，對那件作品就沒什麼興趣了；所以幸運的我，當時就以壯介想看的全套漫畫（我看過的舊東西）換到那盞海玻璃燈。而那盞燈，如今還在我城裡的房間當作枕邊的閱讀燈，每晚都能派上用場。

唉……總而言之呢，我本來以為壯介絕對會運用那罕見才能，在美術或藝術的世界一展長才。結果壯介所選擇的，卻是父親在鄉下地方一手打造出的汽車修理販賣事業。說老實話，身為青梅竹馬總覺得有些遺憾，也為他惋惜。但是，如今看著在眼前俐落工作的壯介，開始慢慢覺得「出乎預料之外地也很適合這份工作嘛」……因為壯介修車時的雙眼，與他以前創作作品時一模一樣，看起來閃耀著非常純真的光芒。

「好～了。這樣就ＯＫ囉。嗯，那就先發發看引擎喔。」

壯介換完電瓶，插入「ＭＡＲＫⅡ」的車鑰匙後轉動。剛剛始終悶不吭聲的引擎，發出「啾嚕嚕嚕」的輕快聲響。壯介順勢輕輕踩下油門，「ＭＡＲＫⅡ」的引擎隨之死而復生。

「好耶。先像這樣，暫時讓引擎發動著吧。」

既然壯介都這麼說了，我試著提出不同建議。

「喂，反正引擎要發動一段時間，不如去兜風吧。」

「開這台？」

壯介指向「ＭＡＲＫⅡ」。

「嗯，有時間嗎？」

「唔，一下子的話還行。」

「那，去去就回。很久沒回來了，也想在本地到處走走看看。」

「現在才去到處晃也沒用喔，不管什麼地方都還是跟以前一樣，沒有任何改變耶。」

「就是想去確認一點都沒變，然後想說『哇，都沒變呢～』。」

「什麼東西啊，完全不懂是什麼意思。」壯介苦笑後，雙眉稍微垂成八字型說：「嗯，那麼，我來開車嗎？」

「不要。我來開。」

「蛤～？」

壯介一邊逗我，同時繞到副駕駛座那邊去。

我們坐進才剛死而復生的「ＭＡＲＫⅡ」。

我開慣了那輛五圓買來的輕自動車，覺得父親這輛車的車體還真大，不過對於駕駛倒是滿有自信的。駕照拿的也是手排車駕照。

「走囉。」

「好喔。」

我輕輕踩下油門。

白色「MARKⅡ」便在臘月凜冽的藍天下，順暢地滑了出去。

常田壯介

小珠的駕駛出乎意料地流暢。

比起一些技術拙劣的男人開車，坐在小珠車上的副駕駛座還比較放鬆。

「開車技術挺不賴的嘛。」

一出言誇獎，小珠立刻以本地腔調說：「對唄？」豎起大拇指。

「MARKⅡ」輕快穿過鄉下地方的町內，行經青羽港內，沿著青羽川沿岸的狹窄道路溯河而上，往山裡駛去。途中，小珠常常猛然減速，然後瞪大雙眼，定神凝視那些對我而言平凡無奇的熟悉風景。

後來，車子終於在我們的母校——青羽中小學一貫制學校操場旁停下來。

「哇，好懷念喔。我說壯介，要不要去看一下？」

小珠說著，推開駕駛座車門，乾脆地下了車。

我也跟在她後面。

我們透過區隔操場與道路的圍欄，眺望回憶中的校舍。

「你看、你看，那是波特球（註9）吧。」

小珠指向操場。約莫是小學五年級的孩子，看來像在上體育課。

「是吧。好懷念喔。話說回來，這操場，那時候有這麼窄嗎？」

「純粹只是因為壯介長大了，才會感覺窄。城裡的學校只有這操場的一半大小而已呢。」

「真假？只有一半，那不是連棒球都打不了？」

「大概沒辦法耶。」

「是喔。那就這方面來說，鄉下地方的小鬼算是得天獨厚耶。」

「或許吧。」

小珠不是說「對耶」，而是「或許吧」。

感覺她似乎是話中有話，好像在說「鄉下地方是很好，大城市也有大城市的好處喔」，我不由得喪氣地想縮起身子。

一陣冷風咻地從東方吹來。

「哇，好冷……」

（註9）「波特球」：延伸自籃球的球類競賽，但是沒有籃框，競賽兩隊（七人一隊）各有一人負責站在取代籃框的台上，只要接到運球進攻隊友的球便得分

小珠下巴縮進附毛領的短夾克領口中。

要是夏天，這陣沿著河流吹過來的風，會混合香魚所散發出類似西瓜的味道，還有海潮的氣息。但是在當下臘月，風中融合了濃厚的落葉氣味。那陣風吹亂了小珠及肩的頭髮，我莫名地像在觀賞一部默片，茫然望著小珠將手指插入髮間，梳理頭髮的樣子。

背後傳來青羽川的潺潺流水聲。頭頂上，是樹葉早已掉落的老櫻樹往外延伸的枝枒。河岸這條路，兩側櫻樹夾道，春天一到，就能看到怒放的櫻花燦爛爭妍。只要是櫻花滿開的週末，本地民眾就會不分晝夜，在此飲酒賞花。

哇~操場響起歡呼聲。

好像是波特球競賽中有人得分了。

再次望向活潑的孩子，小珠和我開始熱烈地話當年。然後根據本身所知，向彼此報告總共十三名同學的現況。

這十三人中，有十一人高中畢業後就離開本地，四散各處。目前在念大學的傢伙與就業成為社會人士的傢伙，大概各占一半。過去曾在這櫻花樹下一同嬉戲的伙伴，也都憑藉自己的一雙手，開創出各自的道路，走在屬於每個人自己的人生路上啊。

每當思緒像這樣，馳騁於大家的「現在」時，總會有種感觸良深的感覺，同時也會覺得那些人彷彿某種遙遠的存在。因為對於當初沒那麼認真思索將來，莫名其妙就這麼直接留在本地的我而言，說句真心話，總忍不住會有種「被人拋下的感覺」。伙伴們肯定悠遊於外面充滿刺激的世界，每天都持續大幅成長吧，所以總有一天會覺得跟窩在鄉下地方的我，話不投機半句多吧……那種連結不安與恐懼的情緒，常會從內部侵蝕我。

「真的……大家都很拚呢。」

小珠似乎也感慨良深。

「是吧。話說回來，同學年畢業生的現狀幾乎每個都清楚，也只有鄉下地方才做得到吧。」

「對啊。」

「換句話說，就是所謂的『零隱私』呢。」

「啊哈哈。也可以這麼說。」

「唉～我覺得一次也好，去呼吸看看外面的空氣也不錯耶。」

要將真心話說出口有點害臊，我於是朝冬季的天空伸了個大懶腰，一邊這麼說。小珠什麼都沒說，只是靜靜望著我這邊微笑。

操場響起鳴笛聲與歡呼聲。

我們的視線投向圍欄那頭。競賽結束，優勝隊伍的孩子高舉雙手，興奮喧鬧。落敗隊伍的孩子，有人不是滋味似的踹土，有人雙肩頹喪地嘆息，還有人裝出本來就是興趣缺缺的樣子，反應同樣是形形色色。

我輕輕吐出一口嘆息，輕到連小珠都沒發現。

人生是根據什麼，決定出勝者與敗者的呢？

金錢？名譽？漂亮老婆？還是，能否投入做起來有成就感的工作呢？

操場中的孩子，真的就是一種米養百樣人。

我對於那個不是滋味似的踹土的孩子，莫名感到親近。

只不過……

才不想淪為敗者呢，我坦率地這麼想。

「喂，壯介。」

「嗯？」

我的視線離開孩子，望向小珠。

「真真她還是老樣子？」

「唔，好像還是老樣子耶。」

「真真」是一個名叫松山真紀的同學的暱稱。是面對沿海國道的「海山屋休息站」的二女兒，也是除了我之外，唯一還留在本地的同學。真真高中畢業後就到城裡工作，不過短短一個月後就回到本地，隨即就持續繭居於老家，足不出戶。傳聞說，她的家人對她也很頭大。

我繼續說。

「好不容易有個同學待在本地，卻完全見不到面呢。」

「是喔……」

看小珠的神情似乎若有所思。

真真從以前就是個很愛獨處的「電腦宅女」。膚色是幾乎有些病態的白皙，纖瘦又弱不禁風，不擅長運動，聲音也很細弱。念書不知道為什麼總覺得只有理科擅長。

「我們現在就去海山屋看看，怎樣？」

小珠沒頭沒腦地這麼說。

「欸？為什麼？」

「難得真真在本地啊。能碰面的話，也想見見囉。」

「不可能的啦。就算我們突然跑去，也會躲在房間裡不出來吧。」

「是嗎……」

「那是當然的啊。家人也因為這樣很頭大耶。」

「那去跟真真的家人打聲招呼吧。」

「蛤？為什麼小珠要去找真真的家人？」

面對這唐突又莫名其妙的言行，我不自覺歪頭。小珠隨即以嚴肅表情說：「其實啊。」背部一邊靠上學校圍欄。

「有件事呢，之前老早就想跟壯介商量看看的。」

「商量？妳說，跟我？」

「嗯。不是才剛說過唄。」

當小珠笑著以本地腔這麼說的時候，又是一陣冷風吹來。這陣風比剛剛減弱不少。小珠的頭髮隨風搖曳，空氣中飄來微微的洗髮精香味。

「表情這麼嚴肅，什麼事啦？」

「唉，也沒什麼大不了的啦。」

「給我等等。我可沒錢喔！」

我打趣地這麼一說，小珠噗嗤一笑。她緊接著，順勢說出意想不到的話來。

「我打算創業。」

「蛤？」

創業？

「想做移動販賣那種的。」

「妳是說開車到處賣，像超市那種的？」

「對，就是那個。所以啊，我就想說拜託壯介的話，應該可以幫忙弄到一輛做這行用的、那種像小發財車的冷藏車。」

我很驚訝。換句話說，所謂的創業，真的就是創業耶。

「咦，話說回來，小珠，你是要一邊念大學一邊創業嗎？」

「大學那邊，我已經辦退學了。」

「……」

喂喂喂，這種事是可以這麼乾脆說出口的嗎？

我像個白痴一樣嘴巴開開，背靠到圍欄上，望著受到冬風吹拂的青梅竹馬。

噹噹噹噹。

遠處突然傳來學校鐘聲。

那聲響瞬間將我拉回過去。

小一那時候，每天、每天，都牽著小珠的手走過這條櫻樹夾道的路呢。

那個小女孩，曾幾何時已經長大成人，而且還要創業囉……

「喂，怎麼都不講話啊。」

小珠似乎很納悶，雙眉隨之垂成八字型。

我莫名地噗嗤而笑。

「先聽聽妳的想法再說啦。要不要去海山屋的食堂區，喝杯難喝的咖啡呀？」

我這麼一提議，小珠立刻答：「嗯。」然後就像成功說服別人幫忙買喜歡的零食的孩子一般，瞇起雙眼。

◇◇◇

開到「海山屋休息站」，甚至花不到五分鐘。

小珠開的「ＭＡＲＫⅡ」，以倒車方式完美停進店家旁停車場的角落。一下車，我們頓時被包裹在冰涼的海風中。

「嗯～就算是冬天，也還是比較喜歡海呢。」

沐浴在明媚陽光下，小珠一副心情真的很好的樣子打了哈欠。

停車場隔著一條國道的對面，就是佈滿偏黑岩石的海岸，潮水拍擊岩石的怡人聲響傳入耳裡。眺望稍遠的大海，反射的白色陽光正在其上輕舞。或許是因為空氣非常澄澈，天空與海洋上下兩種不同的藍，被水平線明顯一分為二。

「海山屋休息站」入口前方，可以看見曬網上密密麻麻地擺滿偏小的竹莢魚與項斑項鯩。乾燥後縮成小一號的魚兒，看來也像是在冬天乾燥的冷風中凍壞了。就在魚乾旁邊，放著一張有些褪色的可口可樂長椅，三個穿著非常厚實的婆婆縮著身子在椅子上排排坐。

「請問婆婆，妳們常來這裡嗎？」

小珠彎腰這麼向她們攀談。「是呀。」最右側的婆婆點頭說：「我們老人家啊，早餐吃完就沒事做了唄？所以才會聚在這裡閒話家常啊。」

接著，換左側的婆婆像在揶揄她似的發笑。她的上排牙齒缺了一顆，笑起來格外滑稽。

「老太婆我啊，本來得下田工作的，是這兩個一直吵著說好閒啊～我實在沒辦法，才來這裡陪兩個閒人的。」

被稱為「閒人」的兩人，感覺很愉快地嘻嘻哈哈笑出聲。

「話說回來了，妳這小姑娘啊，好像在哪裡見過呢。」

正中間的婆婆，以慈眉善目的臉龐仰望小珠。

「我？是青羽川河口『架上的麻糬居酒屋』的女兒……」

小珠指著自己這麼說，三人隨即面面相覷。

「哎呀呀，那不就是……妳是正太郎的女兒？」

「嗯，婆婆，您認識我家老爸嗎？」

「我們啊，實在是，熟～得很呀。是吧。」

「對啊。」

簡單來說呢，父親以前在這一帶實在是壞到出名，據說現年五十歲以上的本地居民，無人不知無人不曉。

「那個壞小子，現在可好？」

「他啊，正在住院呢。」

「哎呀呀，怎麼又住院啦？」

之後，小珠與三婆的閒話家常持續了約三分鐘。我站在小珠身後茫然聽著女人們的對話。

對話告一段落後，右側婆婆隨即從上衣口袋拿出什麼東西。然後說著：「來，小姑娘。這給妳，拿去吧。」一邊往小珠那邊遞。

「咦？是什麼？」

兩顆草莓糖從皺巴巴的手，滾落到小珠手掌上。

「哈，謝謝您。」

「那裡的小哥也拿去。」

「嗯。」

「啊，謝了。」

我首次開口。試著露出乖巧的笑容。

「那，婆婆，再見囉。」

「下次給你們咖啡糖，再來玩啊。」

長椅上的三人，以彷彿看孫子的眼神仰望小珠，然後揮手。小珠也回以一笑。我有點不好意思，只是微微點頭。

「不過呢，小珠妳，很會對付阿嬤嘛。」

我邁出步伐，一邊小聲說。

「嗚呼呼，是唄？」

小珠也小聲回答，一邊終於拉開海山屋的玻璃門踏入店內。

嗶嚕鈴嚕鈴、嗶嚕鈴嚕鈴……店內響起電子鈴聲。原來是以聲音通知有顧客上門的機制啊。

「您好，歡迎光臨～」

內側傳來有些倦怠的女性聲音。是真真的姊姊——理沙。

我們行經商品陳列架，上面擺滿感覺只要是海邊觀光區，全國隨處都買得到的貝殼裝飾品、明信片、鑰匙圈等，然後繼續從養著活龍蝦、鮑魚還有海螺的水槽旁走過，朝那個感覺有些寒酸的輕食&喝茶區前進。

「哎呀，真稀奇，壯介加小珠耶。這到底是什麼組合呀？」

理沙姊從烹調區走出來。長長的褐髮與細長雙眼。纖瘦的白皙頸部，還有鈕釦開到乳溝的白色襯衫，外面還穿著一件有夠招搖的粉紅豹紋連帽磨毛外套就是了……總之呢，依然是個豔麗的美人胚子。讓人不禁想稱之為「青羽町性感象徵」的理沙姊，比我們大兩屆，現年二十二歲，卻也是個養育三歲女兒美沙的母親。也就是大家所說的「年輕媽媽」。當然，她在學生時期就滿叛逆的，在學校很引人側目。而傳言中，慘遭理沙姊「毒手」的夫婿貴弘，比理沙姊又大兩屆；但是這人卻是個要加上「實在有夠」來強調的老實人。當然現在據說也過著被理沙姊吃得死死的婚姻生活。

「哈囉。」

「早安。」

向理沙姊稍微打聲招呼後，因為這裡總共有四張桌子，我們選了最內側的靠窗位子坐下。難得一間店靠海，從這面窗看出去卻是國道，只能看到一點點海景。

「你們兩個，感覺上該不會是搞上了吧？」

理沙姊以像是將豐滿胸部往上托的姿勢，雙臂抱胸，以細長雙眼俯視我們。

「啊哈哈，怎麼可能。沒有、沒有、沒有、沒有。」

小珠迫不及待地秒速否認。否認是理所當然的沒錯，不過這麼誇張的秒速否認還真有點傷人。而且還是「沒有」四連發。

「那倒也是呢。」理沙姊「哼哼」兩聲，用鼻子哼笑，接著又說：「那是怎麼了，兩個人怎麼會湊在一起？」

「來喝咖啡的。」我說。

「我也要一杯咖啡，麻煩妳~囉。順便也想看看真真在不在，想說很久沒見了。」

小珠指向天花板。她知道真真房間是在店鋪的二樓部分啊。

「我想你們也都知道了，那孩子的暱稱明明叫『真真』的，現在反倒成了『繭繭』了。叫她也不會出來的喔。」

理沙姊苦笑著仰望天花板。

就在這時候，天花板竟然傳來一陣「啊，啊哈哈哈」的幼童嬉鬧聲……幾乎就在同時，還有「達達達達」活力十足地跑來跑去的腳步聲。

我與小珠不禁望向理沙姊。

「嗚呼呼。真紀她呀，在跟美沙玩呢。唔，等於是我們家的托兒所囉。」

「是喔。真真從以前就很會照顧別人呢。」

小珠再次仰望天花板，滿臉懷念。

這麼說來，真真以前感覺上就是個像褓母的女生。雖然是班上最不起眼的學生，卻深受相差好幾歲的低年級學生景仰。像六年級那時候，只要午休時間一到，就常有大概一或二年級女生跑來教室玩，在窗邊圍著真真，要她教翻花鼓或「LILY-YARN」手工線編。至於真真當時是以什麼神情，跟她們說了什麼，我已經想不起來了。只是還清楚記得，她在窗邊偏白的柔和逆光中，與低年級學生共同營造出的溫馨氣氛。畢業那一天，有好幾個低年級女生都哭了，我想那是因為她們以後再也不能跟真真一起玩，而感到寂寞吧。

「對了，今天貴弘先生不在嗎？」

小珠問。

「我家老公從一大早開始就在釣魚。」理沙姊指向店前面的岩岸。「冬天也沒觀光客，土產店完全賺不了錢唄？所以，我跟他說至少得釣到夠我們全家吃的飼料（食物），每天早上都趕他出去。反正，他本人好像也不討厭釣魚，出門時表情看來也不排斥就是了。」

理沙姊打趣似的輕笑，隨即呢喃：「那個，兩杯咖啡吧。」身影一邊消失在廚房中。

沒多久，擺放折疊椅的座位區，飄來一陣幾乎是與這裡不相稱的濃郁咖啡香氣。我與小珠在等咖啡的同時，聊起真真的過往，不過也不知道是不是因為本人就在二樓，又或本人姊姊就在那裡幫我們泡咖啡，兩人很好玩地有志一同，都輕聲細語起來。

「來，久等囉。反正也沒客人上門，你們就慢慢坐吧。」

理沙姊端來香氣四溢的咖啡，同時說：「這是招待的。」一邊將褐色小魚放在我們面前。

「咦，這是……」

小珠仰望理沙姊。

「味醂魚乾，炙燒過的。是我家老公釣來的小不點竹莢魚，不過還滿好吃的喔。」

「回頭見。」理沙姊說完轉身，隨即以夢露式的扭臀走法邁開步伐，身影隨即消失在土產賣場那邊。

「是要我們喝咖啡配味醂魚乾喔？」我說。

「搞不好出奇合拍呢。」小珠說。

不論如何，我們先以黑咖啡的形式啜飲一口。

結果，小珠露出不可思議的神情。

「咦？這裡的咖啡有這麼好喝嗎？」

「是吧。我也嚇了一跳。」我說著，突然想起一件事。「啊，對了。好像有聽說過，貴弘先生成為這邊的女婿後，咖啡突然就變好喝了。據說貴弘先生是個滿講究的咖啡愛好者呢。」

「喔～這樣啊。所以像是豆子或沖泡方法都變了吧。」

「大概吧。與其在這種落魄小地方經營一間沒有觀光客上門的休息站，乾脆改成景觀很好的海邊咖啡廳，說不定還比較有賺頭呢。」

「喂喂喂，不行說那種話吧。這可是本町碩果僅存的珍貴土產店了耶。」

我們拿起感覺百圓商店就有賣的白色杯子，噗哧一聲笑出來。

味醂魚乾的白芝麻風味十足，甜辣調味也恰到好處，充分引出了小竹莢魚的美味。雖然正如理沙姊所說，的確好吃，但是比起咖啡，配日本茶應該更搭吧。這一點，我與小珠的意見一致。

二樓常傳來美沙雀躍的笑聲。我們受到那聲音牽引，莫名地也面帶微笑。雖然聽不到正在陪美沙的真真的聲音，但她原本就不是會大聲的人，所以呢，也不足為奇吧。

「總覺得啊，就算是繭居，也挺開心的嘛。」

我指向天花板說。

「嗯。」小珠頷首，也仰望天花板。「真真她，打手機的話，也不會下來見我們喔？」

「唉，不可能的唄。畢竟理沙姊都那麼說了。」

「是嗎……我們從小學低年級開始，就常玩在一起耶。」

小珠仍然仰望天花板，一邊以食指抵住自己臉頰，微微歪頭。這是小珠嚴肅思考些什麼的動作。跟小時候一模一樣，完全沒變。

「先不說真真了，差不多該進入正題了吧。」

「欸？」

「妳看妳，不是說要講什麼創業的唄？」

「啊，嗯，對了。」

小珠重振心情似的面對這裡，又啜飲一口咖啡後，「呼」地吐口氣。然後她端正姿勢，對我投以平日罕見的熱情眼神說：「那就從一開始的動機說起喔……」就這樣開始述說。

葉山珠美

起初，我之所以會想做跑腿宅配車的動機，完全是因為靜子奶奶無意間說出的一句話。

今年八月……

上完大學暑假前的最後課程，回老家探親的我，盂蘭盆節（註10）那幾天就在靜子奶奶家度過。這是不許外人參加，專屬於我們祖孫倆每年的小小例行活動。

靜子奶奶個性與母親很像，整個人總是散發出明朗沉穩的氣息。所以只是與她待在一起，就會覺得好療癒，靜子奶奶只要與我在一起，好像也能忘卻獨居的寂寞，總對我說：「多虧小珠在，這飯吃起來特別好吃呢。」

再說了，靜子奶奶田裡收成的白米還有米糠醃製的泡菜，都讓人真心覺得實在好吃，眼前流動的青羽川潺潺流水聲就是療癒音樂，從竹簾縫隙「咻」一聲鑽進來的河風沁涼澄澈，非常舒服。躺在放有爺爺佛壇的榻榻米房間，聞著燈心草的氣味，是難以言喻的極致幸福。每當我在白天就那麼直接沉沉入睡時，靜子奶奶絕對會悄悄幫我蓋上一件薄薄的毛巾毯。然後，我就會在半夢半醒間這麼想：啊～被幸福包裹住的感覺，就是這樣的啊……

另外，還有一件很重要的事……

我每晚鑽進被窩，關燈後，會請奶奶聊聊母親生前的事。這又是另一種住在靜子奶奶家的醍翢味。

例如，幼時的母親意外地是個野丫頭，不過喜歡看書這一點，倒是跟我小時候很像；或是母親也喜歡跑到青羽川玩，常用蚯蚓當餌釣長臂蝦；或是念書挺拚命的，只是體育有些不拿手，但是最愛唱歌。像這樣，請靜子奶奶會說些只有她知道的母親生前的樣子，當作床邊故事。

在漆黑的房裡，豎耳傾聽成為說書人的靜子奶奶沉穩的聲音，隨即聽見「鈴」的一聲，從屋簷傳來的風鈴聲。不論是夏日微微夜風、鈴蟋的情歌、潺潺流水聲，都是在聆聽我所不知道的母親故事時，讓故事變得多采多姿的美麗背景音樂。紗窗另一頭的黑暗中，常會出現輕盈閃爍的綠光。那是源氏螢。

話說回來，還曾有過這麼一段往事。那是母親與父親婚後，剛生下我的事。據說，疲累不堪的母親在婦產科病床上，一邊幫我哺乳，一邊這麼對靜子奶奶說。

「生孩子，真的是一件很不得了的事呢……媽媽，謝謝您把我生下來。」

她說到「謝謝您」時，已經是淚眼婆娑。

除此之外，關於母親很棒的、開心的、好笑的往事還有好多好多。我就窩在被窩裡聆聽每一段往事，一邊怦然心動、感傷不已，又或偷偷拭淚。有時候，就連述說語調一向沉穩的靜子奶

（註10）「盂蘭盆節」：類似台灣的中元節。日本除少數區域之外，幾乎都在八月十五日過盂蘭盆節，並舉辦各種儀式祭典，告慰亡者或祖先在天之靈。

奶，都會為之語塞。此時，我都會從被窩伸出手去，握住靜子奶奶的手。那皺巴巴的手，不論什麼時候都比我的手還要暖和。

老實說，述說或傾聽母親生前往事，有時也會再次提醒自己「母親已經不在人世」的事實。這種作業就像是在自己內心傷口灑鹽。但是，我是刻意想要聽很多像這樣的往事。因為就像抽屜裡母親的遺照已經一點一滴褪色，我覺得內心對於母親的記憶，同樣也以雙眼看不見的速度逐漸風化。所以，至少為了填補那些風化的記憶，也想請靜子奶奶告訴我關於母親的新資訊，擴充現在殘留的記憶或印象，藉此重新著色，紮實地深植心底。我想靜子奶奶肯定也能藉由對我述說，重新召喚出曾經忘卻的重要回憶。

盂蘭盆節的夜裡，祖孫倆暢談亡母……

一起度過那麼心酸平靜的夏夜，不論對我或靜子奶奶而言，或許都是非常重要的憑弔儀式。

靜子奶奶望著我的眼神，與她望著生前母親的眼神，同樣擁有深沉慈愛。而那樣的溫度，讓我實際感受到「我被血肉至親深愛著」。所以，這雖然沒有直接的因果關係，但是對我而言，靜子奶奶不但是特別的存在，在現在這個瞬間，無疑地就是我最想好好珍惜的其中一人。

就在我與那樣的靜子奶奶午餐一起吃麵線時，偶然看到電視資訊節目正在播放「驗證人口過少地區的未來」的專題報導。其中耗費最大篇幅的，就是如何拯救「採買弱者」的相關主題。

採買弱者……那是頭一次聽到的詞彙。但是我一邊觀看電視，相關內容讓我察覺，這個詞彙並非遙不可及。

所謂的「採買弱者」，據說正如字面意義，就是指自己沒辦法去採買的人。像是獨居的老人家，要是住在深山等交通不便的區域，再加上附近沒有步行可到的店家，另外由於高齡無法開車，就會常常因為無法去採買而苦惱……據說這個詞彙就是指這樣的人。

電視畫面出現一位看起來人很好的婆婆。她嫁到中山間區域（註11）的一戶農家，但是孩子後來全到大城市去了，而且數年前自從丈夫死後，就成了獨居老人。

「會有親戚一星期大概開車過來一次啊。然後呢，就麻煩他們帶我去買東西。其他時間就是孤伶伶的一個人，而且腰跟腿都不好，什～麼都沒辦法買呀。」

那位婆婆以充滿莫名哀愁的口吻一說完，我眼前的靜子奶奶就輕輕放下筷子，然後竟然罕見地嘆了氣。

「其他地方也一樣呢……我吃飽了。」

說著緩緩起身的靜子奶奶，也將我老早吃完的餐具疊在一起，拿到廚房去，隨即開始洗碗。

我凝視她那一年比一年變得嬌小的瘦弱背影，突然開始這麼想。

沒辦法開車的靜子奶奶，以前都是怎麼去採買的呢？

我之前從來沒有思考過這一點，老實說，對於不懂事的自己也有些震驚。

「我問妳喔，奶奶。」

（註11）「中山間區域」：意指平原外圍到山間區域的範圍，在多山的日本，占國土面積約七成。

「嗯？」

我對她說的同時，來到廚房站在她身旁。我開始用廚用擦巾一一擦拭靜子奶奶洗好的餐具。

「奶奶之前是怎麼去採買的呢？」

「那個啊，用各種方法囉。」

「各種方法是？」

「像千代子常開車來家裡玩，我就會請她帶我一起去採買。還有，也會拜託附近鄰居……正太郎跟夏琳也常留意我這方面的需求呀。」

「原來是這樣啊……」

之前完全不知道。

無知是種罪過。

這麼一想，我拿著廚用擦巾移動的手頓時停了下來。

「哎呀呀，小珠不用放在心上啦。」

「啊，嗯。」

「奶奶，不要緊的，再怎麼樣總是有法子的。而且就算想拜託小珠，人已經去了城裡。想拜託也不可能了唄？」

「……」

「好了。快把餐具擦一擦吧。」

被這麼一催，我開始擦起餐具。

其實，我常常都在想，靜子奶奶如果能跟我們一起住在家裡就好了。但是靜子奶奶不論跟爸爸又或夏琳，都不是血脈相連，而唯一有血緣關係的我卻去了大城市。在那種情況下，要是住在一起，每個人都會感到疲憊吧。應該說，感覺上是只有靜子奶奶一個人，會特別疲憊。

說到這個，爸爸好像幾年前曾不經意地說：「到我們家來一起住也是ＯＫ的喔。」據說靜子奶奶那時候，只說：「正太郎，真是謝謝你啊。但是，以前跟爺爺一起住的這間河邊的房子，破歸破，我卻很喜歡呢。唉，我會在自己做得到的範圍內試著過過看的。」

「千代子婆婆她常來嗎？」

我問。

「那人啊，兩天會來一次喔。」

靜子奶奶微微一笑。是因為內心浮現出千代子婆婆的臉龐吧。

那位叫千代子婆婆的人，就住在河對岸，是靜子奶奶的朋友，也是個獨居老人。年齡好像比靜子奶奶小五歲，今年七十五歲沒錯。她的個頭雖然嬌小到像個孩子，背卻是直挺挺的，老當益壯、個性剛毅，說話速度很快，一開口就滔滔不絕，用字遣詞往往辛辣毒舌。儘管如此，卻與靜子奶奶意外投緣。「千代子婆婆她是不是常騎三輪車？」

「騎是騎，也會開車呢。是輛白色的小車，只是開起來慢～吞吞的，像隻蝸牛。」

靜子奶奶說著，噗嗤一笑。

「真有那麼慢？」

「隨隨便便就被孩子的腳踏車給超過去了，所以是慢吞吞的唄。」

那還真是有夠慢的慢耶。我受靜子奶奶影響，也跟著笑了。但是邊笑，是這麼想的。

就連千代子婆婆，在不久的將來，也沒辦法再開車了。到時候，靜子奶奶與千代子婆婆，不就會淪為採買弱者了嗎？

那可不妙。

該怎麼辦才好呢？

常田壯介

「所以說，小珠是已經想好該怎麼辦了嗎？」

我一口喝掉完全冷卻的剩餘咖啡後，這麼問小珠。

「嗯，那時候，有張臉龐突然浮現心頭。」

「妳說臉龐？誰的？」

這樣啊，這裡總該輪我出場啦……情緒稍微雀躍興奮了起來。然而，當時小珠心頭浮現的臉龐，很遺憾地竟是一臉兇相的某大叔。

「正三先生的臉龐。」

「欸？」

「古館正三先生啊。壯介你，不知道他喔？」

「那個人，知道是知道啦……」

古館正三先生，背上背著密密麻麻的刺青。是個一臉兇惡的阿伯。他是大概十五年前從其他某個町（謠傳是從監獄），偶然之間晃到了本地，然後就在這個青羽町的車站後頭那邊定居下來。年齡大概六十五歲左右吧。他老是沉默寡言，眉頭深鎖，卻常見他在「架上的麻糬居酒屋」露臉。一定是與以前同樣在混的正太郎叔叔，氣味相投吧。應該說，正太郎叔叔那個人就是性格爽朗，不論對方是多麼凶神惡煞的人，都會一視同仁說出「喂～坐在那裡的阿伯啊」什麼的，所以反而更受黑道真心喜愛就是了。

「正三先生的工作，壯介也知道吧？」

「啊，對喔，原來如此。」我這才搞懂。那個阿伯就是開著在我們家車庫幫他改造的鈴木輕自動車「CARRY」冷藏車，穿梭大街小巷進行移動販賣。換句話說，等於是小珠勾勒出的什麼「跑腿宅配車」的前輩。「這樣啊。原來是有這樣的前因後果，才想到要做跑腿宅配車的啊。」

「嗯，就是這樣。」

小珠也喝光剩餘的冷卻咖啡。

「只是，我說小珠啊。」

「欸？」

「前言，太長了唄。」

「前言？」

「我說，跟靜子奶奶那段，太長了啦。」

我嘲弄般地一說完，天花板又傳來美沙的笑聲。我與小珠受到牽引，雙雙仰望天花板。

「我正在考慮要不要去拜正三先生為師。」

小珠維持仰望天花板的姿勢，說出這沒頭沒腦的話來。

「蛤？喂，不是說真的吧？」

「我在想要不要拜他為師，請他教我移動販賣的入門技能。那樣的話，不但能走上創業的捷徑，也能降低創業後的風險吧。」

「唔，也是啦……沒問題嗎？」

我對小珠要成為那個一臉兇惡的大伯的弟子感到不安，對於她創業後收支能否平衡也感到不安，這兩方面的不安，打從內心萌生。就連數十年前起就在本町營業，擁有眾多常客的「常田馬達」，經營面常常都像在走鋼索了。反觀小珠，比起這樣的不安，看起來卻像是單憑滿腔熱情一個人往前衝。

「我的跑腿宅配車上路後，不只靜子奶奶跟千代子婆婆，不論是住在青羽町哪個地方的阿公跟阿嬤都能幫到，那樣的話，大家就不再是採買弱者了，他們一定也會很開心吧。把讓人開心的工作拿來做生意，也是能成立的，對吧。」

小珠的視線緊緊攫住我的視線。

「唔，那倒是啦……」

「所以，我有事要拜託壯介。」

「唔？喔……」

「我想要便宜買到冷藏車。就像正三先生那時候一樣，想請你幫忙改造成好的狀態。」

小珠雙手撐在桌面上，上半身稍微前傾。

「那……當然好啊。」

「而且，我接下來有更重要的話要說……我就老實跟你說了喔。」

「欸？」

「沒有喔。幾乎都沒有。」

「什麼東西？」

「錢。」

「……」

這位青梅竹馬說這話，到底是要我怎麼樣呢？

「所以呢，希望你能用便宜到極點的方式幫我處理這件事。這也是為了本町的老人家。壯介，真的拜託你了。」

她說著，頭低到額頭都快抵到桌面了。

「欸？啊，等、等等，頭先抬起來再說啦。」

正當我不由得手忙腳亂時，理沙姊真的是挑在最糟糕的時間點，突然從土產賣場過來。

「嗯？你們倆，這是什麼激烈場面啊？」

那語帶恫嚇的低沉嗓音，讓小珠抬起頭來。

理沙姊照例，用像是把豐滿胸部往上托的姿勢，雙臂交叉在胸前，一邊苦笑。

「我呢，現在是有事，很認真地在拜託壯介。另外也有事想要拜託理沙姊。」

「蛤？那是怎麼回事？」

這麼說的，是我。然後頭頂上不知道為什麼，竟然傳來一陣語帶恫嚇的低沉聲音。

「壯介。你這傢伙，人家一個女人，頭都低成這樣了耶。答案不是很清楚了嗎？」

「明……明白了。當然，會好好處理。」

什麼東西啊，這莫名其妙的演變……雖然心裡這麼想，唉，不管怎麼說，打從一開始就打算只要是做得到的，什麼都會為她做了，所以這樣也好……的確也有這種心情就是了。話雖如此，小珠到底是沒錢到什麼地步，會是個問題。再怎麼說，家裡還沒有那種餘力能做到等同於免費奉送。但是，現在似乎不是談這個的好時機。

「呼，太好了。壯介，謝謝你。正好妳也在這裡，理沙姊。」

小珠頭往旁邊一轉，這次換仰望理沙姊。

「嗯，什麼事？」

「希望妳能把真真借給我。」

「要借我家繭繭？怎麼又說這種話？」

小珠緊接著，又把剛剛跟我說過的那段幾乎相同內容，很長很長的前言說了一遍。她說明完自己為什麼想開始做跑腿宅配車後，繼續這麼說。

「然後呢，真真很擅長電腦吧。所以想請她在我創業時製作廣告傳單，或幫忙媒體公關。」

像機關槍一樣滔滔不絕的小珠，說到這裡「唉」一聲，嘆口氣。然後，仰望雙臂交叉抱胸，站在那裡的理沙姊。

「嗯～」這麼低吟的理沙姊，突然流露溫柔眼神，以循循善誘的語調說：「妳的心情、想法，我都明白了喔。但是不好意思，老實說，我覺得那孩子是做不來的喔。」

「欸……」

「真真沒有那麼容易就會出來的。」

「但是，我覺得只要說是要幫靜子奶奶，她就會幫忙的。」

小珠還是不願放棄。

「啊，說到這兒，那孩子小時候也常去靜子奶奶在河邊的家玩，跟奶奶很熟嘛。我也去打擾了好幾次，記得奶奶也很疼我呢。」

「對。跟我一起。」

「這樣啊……」

「不行也沒關係。讓真真聽聽看這個想法也好。」

「唉，以我們家的立場呢，只要能幫那孩子停止繭居，就謝天謝地了。」

「是。」

「那就，稍微去幫妳交涉看看囉？雖然不太可能就是了。」

理沙姊指向天花板說。

「拜託妳務必試試。真的很謝謝。」

小珠滿臉笑容這麼說，理沙姊俯視她，一邊提醒。

「話說回來了，小珠妳啊……」

「是？」

「前言，太長了。」

◇◇◇

我們來到店鋪內側，在店鋪與架高的居家空間段差這裡脫鞋。理沙姊走在前頭，步上昏暗的階梯。

「好懷念喔，上次爬這樓梯已經是多少年前啦。」

小珠壓低聲音說。因為理沙姊跟我們說，先別讓真真知道我與小珠已經來到房門前比較好。

一上二樓，就是往前延伸的長廊。走廊左右兩側有好幾扇門。讓人不禁聯想起昭和時代的旅館房屋結構。

真真的房間一上樓就看到了。那扇讓人感受到歲月痕跡，貼著偏木紋風格壁紙的門扉那頭，傳來美沙的嬉鬧聲。另外，還有感覺稍微壓抑的輕柔聲音摻雜其中。不會錯，那是真真的聲音。

「那傢伙都會從內側上鎖呢。」

理沙一邊低語，敲了兩次門。

房中的聲音，頓時戛然而止。

「什麼事～」回答的是純真的美沙。

「真紀，妳的同學來囉。」

對於理沙姊的聲音，真真並沒有回應。取而代之的是美沙發出雀躍聲音說：「是媽媽！」

結果，聽到真真小聲說：「美沙，過來。」大概是不希望小美沙從內側開門，想把她叫到自己身邊去吧。

「是小珠跟壯介喔。說是有話想跟妳說喔。」

沒有回應。只依稀聽見美沙可愛的聲音。

「那個、那個，說是真紀阿姨的朋友耶。美沙可以跟他們一起玩喔。」

純真的美沙，好像比較想要讓我們加入一起玩。

「我說妳啊，真紀，至少回個話吧！」

理沙姊的聲音開始語帶恫嚇。

「說我不在……」

那是像蚊子叫的聲音。進一步來說，那並不是夏天活力十足的蚊子，而是糊里糊塗搞錯季節，到了剛入冬才孵化的蚊子，那種實在孱弱虛幻的聲音。

「妳實在是……」

正當理沙姊雙手扠腰以大字型站在門前時……

「真真，突然就這麼不請自來，不好意思喔。我是珠美喔。葉山珠美，好久不見。」

小珠越過理沙姊的肩頭出聲。

就算隔著一扇門，聽到有人冷不防以極近距離出聲攀談，藺居的真真似乎在那瞬間凍結了。裡頭緊繃的空氣，莫名地也確實感染到人在門外的我。

「現在，壯介也在我旁邊喔。」

小珠說著，看向我。她的視線在示意我說些什麼。

「咦？我嗎？」

「對啦。快點！」

這麼唐突地被指名發言，讓我狼狽不堪。「唔，那個，本人是『常田馬達』，您……您一直以來可安好？」我竟然脫口說出這番讓人難以置信，牛頭不對馬嘴的招呼語。

結果……

「啊哈哈哈，喂，壯介，搞什麼啊你，那番招呼語。」

理沙姊拍手笑出來。

小珠的臉從我這邊撇開，右手摀嘴，低著頭。仔細一看，她的雙肩正在微微顫抖，在笑我這件事根本就是一目了然嘛。

「怎……怎樣啦。都怪小珠突然推我上場唄。」

我正覺得自己有點可憐，忍不住發出不平之鳴時，房門那頭也傳來美沙愉悅的聲音。

「啊哈哈哈，真紀阿姨也在笑喔。」

咦？有笑點嗎？

「那當然，誰聽了都會笑嘛。」

理沙姊也覺得好笑。

「真真，我跟妳說喔。我呢，是來拜託妳一件事的。」

眼角與嘴角都還留著笑意，小珠繼續說下去。

「我因為想幫助我們家的靜子奶奶，所以打算創業喔。然後就想說，不知道真真能不能稍微幫點忙。」

「真紀，這是很棒的計畫，妳仔細聽好囉。人在這裡的『常田馬達』，也說要幫忙呢。」

說到這裡，理沙姊又「呵呵呵」地笑出來。

「喂，有點超過囉。理沙姊，笑得太過分了啦……」

我一露出微慍神情，理沙姊就說：「這能怪我嗎。」隨即咯咯發笑。她接著說：「要跟好久不見的同學打招呼，竟然是那段話唄。」隨即用拳頭輕戳我的肩膀附近。

「啊哈哈。真紀阿姨又在笑了。」

美沙的內部報導，持續對外傳播中。

小珠完全不在乎我們這樣的對話，再次對真真述說。

「不是什麼很難的事情喔。希望真真幫忙的呢，是用電腦時不時弄一下就好。啊，對了。在這之前，先說一下我為什麼想創業好了。」

小珠說到這裡，就像剛剛對我們述說一連串過程一樣，開始端正姿勢，對房門投以平常罕見的熱情眼神，這麼說：「那我就從一開始的動機開始說起喔……」

但是，在她開口述說大概一分鐘後……

「等一下。」

理沙姊插了話。

「小珠，我說妳啊，都不聽別人的勸耶。」

「咦？」

「前言太長了啦。」

「欸……可是……」

「沒有什麼可是不可是。妳可以閉嘴了。」

理沙姊捏住小珠上下唇，讓她住嘴。小珠的臉變得像青蛙一樣。然後，理沙姊就自己以恰到好處的方式，提綱挈領地說明跑腿宅配車的創業源由。

那段時間，僅僅三十秒。

我來稱讚也很怪就是了，不過理沙姊的解說實在是簡潔易懂，歸納得很漂亮。小珠也一副毫無異議的認同表情。

「所以呢，就是這麼一回事。真紀，妳瞭解了嗎？」

「……」

「但是……」

「不論如何，先開門嘛。」

沒有回答。也沒有美沙的內部報導。

真真細弱的聲音傳來。

「就跟妳說不用那麼擔心了嘛。這些人不都是好人嗎？妳呢，如果能幫幫靜子奶奶也很好，不是嗎？」

「講出怪怪招呼語的常田馬達也會幫我們喔。」

小珠又搬出我的失態，讓理沙姊超乎必要地發笑。

「喂喂喂，現在是要拿我當梗就對囉？」

我才剛滿口牢騷，卻莫名其妙被理沙姊吐槽。

「說這什麼話呀，現在可是壯介的最高峰期唄。」

「這是最高峰期……那壯介的人生也未免太可憐了。」

小珠說著，噗嗤爆笑。

「哈，真紀阿姨又笑囉。」

美沙的報導。

「真紀，這兩個傢伙有夠好玩的喔。我不會要妳從房間出來，至少讓他們進去，見見他們就好嘛。」

「但是……」

又是像蚊子叫的聲音。

「沒關係啦。那，美沙，幫真紀把門鎖打開。」

理沙姊對女兒下指令。

「欸？真紀阿姨，我可以開嗎？」

美沙向真真確認。但是聽不到她對這個問題的回答。

之後有好一會兒，她們兩人似乎在門的另一邊窸窸窣窣地持續對話。結果，小珠竟然發出到目前為止最沉穩的聲音說：

「真真……總覺得，很不好意思耶。沒關係，今天不見也不要緊喔。」

「欸？」我不由得望向小珠。

但是小珠也不看我，平緩地繼續說下去：

「我呢，單純只是想來告訴妳靜子奶奶的事，還有常田馬達的事而已。所以今天就先回去囉。之後會再寫電郵給妳。電郵沒改吧？」

話說回來了，為什麼連我的事都要報告啊。真的不懂是什麼意思耶，我一邊這麼想，同時低聲問。

「小珠，這樣真的好嗎？」

我個人總覺得，想再繼續推一把的。

「嗯，下次吧。」小珠以只有我聽得到的音量低喃。

「難得你們特地跑這一趟，不好意思耶。但是，你們也讓我笑夠本啦。」

理沙姊又是嘻皮笑臉的。

「那，真真，拜囉。再寫電郵給妳喔。拜拜。」

就在小珠拋出最後一句話的剎那……

喀嚓。

房門發出開鎖的聲音。

我們倒抽一口氣，緊盯門扉。門把靜靜旋轉，復古的木紋風格房門非常、非常緩慢地朝內側開啟了。

接著，抱著美沙，讓人懷念的同學真真，終於在我們面前現身……

是真真？

真真？

……這是誰？

漫畫中雙眼驚訝得縮成黑點，就是這麼一回事。

「蘿莉（註12）……」我的雙唇幾乎就要這麼發音，隨即又慌張緊閉。

我望向小珠。

當然，小珠同樣是一副瞠目結舌的樣子。

然後就在下一個瞬間，小珠突然發出「啊～」的怪聲。

「好可愛～！真真，怎麼、怎麼，怎麼回事？感覺就像奶油水果蛋糕，好好吃的樣子！」

小珠一衝進那未免過於夢幻的房間，隨即情緒高亢地玩弄起真真那一身胡鬧似的滿是層次的飄逸洋裝。

受不了的我，望向理沙姊。

理沙姊於是露出苦笑，同時吐出短暫嘆息。

「這孩子，離家後再回來的時候，是變身後才回來的呢。」

理沙姊從真真手上將美沙抱過來。

「真紀阿姨，可以看到朋友太好了。」

美沙對著整個人包裹在厚重蘿莉裝中的真真，純真一笑同時這麼說。

（註12）「蘿莉」：又稱「蘿莉塔」（Lolita），起源自作家弗拉基米爾．納博科夫描繪中年男子愛上未成年少女的小說。後來在日本演變成強調少女夢幻純真風格的次文化流行裝扮，舉凡如大量蕾絲、多層次蛋糕裙、蝴蝶結、動物圖騰等都是這種裝扮的典型特徵。

第二章

風呂吹蘿蔔（註13）

葉山珠美

「哇，不管怎麼說，還是很驚人耶……」

離開「海山屋休息站」的歸途上，坐在副駕駛座的壯介以感慨的語調說。想當然爾，他說的是真真改頭換面後的樣子。

「也是呢。不過，不覺得很適合她嗎？」我手握方向盤，一邊回答。

「以前那種樸實的感覺也很像真真沒錯，只是現在這種像奶油水果蛋糕一樣，甜甜的真真，好像也滿搭的。」

「嗯～是嗎～」

「真真她啊，雙眼皮本來就明顯，五官也長得很甜美，正好適合蘿莉塔裝扮，不是嗎？」

「原來如此。唉，在這個實在有夠鄉下的地方，算是很顛覆常規，要是換到東京原宿或哪裡就沒什麼了吧。像是粉紅、紅或白的色彩運用，還有剪裁輪廓的平衡跟立體感，都還算不賴，不過要我來設計的話，還有好幾個需要修正的地方耶。」

「啊哈哈，還真像是壯介會說的看法耶。」

「應該說，看得到的就只有那些唄。」

壯介雙眉垂成八字型，一邊苦笑。

我也噗嗤一笑，輕輕踩下煞車。因為號誌轉成紅燈了。

我從停下的車中，眺望正面景色。道路左手邊是藍色玻璃紙一般的大海。看著冬天低垂的陽光，在那片廣闊的平靜汪洋隨機反射、閃閃發亮，我稍稍瞇起雙眼。幾艘漁船的剪影，就像皮影戲一般無聲飄浮於遙遠海面上。視線移向與大海相反的右手邊，沿路零星建有老舊房舍。每戶人家後方都與冬天枯山相連。群山頂峰都像魚糕一樣渾圓，形成一片柔和景致。

我以舒緩心情「呼」地嘆口氣。這片被大海群山環繞的土地，真真切切地就是我的家鄉。慢慢覺得，只要在這裡，似乎好多事情都能一一實現。

號誌轉成綠燈，我踩下油門。

「今天能出來兜風，真是太好了。」

我瞄了副駕駛座一眼，這麼說。

「嗯？幹嘛，怎麼突然嚴肅起來。」壯介微微歪頭。

「不但發現了好幾個跑腿宅配車開始以後，能把冷藏車停下來賣東西的地方，也拜託壯介跟

（註13）「風呂吹」：日本將蔬菜蒸煮後，淋上味噌食用的料理手法。

真真幫忙了。」

完成那場衝擊性十足的重逢後，真真總算也靦腆說出：「如果我幫得上忙的話……」

「啊，是在說這個喔。」

「『海山屋休息站』的停車場好像也能借用。」

「嗯，對啊。那裡，都已經是阿嬤的聚會場所了嘛。」

「嗯。」雙頰不自覺放鬆。因為想起了剛剛聚在一起的三位婆婆。「啊，說到這裡才想到，糖果！」

我用單手駕駛，一邊從口袋掏出兩顆糖果，將其中一顆遞給壯介：「來，這個。」

「喔，3Q。從那些阿嬤的角度看來，二十歲的我們，還是想要賞糖果的小鬼唄。」

壯介將草莓糖果扔進嘴裡。

「嗚呼呼，或許吧。畢竟，仔細想想，我們只活了那些人大概四分之一的人生嘛。」

我也將糖果放進嘴裡，包裝紙則放回口袋。

這酸酸甜甜的滋味，好懷念喔……才剛這麼想，母親臉龐幾乎就在同時浮現心頭，就連內心深處也變得酸酸甜甜的。

「然後呢，小珠啊。」

「嗯？」

「打算什麼時候開始呢？」

「你是說跑腿宅配車？」

「嗯，對。」

「雖然想盡早開始，不過都還沒搬家……」

「原來，是這樣啊。嗯，那，冷藏車也得盡早幫妳弄好囉。」

「嗯。那件事，就交給壯介了。比起這個……」

「嗯？比起這個，還有什麼？」

我感覺到，副駕駛座上的壯介轉向這裡。

「其實啊……」我稍微深吸了口氣，然後才開口：「夏琳她，反對我做跑腿宅配車。」

「欸？為什麼？」

「簡單來說呢……」

我挑了重點，向壯介提及昨晚與夏琳之間的對話。

「這樣啊，原來如此。」

壯介窸窸窣窣地抓抓有些鬍渣的下巴。

「壯介，你覺得呢？」

此時的我，感覺想要輕鬆地尋求「共鳴」。但是，這個理應是交心換帖的青梅竹馬，卻開始說出意想不到的話來。

「唉，我就趁這個時候，老實說出我自己的感覺囉。」

「欸？啊，嗯。」

車子接近町內，又被號誌攔了下來。我踩下煞車，望向副駕駛座。壯介筆直面向前方，雙臂交叉抱胸。

「小珠的行動呢，老實說很無厘頭，也很冒險。而且我覺得，夏琳說的也有她的道理。」

語調正如平日的壯介，非常沉穩。我什麼都說不出口，只能緩緩呼吸，一邊踩煞車。

「夏琳她呢，在菲律賓的時候，有家人死於交通事故唄？」

「嗯……」

我仍然面對前方，輕聲回應後頷首。

聽說，夏琳是在十七歲那年，同時失去父母與妹妹，變成孤伶伶的一個人。終日傷心，陷入貧困的夏琳，憑藉熟人牽線來到日本後，就到菲律賓酒吧等場所工作，一邊在國內到處輾轉流離……後來才邂逅當時是鰥夫的父親。

「怎麼說～呢，夏琳那種希望家人互相幫助，一起生活的心情，感覺上可以理解耶。」

我還是緊閉著嘴。

「孤伶伶的一個人，很寂寞唄。唉，這麼說起來，我也是啊，看著慢慢變成老頭的老爸背影，就覺得特別寂寞呢，然後呢，才會糊里糊塗決定繼承家業的啦。」

壯介有些害臊地「嘿嘿嘿」笑了。

仔細想想，壯介也是單親扶養長大的。聽說，壯介的母親好像是在生他的時候就去世了。換句話說，壯介是在完全沒體驗過母愛的情況下長大成人的。我想，他是有充分資格述說家人不在身邊的寂寞。即使如此，我還是不發一語，不，是什麼都說不出口。我踩著煞車，眺望擋風玻璃那頭的風景，一邊以自己的方式，消化壯介剛剛的話。

就在眼前的斑馬線上，有位個頭小小的駝背老爺爺很慢、很慢地過馬路。老爺爺穿的深褐色夾克已經褪色又是薄薄的一件，看起來好像特別冷。我以觀看默片慢動作畫面的心情，茫然望著眼前光景。

馬路號誌由紅轉綠。

但是，看起來好冷的老爺爺卻還沒過完馬路。或許，就連行人號誌已經切換成紅燈都沒注意到。

突然間，我這麼想。

這位老爺爺一定也有家人吧。又或者，現在是個獨居老人好了，這位老爺爺在很久以前，也是有位「媽媽」把他給生出來的。然後，同住一個屋簷下的某位「家人」幫忙換了數千次的尿布，把嬰兒拉拔到了幼兒，再來好不容易長成青年，長大成人，如今正走過人生最後一個階段。

這位老爺爺能否毫無障礙地去採買呢……

大概是顧慮悶不作聲的我吧，副駕駛座傳來超乎尋常的溫柔聲音。

「啊，當然啦，我也瞭解小珠的心情喔。」

老爺爺過完馬路了。

我輕踩「MARKⅡ」的油門。

「我的……心情？」

到了這個時候，我才終於開口。

「唔，就大概瞭解吧。畢竟，小珠也是因為車禍失去媽媽的唄。」

「……」

車子接近町內，道路開始遠離大海。我靜靜等著壯介的下一句話。

「小珠妳呢，對於死去媽媽的媽媽，也就是靜子奶奶，也沒辦法放著不管嘛。不論為靜子奶奶做什麼，就等於是對天堂的媽媽盡孝唄。」

不知道是因為他對於媽媽的事講得一副很瞭解的樣子，還是因為壯介的話一直在拐彎抹角，我開始覺得有些煩躁。

「要是想盡什麼孝，我去幫靜子奶奶跑腿就好啦。」

我不自覺以城裡的措辭，說出帶刺的話來。不過壯介的側臉看來一如往常，一派雲淡風清的樣子。

「嗯，也對。不過就是不那麼做，連聚落所有阿公阿嬤都一起考慮進去這點，還真像小珠。應該說，讓人覺得不愧是善良的繪美阿姨的女兒耶。」

我「咕嚕」一聲嚥了口口水。得知母親還活在壯介心裡，讓我莫名地心跳加速。

我們小時候，失去母親的壯介，非常受到我母親的疼愛。視如己出……這麼說或許也稍微過了，只是我想母親對待壯介明顯有別於周遭其他孩子，特別照顧他。所以當時的壯介，會幾乎像口頭禪一般，經常吐露像是「啊～呦，繪美阿姨要是我媽媽就好了」之類孩子氣的話。而在母親因交通事故身亡時，十二歲的壯介流的眼淚也幾乎跟我一樣多。

那樣的母親，如今已經不在人世。但是，母親生前的慈愛卻化為「思念」，仍留存人間。有些難為情的我，故意鬧彆扭地說。

「那，總歸一句話，夏琳跟我，壯介到底挺誰？」

「我兩邊都挺吧。」

「欸？」

「啊就，兩邊講的都對啊，哪有辦法選唄？」

「哪有像那樣，兩邊討好的……」太狡猾了啦，我話還沒說完就閉上嘴。因為壯介插嘴似的持續說下去。

「所以我說啊，一開始呢，就先幫夏琳顧店，然後一邊準備創業不就好了唄？」

「欸……」

「像是，一三五是跑腿宅配車的時間，二四六就開店，小珠也幫忙之類的。然後呢，等到小珠終於正式創業的時候，正太郎叔叔再怎麼樣也應該回來了唄。到時候，小珠就能專心去做跑腿宅配車啦。」

壯介的提案，簡單來說就是根據我與夏琳的意見所做出的折衷方案，感覺上是個可行的點子。我搬回本地後，就必須填補與夏琳那個「家人」之間的距離。總不能永遠都像對外人似的行禮如儀。要是一直像這樣下去，彼此都會窒息的。那個道理，我都明白。所以，就這層意義而言，只有一三五得兩人一起站在店裡，也不錯。而且對於夏琳而言，在父親不在的這段時間，每天都開店也很累人吧。一星期三天，不是剛剛好嗎。

「壯介。」

「嗯？」

「總覺得……」很謝謝你，我明明是想這麼說的，卻又以城裡的措辭說出：「就只是折衷方案而已嘛。」

「也是啦。」

「啊哈哈。但是，也算平等唄。」

從擋風玻璃，逐漸可以看見橫跨青羽川的紅橋。去我家的話，要在橋前面的號誌左轉。「常田馬達」則是右轉後馬上到。

我將方向盤往左打，回到「架上的麻糬居酒屋」停車場。

壯介一下車，「砰」一聲輕拍「ＭＡＲＫⅡ」車門。

「車子，好像沒事了耶。」

「嗯。你真的幫了我們一個大忙耶，謝謝！」

「喔～嗯，那，冷藏車我再找找看喔。」

「麻煩囉。」

「ＯＫ。發現了什麼好東西再聯絡。」

「嗯。」

「那，拜囉。」

壯介從褲子口袋掏出鑰匙，坐進「常田馬達」的白色箱型車。引擎隨即發出「噗嗯」的低鳴，壯介朝我微微舉手時，我反射性地從外面敲敲駕駛座的車窗。壯介降下車窗，稍稍歪頭，彷彿在說：「嗯？」

「那，那個啊……我，會去跟夏琳談談折衷方案。」

「喔，我覺得很好呀。」壯介有點害臊地持續搔著後腦勺。「只是啊，我自己呢，更擔心一些事耶。」

「欸，什麼事？」

「古館先生啦。那個一臉兇惡的阿伯，會說『好啊，歡迎』，隨隨便便就收妳為徒嗎？」的確，可以這麼說。但是莫名的，我始終覺得只有這部分是完全沒問題的。

「總會有辦法的，一定。」

「啊哈哈，什麼嘛。妳到底哪兒來的自信啊？」

哪兒來的……如果說我的自信有出處的話，那就是……

「畢竟，我可是那個連流氓都不怕的正太郎之女耶。」

我這麼一說，擁有親人柴犬臉的青梅竹馬，立刻噗嗤一聲笑出來。我也是，自己話才剛說完，也跟著噗嗤一聲笑出來。事實上，並不是「連流氓都不怕」，而是「很容易被流氓愛上」吧，我一邊這麼想。

◇◇◇

送走壯介後，我走進歇業中的店鋪。在內側連接架高居家空間的段差脫下球鞋，然後直接「咚咚咚」地走上連接二樓起居室的階梯。樓梯爬到一半，就聞到醬油的焦香味。

「我回來了。」

一走進起居室，就看到夏琳人在廚房，甩動煎鍋。她一見我，便露出燦爛的開朗笑容。

「小珠，回來了喔。現在，在做午餐的炒飯喔。」

那是以薑泥與薄鹽醬油調味，加入培根與青蔥的炒飯。就連刻意從鍋緣倒入些許醬油創造焦香風味的料理小訣竅，還有青蔥最後再加入攪拌、香味散失前先離火等智慧，夏琳都學得扎扎實實的。

我們在暖桌，一起將那道料理一掃而空。那是明明都多添了一碗，還是覺得不夠，讓人意猶未盡的清爽美味。

飯後，我們開著「MARKⅡ」沿海岸北上。駕駛是我，目的地是「鳥出中央醫院」。

我們在車內，聊的是不會起摩擦的安全話題。像是夏琳今天也帶了香蕉、晨間連續劇的女主角很可愛、很喜歡即將從下個月開始綻放的水仙花香味等，諸如此類的日常瑣事。夏琳因為壯介幫忙把「ＭＡＲＫⅡ」修好，顯露純粹欣喜，以一如往常的開朗模樣，坐在副駕駛座上跟我聊東聊西。而我也盡量保持與她相同的情緒狀態，一邊回答。

我們在停等紅燈時，視線數度對上。夏琳那對美麗的灰褐色明眸大眼，每次都讓我看到入迷。但是，首先移開視線的總是我。因為夏琳的雙眸中透著一股難以言喻的憂愁，好像要把我整個人吸進去。同時失去所有家人，為了生存遠走他鄉的一位女性……那段人生的重量，或許已在夏琳雙眸深處化為幽暗光芒，持續往外滲透出來。

◇◇◇

昨天才剛動完手術的父親，已經被轉到一般病房大樓了。那是在六人房的右邊角落病床。最棒的是，這個床位就算拉起分隔簾，自然光也能從腳邊的大片玻璃窗射進來。

父親指關節突起的手背上插著止痛的點滴針。下半身那根連接到床旁邊去的是尿道導管。要說理所當然嘛也算理所當然，父親目前還不能活動。平常活力十足到過剩地步的父親，如今像這樣臥病在床的現實，雖然只有一點點，還是讓我感到困惑。

「爸爸桑，背痛不痛？」

夏琳握住父親沒打點滴的那隻手，發出有些撒嬌的聲音。

「唉，痛是痛啦，不過聽說現在靠藥物就可以控制疼痛囉。所以，唉，沒什麼大不了的啦。睡個三天就能出院的唄。」

他逞強地這麼說，咧嘴一笑。那笑容看來果然孱弱，表情總覺得帶著睡意，毫無生氣，聲音也細弱沙啞。即使如此，能像這樣與父親說上話，內心根基部分感覺上多少也重拾些許穩定感。

我努力揚起嘴角，一邊這麼說：

「怎麼可能三天啊。醫生都說住院最短也得三個禮拜耶。」

要是傷口被細菌感染，造成發炎無法痊癒、又或高燒不退，還是肌肉衰弱，復健又不順利，這些情況據說就得住一個月以上。

「白痴啊妳，哪能睡這麼久啊。去跟那個長得像水豚的醫生說，一個禮拜就夠了。」

眼見用完全不可靠的沙啞聲音，還是拚命表現堅強，想像平常一樣說笑的父親，我實在想要嘆息出聲。父親是不想讓夏琳與我擔心，竭盡所能地在逞強啊。夏琳也充分瞭解到這一點，對父親嫣然一笑說：「爸爸桑是很強的男人。好帥喔。但是，這裡有點笨笨的喔。」一邊用手指指頭，回以一句玩笑話。

我們三人就在這祥和的氣氛中持續聊天，聊到點滴滴到大概剩半袋。接著，父親嘟囔著：

「哎喲，好想喝酒。」我以此為契機，開始將對話引導到核心去。

「要喝酒的話，只要出院，店裡多到都可以拿出去賣了啦。」

「啊哈哈，也是。的確，是多到都可以拿出去賣了。」

父親已經想念起自己的店來了嗎？眼神變得有些悠遠。

「說到店呢……我說，夏琳。」

「嗯？」

「關於爸爸不在時，店裡的事。」

我看準這個好時機，準備說出壯介的折衷方案。但是，搶先開口的是夏琳。

「店裡呢，我看，在爸爸桑回來前還是開不了耶。」

「欸？」

「我每天都要來探病。那樣的話，進貨跟備料，都沒辦法了。」

的確，說得沒錯。但是，就是因為這樣，才需要我的，不是嗎？像是我們其中一個來探病，另外一個負責進貨或備料之類的……我雖然這麼想，卻暫且保持沉默。

「妳們到底在說什麼東西啊？在我回去以前，夏琳妳就好好休息，妳一直以來對於工作已經很拚了啦。」

「嗚呼呼。ＯＫ。謝謝喔，爸爸桑。」

夏琳用那對美眸拋了一個媚眼。父親看她這樣，非常滿足地瞇起雙眼，雙頰也隨之放鬆。

啊，感覺好幸福喔……

當我這麼一想，內心深處突然開始發疼，然後背著兩人，偷偷吐出一口陰鬱的嘆息。

◇◇◇

踏上歸途時，已經是傍晚。

天空閃耀淡淡的鳳梨黃光芒，而承接西沉夕陽的群山斜面看來彷彿光毯。平靜的大海呈現與天空同樣的色彩，搖曳擺動。

夏琳在「MARKⅡ」的副駕駛座，像個少女似的說：「景色，好漂亮耶。」

「感覺上，就像在鳳梨汁裡面開車呢。」

這麼一回答，話裡只剩「就像」兩字，扎進內心留在那裡。

就像家人。

就像夫妻。

就像親子。

這些詞句擅自在腦海中縈繞不去，感覺上我的心也隨著每次呼吸逐漸萎靡。

「我跟妳說喔，夏琳。」

我想在徹底萎靡前說出自己在意的事，所以開了口。

「嗯？」

「是關於店裡的事情……」我有些遲疑，最後還是重提病房裡的話題。「妳剛剛為什麼要說，爸爸回來前都不開店了呢？」

結果，夏琳一副「啊～那件事喔」的感覺，淡淡這麼說。

「爸爸桑還不知道喔。小珠大學已經退學的事。要是現在說出來，會受打擊喔。所以，今天先保密。因為爸爸桑才剛動完手術，還很累。」

原來是這樣啊……夏琳剛剛是自然而然先考慮到父親的情況呀。跟她一比起來，我卻……

我忍住嘆息，緊握住方向盤。

「這樣啊。嗯，也是呢。」

總覺得開口說出的回答，也很蠢很窩囊。

「我想要每天去看爸爸桑喔。這也是真的。所以，等到爸爸桑出院以後再開店喔。就算出院了，爸爸桑會有一段時間沒辦法工作吧。所以，那個時候，我會加油喔。小珠，會不會幫我？」

行駛於山間的「ＭＡＲＫⅡ」一穿過隧道，我們正面隨即出現一片廣闊大海。剛剛還是金色的汪洋，迅速持續變化成濃豔的粉紅色。

「我會幫忙喔。」

「哇喔，小珠，真的？」

我迅速往副駕駛座那邊瞥一眼，「嗯」了一聲，隨即又轉向正面。

「會幫忙……不過是折衷方案。」

「欸？」

「像是只幫忙星期二、四、六，可以嗎？」

夏琳只是望著我這邊，不發一語。

「應該說，我的想法是一個禮拜開店三天，不知道怎麼樣。」

「只有三天？」

「嗯……」

接著，我盡量仔仔細細地向夏琳說明壯介傳授的那個折衷方案。後來，夏琳就微微低頭，雙手手指抵著太陽穴，開始陷入沉思。

少了對話的車內，一點一滴地充滿引擎聲與輪胎摩擦聲。

「果然三天還是不行嗎？」

沉重的靜默，讓我忍不住說出這句示弱的話。

於是，夏琳總算發言了。

「我明白了喔，小珠。」

「欸……」

「ＯＫ喔。等到爸爸桑回來以後，就跟小珠一起，一個禮拜三次，加油喔。」

我們在沿著廣闊海洋延伸的道路上，被交通號誌攔下來。

我踩住煞車，轉向副駕駛座。深深直視夏琳溼濡閃耀的雙眸。

「小珠也有想做的事情，重要的事情喔。我也有重要的事情喔。」

「嗯……謝謝。」

「那個，剛剛的，折……折衷？」

「折衷方案。意思是彼此的點子各採用一半喔。」

「喔～折衷方案。第一次聽到的詞。日語真的好難呢。」

「對啊。」

「但是，沒有問題喔。」

「欸？」

號誌轉成綠燈。我再次開著車子，奔馳在粉紅色的世界中。

「家人呢，這裡很重要喔。」

受到夏琳這話的牽引，我望向副駕駛座。

夏琳看著這邊，用拇指指向自己單薄的胸部。

「說話聽不懂，也ＯＫ喔。」

與我四目相接的瞬間，夏琳完美地向我拋了一個媚眼。就像剛剛對父親做的一樣。

我再次向前，感觸良深地踩下油門。然後，以「就是啊」三個字回答。

剛剛，我有沒有笑得很自然呢？

有沒有像母親遺照那樣，笑得很柔和、很幸福呢？

我彷彿想要驅散心頭那股毫無緣由，莫名湧現的不可思議情緒，於是又回答了一次。這次是用五個字。

「說得也是呢。」

◇◇◇

隔天早上，我開著父親以五圓買來的黃色輕自動車，在回到城裡住處前，決定順路到一個地方去。靜子奶奶的家。

晴朗冬天的早晨，剛過十點。

車子奔馳於閃耀銀光、潺潺流動的青羽川沿岸道路。

行經「常田馬達」時，我稍微減速，迅速朝車庫瞄一眼，裡面只有一輛卸下車輪、正在修裡的白色小巴，不見壯介還有壯一郎叔叔的蹤影。

再往上游開大概兩分鐘，路幅突然變大，有個足以讓車子駛下河灘的緩坡。靜子奶奶的家，正好就從那條緩坡對面的小徑進去。

我將車靠近道路護欄停好。

走出車外，深呼吸。凜然冷冽的風中，融合滿滿的腐葉土氣味。我很喜歡冬天枯萎山林聞起來的柔和氣味。道路下方就是美麗的砂礫河灘，河流對岸是高聳險峻的石崖。石崖底下有個深潭，藍色彈珠色彩的河水在其中沉緩流動。夏天戴上蛙鏡窺視這個深潭，就能看見寬鰭鱲或香魚等，棲息於清流中的魚群炫目亂舞。彈珠色深潭的上游與下游，形成河水流動迅速的急流，而那急流聲常常會遠遠滲進靜子奶奶的家。

我越過沿岸道路，走進通往靜子奶奶家的小徑。只要走上約十五公尺，就能看到一棟雅致木造平房的玄關。玄關前方，停放著一輛有些生鏽的水藍色三輪車。是千代子婆婆來玩了。

「奶～奶，我來囉。」

我拉開拉門進入室內。話雖如此，進了門還是傳統的古早土間（註14）。以現在這時代而言或許很稀奇，這房子的廚房、冰箱和餐桌都在土間裡。靜子奶奶還常穿著涼鞋在土間煮飯、用餐。

「是小珠嗎～？」

紙拉門那頭的和室，傳來靜子奶奶的聲音。

我在土間內側連接室內的段差脫了球鞋，往上踏，拉開紙拉門進入和室。

「妳們好。」我說。

兩位腳伸進暖桌的婆婆，仰望這裡。

「這還真是好久不見的稀客呢。」

（註14）「土間」：日本房屋通常分成架高的室內，以及進門與地面同高稱為「土間」的區域，這裡等於是區隔室外與室內的過渡地帶。農村傳統房屋的土間空間較大，可做為雜務或煮炊之用。現代房屋的土間則已縮小至門口玄關的一小塊區域。

以嘶啞聲音這麼說的人，是千代子婆婆。她還是老樣子，留著白髮妹妹頭，玳瑁框的圓眼鏡稍微架在鼻尖邊緣。感覺就像是個可以直接上電視亮相，個人色彩強烈的人物。

「好了，快坐下，喝杯暖暖的熱茶吧。」

靜子奶奶用煤油暖爐上「咕嚕咕嚕」沸騰的大茶壺熱水，幫我沖了一碗稍濃的番茶。

「有仙貝也有巧克力喔。」

千代子婆婆將裝滿各式點心的藤籃推向我這邊。

「啊，我最愛海膽仙貝了，謝謝。」

我也一邊窩進暖桌，決定加入閒聊行列。

今天的千代子婆婆，說是騎著三輪腳踏車「河岸兜風」，順便來這裡喝茶。

「我就在想，差不多該來一趟了，不然這個人要覺得寂寞了呢。」

千代子婆婆笑都不笑地說。此時，莞爾一笑的反而是靜子奶奶與我。即使說話冷淡，千代子婆婆其實是個非常體貼的人，而且我們都很清楚，她還是個極度容易害臊的人。換句話說，千代子婆婆方才那句話，讓我來翻譯的話，是這樣的。

『我很想見見最喜歡的靜子，而且我們兩個都上了年紀，所以也很牽掛靜子的健康呢。於是乎，我就騎著三輪腳踏車來看看她的情況啦。』

不過，那樣的千代子婆婆不知道為什麼，今天總是提起夏琳。

「那女孩雖然是個外國人，可是真的有顆日本心呢。和食料理也都學會了，說到底，是真的瞭解怎麼當個日本女人呢。」

像這樣，一個勁地稱讚個沒完。要是夏琳本人真在她面前，大概就會變成「唔，妳也算是稍微變得能幹一點了吧」這樣的說法就是了。

擅長傾聽的靜子奶奶感覺很開心地瞇著雙眼，只是聽著千代子婆婆的獨腳戲。當然，我姑且就是點頭。

只是過了一會兒，千代子婆婆嘴裡竟然開始冒出讓人無法輕易點頭的話來。

「夏琳已經成為那個吊兒郎當的正太郎的好老婆，店裡的老闆娘，還有小珠的媽媽了唄？」

「欸……」

感覺上，背後好像剎時有隻隱形的手伸進體內，緊緊抓住心臟。我瞬間，甚至忘記呼吸。

那種話……就在靜子奶奶面前，這麼說出來嗎？

我戰戰兢兢，窺探靜子奶奶的表情。但是，靜子奶奶臉色絲毫未變，笑嘻嘻地駝著背，啜飲番茶。

「小珠，妳沒叫夏琳媽媽吧？」

一記強烈直球讓我狼狽不堪，所以發出不像「唔」也不像「嗯」的聲音。

「那種心情我也瞭解啦，至少在態度上，就承認她是媽媽怎麼樣呢？」

欸，等等，什麼東西，這種演變……

我反正就是慢吞吞地喝番茶，希望讓心情平靜下來。早已冷掉的液體持續順著食道滑落。

就在那一剎那，我感覺猶如五雷轟頂。

是夏琳去跟千代子婆婆告狀的啊。

一定是的。所以，千代子婆婆才會一見到我就使勁地持續稱讚夏琳，甚至多管閒事說出什麼「就承認她是媽媽」。

難得與靜子奶奶見面，本想好好獲得療癒後，再回城裡去的。與夏琳兩人獨處時，明明也忍受了很多，處處拘謹留意。一顆心因此都僵硬糾結了，明明是想解開心結才來到這裡的。

感覺那暫時滑落食道、冷掉的番茶，在胃裡形成漆黑炙熱的情緒結塊，然後又逆流上來。

明明就不清楚我們家的事啊。

而且，還在媽媽娘家裡這樣。

出生以來，頭一次在心底對善良的千代子婆婆，痛罵「妳這個臭老太婆」。但是，我的心情完全沒有隨之好轉。反而因為竭盡心力避免讓表情露餡兒，讓壓力逐漸高漲。

「夏琳她說過，希望有一天能聽到妳喊她媽咪呢。」

白目。有夠白目的。我將茶碗輕放到暖桌上，抬起頭。然後隔著夾鼻眼鏡，定定凝視千代子婆婆的眼睛。我「咻」地深吸口氣，就在我想回嘴說些什麼時……

「嗚呼呼呼。」

耳邊傳來一陣輕笑。

我驚訝地看向聲音來源。靜子奶奶雙手包覆似的捧著暖桌上的茶碗，臉上浮現皺巴巴的笑意。那笑容，靜靜轉向我。

「我問妳啊，小珠。」

「欸？」

「夏琳她，是怎麼叫正太郎來著？」

「欸……」我的腦海，浮現夏琳開朗的笑容。「叫……爸爸桑啊。」

「對，爸爸桑呢。但是啊，夏琳剛認識正太郎的時候……是啊，還沒結婚，還是情侶那時候，一定不是叫爸爸桑的吧。」

靜子奶奶像打啞謎一般，這麼對我說。

千代子婆婆則沉默啜飲番茶。

滴答、滴答、滴答，老擺鐘的秒針滴答作響，茶壺的熱水咕嚕咕嚕沸騰。

我，思考靜子奶奶這話的意思。

爸爸桑……意思是，我的爸爸。

我，的，爸爸。

這麼說來……

「啊……」

我不自覺望著靜子奶奶。

「明白了嗎？」

靜子奶奶說著，頭微微一歪。

「嗯，大概……」

一般說來，夏琳叫自己丈夫「正太郎」就好。但是，她卻刻意要叫「爸爸桑」。換句話說，這稱呼是「小珠的爸爸」。夏琳每次叫父親時，就會變成把我這另一個家人也包含進去。「爸爸桑」不可能僅以「丈夫」的角色存在，必須要有我這個女兒在，才是「爸爸桑」。

「妳是說，夏琳是刻意叫爸爸桑的？」

我問靜子奶奶。但是，回答的卻是千代子婆婆。

「是不是刻意的，沒人知道呢。」

我的視線從靜子奶奶移到千代子婆婆那裡。

「實際上怎麼樣呢。不過，我覺得不管怎麼樣都好喔。刻意也好，下意識的也好。」

因為不論何者，夏琳將我視為家人這一點都不會改變，吧。

我想起夏琳澄澈的雙眸。然後也不知道為什麼，內心隨之開始萌生這樣的確信，「夏琳她，絕對是刻意叫父親『爸爸桑』的」。

就算是那樣，我心想。會這麼想，個性或許有點差勁，但是只要一想到夏琳向自家人都不是的千代子婆婆告狀，老實說，心情有點糟。不，是非常、非常糟。像我，明明各方面處拘謹留意了，結果搞得一副只有我是壞人一樣。心情都糟成這樣了，管她是不是刻意叫父親「爸爸桑」，我才不叫那個菲律賓人什麼「媽咪」呢。

我的「媽媽」是……

我看向保持微笑，縮得小小、端坐在那裡的靜子奶奶。

我的「媽媽」是這位溫柔奶奶的……

女兒，而且就那麼一個而已……就在我想這麼說服自己時，靜子奶奶「啪」一聲拍了手。好像突然想起了什麼。

「對了、對了，說到這個啊，有東西一直想著要給小珠看看。」

靜子奶奶從一旁提袋中，拿出白色手機。那是我推薦她使用的銀髮族專用手機。健康祈願的御守吊飾，也是我送她的。「夏琳的事就先這樣，以後再說吧……」靜子奶奶一邊弄手機，淡淡地這麼說：「妳看，這個，我按照小珠教我的，試著拍照了喔。」

她若無其事地改變話題，將手機畫面伸到暖桌正中央。

不管是我或千代子婆婆，全都不自覺地湊過去。

「哎呀，妳這，照得可真不錯啊。」

望著青羽川的夕陽照，千代子婆婆說出以她的標準，算是最高等級的讚美。

「真的耶。好美……」

我也說出真心話。千代子婆婆與夏琳那件事，想當作什麼沒發生過，並沒有那麼容易，但是我決定暫且接受靜子奶奶的體貼。

「嗚呼呼。我還試著拍了其他各種照片喔。」

靜子奶奶秀了大概十張照片。沐浴在晨光下閃閃發光的松樹枝枒、映照出藍天的水窪漂著一片黃色落葉、夕陽西照的倉庫裡的耙子、圍牆上打盹的貓咪……等等等。雖然出自外行人之手，拍攝對象全都能讓人充分感受靜子奶奶沉靜的目光。

「下次再拍到什麼好照片，要寄張照片郵件來看看喔。」

我這麼一說，靜子奶奶稍微面露難色，眉尾隨之下垂。

「寄照片郵件啊，但是我不知道怎麼用耶……」

「欸？很簡單喔。」

靜子奶奶已經學會收發電郵了。所以我又教她怎麼附加圖像。

「哎呀，真的。沒想到這麼簡單呢。」

靜子奶奶很開心地這麼說，立刻就傳送貓咪照片給千代子婆婆。收到的千代子婆婆同樣是喜形於色。

「嗯，那，我差不多該回城裡去了。」

我的腳伸出暖桌，隨之起身。

「小珠，不吃完午餐再走嗎？」

我對靜子奶奶這句話微笑搖頭。

「別看我這樣，要做的事情還很多呢。」

話雖如此，頂多就是準備搬家罷了。

「最近的學生，真的很忙呢。」

面對千代子婆婆的話，我同樣裝出一副好心情的樣子說：「對啊。」我接著婉拒想送我到玄關的靜子奶奶，獨自揮別母親娘家。

穿過小徑，步出愛車停放的河岸道路時，對岸山上吹下來的一陣冷風，讓我縮起身子。冬天的天空，晴朗到炫目刺眼。我坐進駕駛座，發動引擎。右手一放上方向盤，打從胸口深處逸出「唉……」的一聲嘆息。直接吸入那口嘆息後，感覺緊接著又要發出另一聲嘆息了，我於是刻意試著低聲呢喃。

「爸爸桑是嗎……」

我想起千代子婆婆的夾鼻眼鏡，一邊放掉手煞車，輕輕踩下油門。

此後有好一陣子，我都懷著鬱悶的心情開車，直到暫停路邊超商時，獲得了小小的救贖。是靜子奶奶寄電郵來了。

『千代子是真的很善良，她衷心期盼小珠全家幸福。我很瞭解小珠剛剛的心情。謝謝妳啊。要再來玩喔。』

附加照片是彷彿直衝上清澈藍天的巨龍般的雲。所以說，是現在囉？

我不由得從超商停車場仰望天空。

但是，街上的天空呈現有些白濁的水藍色，沒有巨龍飛舞。

就算是這樣……我心想。

天空是相連的。

我深呼吸一次後，隨即開始輸入回信，寄給擔心我的靜子奶奶。寫著：我不要緊喔。

◇　◇　◇

之後幾天，我就在公寓懶懶散散地準備搬家，看看書或思考順利推動跑腿宅配車的點子。

我隔一天會去探望父親一次，不過好像都正好錯過每天都去的夏琳，完全沒打照面。說實話，沒跟夏琳打照面，讓我稍微鬆了口氣。感覺上，越見面心情只會更沉重而已。但是像這樣持續碰不到，又會擔心被認為是我在躲她，而這樣的憂慮就夠讓心情日益沉重了。

探病的回程路上，「這下可好。」我開車時一邊自言自語。不論見還是不見，都會讓心情益發沉重的人，今後有辦法一起生活嗎……

◇　◇　◇

搬家行李完全整理好的週二，從一大早開始就下起睽違已久的冷雨。那雨，到了傍晚轉成了凍雨。

晚間快七點。全身包在大衣裡的我撐著塑膠傘，走向車站前便宜到破表的洋風居酒屋。因為大學語學社團感情比較好的朋友，說要幫我開個「迷你送別會」。

我抵達店家，推開散發濃厚南法風味的古典門扉後，一進去就看到朋友坐在該樓層最內側座位，親暱地衝著我笑。幹事美幸一見準時抵達的我，說著：「喔，主角登場囉。」一邊拍手迎接。三個男生、三個女生，笑容、笑容、笑容……一陣子沒見的友人臉龐，看起來好像比以前還要燦爛耀眼。箇中緣由，我也有所自覺。並不是大家變了，而是因為我從大學退學了。我已經沒辦法再次與這群讓人開心的伙伴互相開著玩笑，一邊吹著校園的風了。

大學生，以及不是大學生的人。

我重新親身感受到存在於他們與我之間，那道嚴密分隔彼此的「隱形之牆」，同時坐上那張所謂的「壽星主位」。一邊極力拉高嘴角。

之後我就以裝著生啤酒的玻璃杯乾杯，一如往常地對無聊的玩笑話拍手，與其他人相視而笑，不斷將那些以價格而言算好吃的便宜料理塞進胃裡。

大家說，等我搬回鄉下稍微穩定下來以後，要到「架上的麻糬居酒屋」來找我喝酒。「反正要來，就留下來過夜嘛。」我這麼一邀，「喔～那點子，好耶！」「春假的時候一起去啦。」友人就像這樣情緒高昂地回應，還在桌上活力十足地互相擊掌。隔著「隱形之牆」望著那樣的大家，我獨自一人將紅酒送到嘴邊。

今天好想醉呢……內心的自己這麼低喃。

◇◇◇

隔天早上，在被窩裡一醒來，就覺得腦袋核心有些發疼。輕微的宿醉。

朝陽透過窗簾射進來，為房間帶來微光。

我磨磨蹭蹭地從被窩爬起來，用水龍頭的水溼潤乾渴的喉嚨。清楚感受到，冬天的冰水沿著食道，持續墜落胃中。大概喝了半杯水後，我不由得發出「呼」的一聲。

房間有點冷，於是我開了空調。

一看到堆在牆邊的紙箱，就想起懷抱著對大城市的憧憬，意氣風發入住時，十八歲那年春天讓人內心酥麻興奮的空氣。那時候的我無知、純真又無邪。對於大學生活懷抱著模糊的希望。但每天實際到校園上學後，才發現與我之前所勾勒的相差甚遠。不但課程不怎麼有意思，也找不到什麼特別想做或想學的事。跟投緣友人無所事事地玩樂，或在打工處談談戀愛雖然也很愉快，除此之外就只是一天又一天持續堆疊鬆散的日子，完全不覺得自己有「好好過」自己的人生。

我是看著腳踏實同時活出自我本色的雙親背影長大，另外也深受母親教誨的影響，是那種想到自己在這唯有一次的人生，浪費虛擲被賦予的有限時間，就會感到非常恐懼的那種人。

所謂的生命呢，就是時間喔……

母親在我大概小六那時候，是這麼教我的。

換句話說，從呱呱落地出生的瞬間開始，我們就已經在活所謂的「餘命」，直到去世到另一個世界的瞬間為止，那名為「生命」的「擁有時間」正持續消耗減少呢。

生命＝自己擁有的時間。

那麼簡單的說明，就連還是個孩子的我，也非常容易理解。

一分、一秒，就連當下這個瞬間，珍貴的生命都持續一點一滴耗損消逝，我就是像這樣活著，同時卻也確實朝「死亡」邁進。只要這麼一想，就會強烈覺得不遵從本心去活的時間有多浪費。而那種覺得浪費的感覺在內心不斷累積，逐漸沉重後，總有一天會轉變成「不安」，最後形成類似「恐懼」的情緒。「跑腿宅配車」這個點子，正好是在我不安地察覺「這種只有表面快活的大學生活，是不是在浪費生命」時想到的，也正因為如此，我才會火速做出決斷。

當我向大學學務處提出退學申請時，內心充滿對於夢想的躍躍欲試，甚至覺得爽快。結果，昨晚竟然會覺得持續當大學生的友人，看起來閃閃發亮……

我面對疊得高高的紙箱，發出空洞的嘆息。

現在還沒心情吃早餐，我再次鑽進被窩的餘溫中。就這麼茫然凝視白色天花板之際，昨晚「迷你送別會」的記憶又一點一滴浮現心頭。

單手拿著紅酒杯，搖搖晃晃地擺盪在寂寞與愉悅之間的我，在大量酒精催化下變得多嘴，接著就對他們熱烈暢談自己今後即將展開的「跑腿宅配車」。女生全都異口同聲地說「嗯、嗯」、「我懂、我懂」、「我覺得那很厲害耶」，紛紛以讓人舒服的感覺附和我。但是，男生卻不一樣。他們一開口就是非常現實又直接的台詞。「嗯～這我也懂啦，但是會不會有點冒險？」「這行業有發展性嗎？」「所以資本要怎麼辦？」「要在人口過少區域創業，如果是我的話會怕，做不來耶。」等，個個簡直都像喝醉了一樣，對我拋出毫無慈悲的意見。其實，會對我說出這些現實，或許才是一種善良吧……

而我，總之就是拚命嘗試要駁倒他們的負面理論。但感覺上也不是很順利。從內心湧出的就只有滿腔熱情，說不太出什麼條理清晰的帥氣話語來。長久以來，明明是那麼不分日夜地滿腦子只思考「跑腿宅配車」，這樣的結果連自己都覺得不可思議。

而且說句真心話，他們那再現實不過的話語與口吻，讓我膽戰心驚。「自己的思考與行動，會不會過於膚淺輕率了」，感覺都快被這樣的不安壓垮了。所以我仗著酒精的力量，一邊拚死抵抗，持續反駁，希望讓他們瞭解「跑腿宅配車」的意義與可能性……這麼說，也只是表面話。說實在的，我想自己反而是希望用自己的話好好說服自己，才會一股腦地熱烈爭辯。

房內因空調而變得暖和時，我爬出被窩。

「唰」地一拉開窗簾，房內立即盈滿新鮮的檸檬色光芒。昨晚的凍雨不知道什麼時候已經停歇，天空是一片擁有透明感的水藍色。

我洗臉、刷牙，在玻璃面的小桌子上，吃了昨晚從超商買來的蔬菜汁與三明治。

飯後，我隨意開了電視，卻沒有找到特別想看的節目。所以，我一屁股坐到床上，背靠著牆壁，翻開看一半的書。

書名是《讓死亡燦爛的生活方式》。

那本書包裹著猶如今早青空的清爽藍色封面，內容是如何過幸福人生的種種訣竅。說起閱讀，我本來只對小說與散文有興趣，但立志創業成為我開始閱讀各種商業或自我啟發書籍的契機。

翻開那本書大概十五分鐘後，我偶然邂逅了吸引內心的一段話。我再次閱讀那一段話。

『人生路上，即使有大家走過留下的轍痕，卻沒有既定軌道。所以，只要以自己的心為羅盤，走出自己的路即可。這才是臨死不會後悔的唯一方法。』

這段話，我反覆讀了三、四次。

然後發出放心的嘆息。

因為感覺上，就像是母親從天堂捎來的訊息。

我才在這麼想，手機正好響起。是電郵。

我拿起桌上的手機。寄件人是靜子奶奶。電郵主旨是『今天早上的雨滴』。開啟正文一看，內容寫著『小珠，今天好冷呢。聽說流行性感冒正流行。妳也要好好注意身體喔』。另外還附加一張照片。冬天庭園裡枯萎的梅枝尖端掛著雨滴，雨滴沐浴在朝陽中閃閃發光。

接到天堂的母親捎來的訊息了，心裡才這麼想，靜子奶奶緊接著竟然傳來這麼美的照片。

怎麼回事啊，這個時間點。

我忍不住打電話給靜子奶奶。

『喂。』

靜子奶奶立刻接起電話。光是這一聲「喂」，我就知道靜子奶奶正展露笑容。

「我是珠美喔。早安。」

『早啊。妳那邊也很冷嗎？』

「嗯，大概吧。不過我現在人在房裡，不太清楚就是了。」

『我們這邊，昨天下了凍雨喔。』

「啊，這邊也下了。不過現在天氣很好。」

『這邊也是。今天天氣非常好。』

聽靜子奶奶的說話方式，好像現在正仰望藍天。

「謝謝妳的照片郵件。很棒的照片呢。」

『哎呀，太好了。』

靜子奶奶嗚呼呼地發笑。

之後，我們就愉快地聊了些像是照片中的梅樹就快開花、用那梅子做梅乾又酸又好吃，還有前幾天的龍形雲朵等，無關緊要的話題。然後，就在沉默突然間湊巧降臨兩人之間時，靜子奶奶以沉靜口吻說：『然後呢……』

「欸？」

『小珠今天是怎麼啦？』

靜子奶奶發出好像在撫摸年幼孫兒頭部，非常慈愛的聲音。

「什麼怎麼了……」

這突如其來的轉折，讓我啞口無言。

『小珠很少沒事打電話來的。所以才想，是不是發生了什麼事？』

發生了什麼事……

腦海中再次浮現昨晚自己與友人熱烈爭辯的聲音。我發現那可說是象徵了「寂寞」、「不安」、「拚命」的聲音，與靜子奶奶沉穩溫柔的聲音，形成極端對比，胸口頓時滋滋發燙。

該不會，這一切全被靜子奶奶看在眼裡了？

話說回來，我現在也覺得去世的母親對於年幼的我而言，似乎曾是能看透自己一切的存在。

「要說有什麼事嘛，也算有吧。」我決定，至少現在這個瞬間得發出開朗聲音，一邊開了口。「其實昨天啊，跟朋友提到我對於將來的規劃……結果沒能獲得預期中的反應。所以覺得有些遺憾……要說有什麼事的話，大概就是這樣吧。」

『這樣啊……』靜子奶奶說完，有好一會兒不發一語。我不由得也沒開口。在那柔和的沉默中，我問自己，到底期待靜子奶奶說些什麼呢？

『我說，小珠啊。』

是靜子奶奶輕輕打破彼此的沉默。

「嗯？」

『死去的爺爺呢，以前常跟繪美說一段話喔。』

「欸……」

我的爺爺，對母親說的話？

『他說，在期待別人之前，先期待自己。然後，為了滿足那樣的期待，就要嘗試以自己的方式去努力。對於他人不需要懷抱期待，只要懷抱感謝就好了……』

「……」

原來如此，我一邊望向牆邊堆積如山的紙箱。那座山在朝陽照耀下，總感覺有些神祕。

先期待自己呀。

「我問妳喔，奶奶。」

『嗯？』

「爺爺以前是『篤農家』吧？」

靜子奶奶曾教我，所謂的「篤農家」意思是指非常熱衷研究的認真農民。

『是啊。總之，就是個最喜歡弄土的人。小珠，妳還記得爺爺的臉嗎？』

「嗯，只記得一點點。曬得黑黑的，常戴著草帽嘛。」

『啊，對耶。』

靜子奶奶發出追憶過往的聲音。

爺爺在我懂事後沒多久就去世了，記憶也已經變得模糊，不過聽說不論是母親或是我，都是疼愛得不得了。

「我呢，剛剛在看書，看到一句不錯的話耶。」

我說著，拿起一旁的《讓死亡燦爛的生活方式》。然後謹慎地慢慢唸出那段猶如天堂母親致贈的禮物的文句。

「人生路上，即使有大家行經後留下的轍痕，卻沒有既定軌道。所以，只要以自己的心為羅盤，走出自己的路即可。這才是臨死不會後悔的唯一方法……怎麼樣？總覺得很棒吧。」

『嗯。是段佳言呢。』

「是吧。」

『跟爺爺對繪美說的話很像呢。』

「嗯。結果，說的是同一件事呢。」

我今後要對自己本身懷抱期待，順從自己的心，去走只屬於我的路。對於他人，只要心懷感謝就好。那樣的話，死的時候就一定不會後悔的。

那樣就好。一定是的。

「還好有打這通電話。」

我說著，輕輕嘆息。

『欸？』

「奶奶，3Q。」

『哎呀呀，這是怎麼回事呀。』靜子奶奶說著輕笑，隨即又對我說：『我也是啊，一早聽到小珠的聲音，得到了滿滿的精神呢。』

我聽著那沉穩的聲音，一邊仰望窗外清朗的藍天。

◇　◇　◇

傍晚，我睽違三天再次去探望父親。

「喔，剛剛，沒碰到夏琳嗎？」

上半身被電動床稍微撐起的父親，一見我就展露明朗笑容。

「欸，沒碰到喔。」

「是喔。那是正好錯過了吧。唉，也沒關係啦。先別管這個了，冰箱裡有夏琳帶來的布丁，小珠也吃吧。」

父親指向床邊的小冰箱，瞇著眼睛說：「說真的，實在有夠好吃的喔。」

術後的父親很明顯地日益復原。話雖如此，畢竟還是沒辦法一個人自由活動，上洗手間也需要看護從旁協助。也因此，一整天當然有大半時間都在病床上度過，不過他有時候就用DVD看喜歡的電影，又或者看看電視連續劇或綜藝節目，不然就是看書或漫畫，看起來似乎滿享受住院生活的。而且，聽說父親果然沒兩三下就與醫院的醫生或護理師打成一片，立刻成為住院大樓的名人。用電話偷偷告訴我這個傳言的人，是壯介。而「常田馬達」父子是前幾天來探病時，聽護理師說的。

我在病床旁的圓凳坐下，一邊享用那什麼雞蛋店製作的講究布丁。原來如此，好好吃……我這麼想，一邊開始盤算「差不多可以跟爸爸提創業的事了吧」。趁今晚，或許也該打通電話給好久沒聯絡的夏琳，跟她說向爸爸報告過大學退學還有「跑腿宅配車」的事，另外也商量一下我搬家的具體日期。

「布丁真的好好吃喔。」

我的腦子思考著各式各樣要緊事，嘴巴一邊吐出無關緊要的話語。但是，父親對於那樣的話語，仍然逐一瞇著眼，開心聆聽。

「對唄。又軟又濃呢，這家雞蛋店的布丁根本就是日本第一了吧。」

我說著：「是啊。」輕輕頷首，將最後一口送進嘴巴。

「吃完了。真的好好吃喔。」

我將空空的蛋型容器以及塑膠湯匙扔進垃圾桶，再次望向父親時……

「欸……怎……怎麼了？」

因為父親一臉有話想說的樣子，笑嘻嘻地望著我。

我還以為是不是沾到布丁還是什麼的，慌慌張張地俯視自己身上的衣服。

「我說，小珠啊。」

「欸？」我說著抬頭。

「妳是不是有話想對我說呀？」

我的心臟漏跳了一拍。

「有話想說……什麼意思？」

父親一副調皮的樣子嘻皮笑臉，但是卻從正面窺探似的直視我的雙眼。我狼狽不堪地說：

「欸？欸？那張臉，是怎樣？」

「不就是那個嘛，非～常重要的事情瞞著我啊。」

「非～常重要的事？」

欸？不會吧，他是說……

就在我一個人在那邊忐忑不安之際，急性子的父親好像再也忍不住地這麼說出口：

「大學，退學了唄？」

「……」

我目瞪口呆，甚至忘了呼吸，整個人僵硬凍結。

為什麼，父親會知道這件事？

「還有啊，另外還有一件事瞞著我吧？」

創業的事也被他知道了。

一定是的。

「騙人的吧……」我下意識這麼說。

父親還是嘻皮笑臉地微微歪頭。

「嗯？妳說騙人，什麼意思？」

「這是，騙人的吧。為什麼，爸爸會知道……」

「呵呼呼。那是因為小珠的任何事情都逃不過我的法眼啊。而且啊……」

「是從哪裡聽來的？」

我插嘴問父親。

「啊哈哈。小珠覺得是誰呢？」

父親依然愉快地笑著。

我的腦海裡浮現那個人的臉龐。

「……夏琳？」

要是猜錯的話，那對夏琳真的很抱歉……我一邊這麼想，卻懷抱確信。很難想像壯介或真真會洩密。

「叮咚，正確答案。」

父親若無其事地這麼說。

騙人的吧……

面對這麼過分的事，甚至讓我感到頭昏目眩。

怎麼會這樣？那個人為什麼不跟我說一聲，就擅自洩密呢？真的，難以置信。

憤怒、驚愕，還有其他各種負面情緒在胸口瞬間膨脹，難以忍受的我，將那些全都轉化成沉重嘆息，「哈……」一聲吐了出來。

「是什麼時候從夏琳那裡聽說的？」

「這~個嘛，大概三天前吧。」

都講了這麼久了。既然如此，為什麼連跟我知會一聲都不會？

我再次大口吸氣，「哈」地誇張嘆息。要是不這樣，感覺連聲音都要變粗了。

「所以，夏琳是怎麼跟爸爸說的？」

「啊哈哈，什麼嘛。小珠，幹嘛一張臉這麼恐怖啊。難得是個美人胚子，多可惜啊。」

父親說完一笑，隨即以雲淡風清的語調回答我的問題。也就是說，夏琳向父親傳達的內容，包括我很早之前就從大學退學了，理由是要創業做「跑腿宅配車」，還有打算在父親術後身體狀況穩定後再坦承。另外還有，近期內準備搬回老家……總而言之，父親什麼都知道了。已經沒有剩下任何事情是我需要向父親坦承的。

但是，最後只剩下一句話需要從我嘴裡說出來。

「對不起……」

其實，我本來想自己親口坦承一切，然後再好好道歉的。本來打算那樣的。結果偏偏……

我從圓凳起身，低下頭。一邊低頭，雙眼凝視著耐吉球鞋前端。心臟附近開始沉浸在討人厭的熱潮裡了呢……心裡才剛這麼想，兩顆透明淚滴隨即滴答、滴答，滴落亞麻地板。

「欸？怎……怎麼了。別這樣啊，喂，頭抬起來啦。」

這次換父親狼狽不堪。我緩緩抬頭。

「可是……」

夏琳她……感覺就要這樣脫口而出，我趕緊使勁咬住嘴唇。

「小珠妳啊，以後不是要幫村裡的阿公阿嬤做好事嗎？而且還因為關心我的身體，之前完全不提這件事嗎？」

「是……沒錯啦。」

我從小冰箱上的面紙盒，抽出兩張面紙壓住眼頭。

「那樣的話，就完全沒問題唄。想在這世上做好事，想對別人好，真不愧是我女兒呀。所以，好了，別哭了。」

我數度深呼吸，竭盡心力想要排解不斷湧現的情緒。後來，終於成功止住滲出的淚水。

「唉，那個嘛。那什麼大學啊，不就是創造愉快回憶的地方唄？既然是這樣，也不用勉強自己非得畢業不可啊。像我，就算高中休學，也能像這樣活得又有意思又好笑囉。」

父親以一如往常的開玩笑口吻這麼說。

「我本來就覺得爸爸……一定會這麼跟我說的。」

雖然是這麼想的，不過本來應該是由我開口好好說明，本來也想那麼做的。

「啊哈哈哈，什麼嘛，妳全都預料到囉？」

先預料到的人，不是爸爸，跟靜子奶奶你們嗎？

我雖然這麼想，卻沒說出口，只是保持沉默。

結果，父親笑意稍斂，聲調也隨之轉低，這麼說。

「唉，先不說那些了。倒是這方面打算怎麼辦？」

「欸？」

父親以食指與拇指圈成一個圓給我看。

「創業要做什麼跑腿宅配車的話，手邊有唄？」

我慢慢坐到圓凳上，一邊回答：「打算跟銀行借。小額就是了。」

「喔。借錢啊。」

「嗯。」

「那不行耶。」

「欸？」

「要借錢的話，就別創業。應該說，我不會同意的。」

「欸，怎麼這樣……可是，我也都好好考慮過還款計畫了耶……」

「不～行。我呢，就只有討厭撒謊、甜梅乾、還有借錢。」

「那，要怎麼辦？」

父親雙眼，突然間變得笑瞇瞇。

「嗚呼呼，其實呢，要錢的話，有耶。」

「欸……」

「唔，那筆錢是繪美的命換來的就是了。」

「媽媽的命，換來的？」我說著，頓時領悟。「你說的是壽險的錢？」

「喔，真有妳的。正確解答。」父親咧嘴一笑，繼續說。「受益人是設定小珠跟我各一半。所以，已經把差不多五百萬圓匯進小珠戶頭了。那筆錢，高興怎麼用就怎麼用吧。」

「欸，但、但是……」

「沒關係，就用吧。反正，那筆錢本來就是打算小珠以後結婚或怎樣的時候要用的。」

「爸爸……」

「但是相對的，要跟我約好一件事。」

「欸……」

父親帶著些許笑意的雙眼，滲出今天最溫柔的情感。

「要想成是用繪美的命去展開的工作，徹底樂在其中。」

「……」

我又抽了兩張面紙。

確實向父親點頭後，再壓住眼頭。

「因為所謂的人生啊，就是賭上就這麼一次生命的盡情嬉戲嘛。不管做什麼，都做自己喜歡事情的人，肯定穩贏的呀。」

「謝謝你，爸爸……」

我低著頭，發出嘶啞的哭聲，父親隨即從病床上伸出厚實的大手，「砰砰」兩聲溫柔拍了我的頭兩下。

◇ ◇ ◇

我拜託業者搬家的日子，是在事隔五天之後。

暌違已久重新展開的老家生活，正如我所料……這麼說也有點那個就是了，總之就是完全無法放鬆。一見夏琳心裡就會冒出各種想說出口的話，紙箱裡的家當必須整理，搬家後隨之而來的各種手續也很麻煩，平常日子就是去探望父親，準備創業，幫忙家務……反正就是馬不停蹄、手忙腳亂。簡而言之，就是讓人不禁想說「當真是臘月啊」（註15）的生活。

我對靜子奶奶提起「跑腿宅配車」時，她起初果然也是瞪大了雙眼說：「這真是……我的天哪。」但最後還是對我展露一貫的沉靜笑容說：「奶奶也會為妳加油的。」就從那個瞬間開始，我的將來已經完全解放了。我已經能心無罣礙全力投入創業了。

壯介一直試著在中古車市場的拍賣中，幫我找可以當作「跑腿宅配車」的冷藏車。但是，遲遲找不到最適合的那輛車。據說，綜合考量年份、價格與車況好壞，能讓人掛保證說「這輛好」的車，就是沒有被釋出到拍賣市場中。

我後來又去見了繭居的真真。當然是帶著「常田馬達」一起。真真照例一身奶油水果蛋糕般的蘿莉塔時尚裝扮，與美沙在房間裡玩「公主遊戲」，不過卻清楚記得與我的約定。真真本來就是個認真規矩又善良的人，答應的事情，就一定會守約。

就在忙東忙西的情況下，臘月像箭一般稍縱即逝，一回神，這個人口過少的青羽町也要迎接新年了。

出生以來首次體驗的「少了父親的新年」早晨……

我開著黃色車子去接靜子奶奶，帶她回我家。因為，我們每年過年都是一起慶祝的。

每天忙著探望照顧父親的夏琳，雖然抽不出空烹煮傳統的年節菜餚，纖細雙臂仍大顯身手，在暖桌上擺出了各式各樣的日本料理。那雖然幾乎全是「架上的麻糬居酒屋」菜單上的料理，暖桌看來卻豐盛到完美的地步。靜子奶奶一看，似乎打從心底開心地瞇起雙眼，讚不絕口地說：

「夏琳真的好厲害啊。」

（註15）「臘月」的日文原文為「師走」（しわす），據說語源之一是僧侶歲末年終忙著到處誦經，奔波走動，故有此言。

「嗚呼呼，我很努力喔。這個也是，這個也是，全部都超好吃的喔。靜子奶奶，多吃一點喔。」

明明會做日本料理，卻沒有日本人謙遜性格的夏琳，明顯一副得意洋洋。但是我也沒有權力批判她，畢竟料理幾乎都是夏琳一個人親手做的。

要說我在這次歲末有什麼貢獻，充其量就只有大掃除而已。我負責清潔店面的地板與廚房，還有二、三樓的廁所與窗戶，除此之外，幾乎都由夏琳一手包辦。我只是根據夏琳指示行動，沒有任何一件事是自己率先去做的。換言之，手握這個家實權的人就只有夏琳，別無他人。我是後到的外人，又或感覺像是後輩，總覺得矮人一截。

靜子奶奶、夏琳，還有我。

老中青三代女性圍著暖桌而坐。

滿臉笑意的，是除了我以外的兩人。

她們分別拿起瓶裝啤酒，為彼此的玻璃杯斟酒。

結果，夏琳不知道為什麼又斟了另一杯酒。

「那是誰的？」

我問出這個單純的疑問。

「這是繪美的喔。」

夏琳說著起身，隨即將裝有啤酒的玻璃杯，供在總是保持光潔亮麗的佛壇上。

我與靜子奶奶不由得面面相覷。

「夏琳，謝謝妳啊。」

靜子奶奶以感觸良深的語調說完，跟著起身。我像受到牽引似的隨之起身。三人於是輪流在佛壇上香，將缽敲響，然後並列雙手合十。

夏琳，妳好狡猾啊……

我在心底這麼咕噥，一邊偷瞄那個個頭嬌小、開朗活潑，粗線條的人。

些許黝黑的雙頰，熠熠生輝的透明雙眸。

果然，不會是我的「母親」。

但是，對方都為妳做了這麼美好的事，總覺得，壞人全都是我一樣，不是嗎。

所以，才說好狡猾。

我們後來又再次在暖桌旁就座，用已經沒有泡沫的啤酒乾杯。

「恭賀新禧！」

老中青三代女性的聲音，在暖桌上方交錯。

「小珠，今年也請多多指教喔。」

我用自己的杯子，輕碰一下夏琳對我伸出的杯子。

「我才要請妳多多指教。」

靜子奶奶瞇著眼睛，望著這樣的我們。

冰得透徹的啤酒流過喉嚨。

好像比平常苦了那麼一點，但是很好喝。

我就那麼「咕嚕咕嚕」牛飲，酒杯一見底，就「噗啊」一聲發出像歐吉桑的聲音。結果，夏琳也學我「噗啊」一聲，惡作劇似的對我微笑。

我不自覺笑了出來。

靜子奶奶也噗嗤發笑。

果然，好狡猾呢，這個人。

真是沒轍呢，我邊這麼想，拿起兩側較細的新年專用筷子。

「那，我就先開動囉。」

我這麼對夏琳說完，就將我最愛的菜，勾芡雞絞肉淋風呂吹蘿蔔放進嘴裡。

細細咀嚼之下……鼻頭深處突然湧現一股炙熱。

「小珠，好吃嗎？」

夏琳微歪頭，望著我這邊。

「嗯，只……只是，好……燙……」

其實也沒有多燙，我卻刻意「哈呼、哈呼」給她看。才剛開春，我可不想變成怪人。只是風呂吹蘿蔔的調味像極了母親的味道而已，這樣就落淚，根本就是腦袋有問題。

感覺從佛壇那裡飄來些許香的幽微香氣。

「嗚呼呼。小珠是貓的……那個啊，紅紅的那個，唔……」

夏琳邊笑邊這麼說，靜子奶奶接著教她：「那叫作『貓舌頭』喔。」

「對了，是貓舌頭喔！」

靜子奶奶幫我的空杯斟了啤酒，所以我假裝要冷卻舌頭，一口飲盡。然後，又將風呂吹蘿蔔送進嘴裡。

靜子奶奶傳授給母親，母親教給了父親，夏琳又從父親那邊學會，為了我與靜子奶奶而做出的味道。

果然，好狡猾呢，夏琳這個人。

「好吃到可以說是狡猾了。」

我這麼對夏琳說。

夏琳說著：「Nice！」誇張地拋了個媚眼，自己也拿起筷子。靜子奶奶也說：「我來吃吃看。」對風呂吹蘿蔔伸出筷子。

家族味道的輪迴。

我這麼想，才剛開春心頭就暖呼呼的。

◇　◇　◇

真真位於「海山屋休息站」二樓的房間，邁入全新一年還是那個充滿荷葉邊、感覺甜滋滋，床上特大的凱蒂貓似乎隨時都會開口說話的夢幻空間。就連我們三個同學伸腳進去的暖桌被，都被縫上好幾層白色荷葉邊。

「對了，小珠，妳爸爸情況怎麼樣？」

一手拿著理沙姊沖的咖啡，壯介看向我這邊。穿著淺粉紅色衣服的真真，也望向這裡。

「還穿著像馬甲一樣的背架，雖然行動有點困難，感覺勉勉強強能過正常生活。」

「是喔，我們家老爸還在發牢騷說，好想早點去『架上的麻糬』喝一杯呢。」

「店裡要開張營業，感覺還得一陣子耶。」

我說著，戳了戳甜煮根昆布。那是剛剛理沙姊說：「這是要配咖啡的。」特別端到二樓來給我們吃的。咖啡為什麼配根昆布呢？這種選擇是個滿大的謎團，不過或許是因為上次也是小竹莢魚的味醂魚乾，所以也沒有太驚訝。不拘泥枝微末節的瑣事，肯定就是真真這一家的門風吧。

「不過，唔，反正能出院真是太好了。」

正如壯介所說，父親大概一週前出院了。之前由於中間卡了一個過年，檢查之類的都因此延遲，所以住院時間比預期拖得稍微久一點，不過術後大致算是復原良好。出院那天，當我雙手拿著行李正想步出病房時，被主治醫師叫住。醫師對我說：「令尊雖然沒有復發的疑慮，不過可得好好復健喔。否則，得花很長一段時間才能回歸正常生活。」我回答：「好的，謝謝您。這段時間，承蒙您多方關照。」內心的大石頭同時慢慢落了地，隨之發出大大嘆息。夏琳也是一副鬆了口氣的表情，笑著說：「太好了呢，小珠。」一邊用手輕柔摩擦我的背部。但是很遺憾的是，所謂的「太好了」只能維持到這裡而已。因為父親出院後，我和夏琳之間也發生了大大小小的各種摩擦。

「話說回來，不是要由小珠跟夏琳兩個負責，每星期營業三天的唄？是什麼時候開始啊？」不了解我們家內情的壯介，說得一副很輕鬆的樣子。

「什麼時候啊……就一時之間很難做到啦。」

「欸，為什麼？」

「問我為什麼也……」我的視線落至咖啡杯中晃蕩的黑色液體，尋找能夠表達複雜情緒的詞彙。接著，千代子婆婆的臉龐頓時浮現心頭，我於是開了口。

「就感覺啊，現在好像變成婆媳之間的戰爭了耶。」

「戰爭？是小珠跟夏琳嗎？」

壯介流露顯而易見的憂慮神情。溫順的真真同樣雙眼圓睜。

「啊，也不是說有什麼激烈爭吵啦。不過呢，生活習慣不同的兩個女人住在同一個屋簷下，好像就連小到不行的細節也得注意……所以常常都覺得精神層面已經很累了，結果對方又常說些白目的話，或是做些白目的事……害我都忍不住不耐煩了呢。」

「妳說的『白目』，具體來說是做了什麼啊？」

「這個嘛……都是些沒什麼大不了的事情啦。」

真的，那椿椿件件都不是什麼大不了的事。像是將美奶滋放進冰箱的時候，我教她說：「先把開口部位朝下放，下次要用會比較方便喔。」她就滿不在乎地說什麼：「小珠發現的時候，再朝下放就好。」又或喜歡的衣服洗好晾著，卻被夏琳穿在身上一邊做家事，我一抱怨，她就一副理所當然的樣子說：「這個，很可愛喔。我也想穿喔。我的衣服，小珠也可以穿喔。」她似乎是想交換衣服穿，但是夏琳的衣服都很小，我明明就穿不下。再說了，我人不在時幫我打掃房間其實是多管閒事的好心，房裡的東西每次都會被隨便移動，要是有什麼東西不見就麻煩了。更何況，這樣好像房裡的東西被檢查一樣，老實說感覺不是太好。

「總覺得啊，就是一直被這些小事情惹到，慢慢累積下來，真的讓人很煩耶。」

我邊講，同時覺得「自己，身而為人心胸好狹窄喔……」。但是，現在像這樣光是回想起來就覺得煩躁，也是事實。

「這就是人家說的，越吵感情越好唄。」

「才不是咧。」我瞬間否定。那種俗語絕對是騙人的。「雖然不是……但是夏琳她個性就是那樣，就算吵架隔天照樣一副若無其事的樣子，說著『小珠，早安，今天天氣也很好呢』，一邊做早餐呢。只要看到那張臉，就會覺得自己好像是個心胸有夠狹窄的人，開始反省，只是呢，大概五分鐘以後又會被惹得很毛。」

「是喔……」

「然後呢，最後好像就只有我一個人被耍得團團轉一樣。」

「是喔。可是家事方面，夏琳也會幫忙打理吧。」

單純的壯介，以毫無惡意的表情直搗我的痛處。

「唔，是這樣，沒錯啦……」

的確，夏琳把家事都打理得妥妥當當的。很愉快地邊哼歌邊做。而且每天早上，再晚好像五點半就會起床。天還沒亮就起床，不知道是勤奮地開始做家事，還是透過函授課程學習日文。我是沒問過，總之就是理所當然似的持續展現早上會賴床的我絕對做不到的特殊本領。

她從前天開始，好像還陪著必須復健的父親，每天早上甜甜蜜蜜地一起健走。而且，夏琳每天晚上還與父親一起入浴。父親在卸除背架前，入浴時都需要有人從旁照護，這我都明白……只是，站在親生女兒的立場，總覺得有些抗拒……

「家裡各種大小事都會幫忙打點好，只是啊，每件事情都跑來說什麼『小珠，這個已經先幫妳弄好囉』，感覺像在施恩惠一樣。聽她那麼一說，總覺得，反而不想坦率表達謝意了。」

「也是啦。偷偷幫別人做些什麼，然後不告訴本人，感覺就像是日本人的美德嘛。就是所謂的『積陰德』吧。」

「對，就是那個！我呢，昨天就是那麼說的耶。」

昨天的夏琳，話特別多、管的也特別多。「小珠，我樓梯清過了喔，很乾淨吧？」「小珠，溫泉粉已經先放進浴缸了喔，開不開心啊？」「小珠，妳的牙刷已經舊了，我幫妳買新的囉。」

「小珠坐的那個坐墊，做法是從千代子婆婆那裡學的，然後我自己做來給自己的喔。要是喜歡的話，也可以拿去用喔。」、「小珠，洗臉槽被毛髮堵住了喔。我已經清乾淨了喔。」

夏琳每件事都附帶「幫你做了什麼的感覺」的「親切」，讓我倒盡胃口，忍不住以稍重的語氣，這麼說出了口。

「我跟妳說喔，日本人啊，都是背地裡默默做好事的。那樣，才最能讓人高興的。」

結果，夏琳照例展露明顯不滿的臉色。

「NO～NO～那樣的話，對方就不會發現喔。」

「就跟妳說不對了嘛。就算那樣也能發現的，才是日本人啦。日本從以前就有所謂『積陰德』這個詞彙……」

我本來打算接下來，要選些尖銳的詞彙，將夏琳心裡挖空。然後硬將「日本人的美德」塞進那個空出來的洞裡。

「但是啊，一看到夏琳那時候悲傷的眼睛，總覺得好像我才是壞人……」

我嘆息著說到這裡，壯介就搶了我的台詞。

「然後呢，又覺得煩了唄。」

「對啊……而且啊……」

我持續對壯介還有真真，吐出針對夏琳的抱怨。只是隨著越來越多的抱怨，越忍不住想起夏琳做家事時毫無惡意的笑容以及哼的歌，然後莫名地越來越討厭起自己來了。

「哎喲，受不了了，總覺得不好意思。」

我終於自己打斷自己的話。

「怎麼了，小珠？」

這些苦水，明明只會累到聽的人。儘管如此，還是一直聽我說的壯介歪著頭問。

「說來說去，要是我能更包容大方就沒事了嘛。這個道理，我也明白就是了。所以，算了。不好意思，大過年的，就滿嘴牢騷。」

壯介露出一副拿我沒轍的表情。真真則是雙眉垂成八字型，輕輕搖頭。好像在說，小珠不需要道歉啦。之後有好一會兒，我們都沉默啜飲咖啡，用牙籤插住甜煮根昆布送進嘴裡。

「唉，不過就牢騷而已嘛，隨時都可以聽妳說喔。」壯介感覺像要重振士氣似的一說完，就拿起PUMA的黑色背包，慢吞吞地從裡面拿出三張A４紙，然後放在暖桌上。「差不多該進入今天主題了唄。」

我一看到紙張，忍不住「啊」了一聲。

三張紙上，描繪出我做「跑腿宅配車」時所用的冷藏車設計。

「哇，好棒……」

真真睽違已久首度發聲。雖然是讓人聯想到聲優的高亢嗓音，但是她從以前的聲音就是這樣。與總是「喂喂喂」地發出語帶恫嚇的低沉聲音的理沙姊相較之下，聲帶結構似乎從根本上截然不同。

「這個，怎麼樣啊。反正要做，營業車輛上加一層設計彩繪比較好唄。」

「嗯。好厲害……話說回來了，壯介你找到冷藏車了嗎？」

「沒有，那還沒找到，只是反正拍賣買到的車款是一定的，先來考慮設計會比較好唄。」

的確，是這樣。我點頭說：「說得也是。」視線落到壯介幫忙描繪的三種設計圖。車款是鈴木的「CARRY」，小貨車型冷藏車。壯介在那輛列印出的白色「CARRY」上，分別用色鉛筆描繪圖案。

三種設計的車身側面都繪有這樣的文字商標。

小珠的
跑腿宅配車♪

除了商標以外，三款設計各不相同。

首先第一款設計就像是一九五〇年代的美國車，整體塗成大紅色。感覺像是復古凱迪拉克會用的色調，看起來很有品味也很酷，跑起來應該也會很醒目。第二張是很像懷舊福斯箱型車會用的祖母綠與白色兩種配色。感覺上像是輕快氛圍與俏麗可愛並存，好像越開就會越依戀這輛車。然後第三張，是以淺粉紅與米白為基調，是格外洋溢少女感覺的設計。而且貨車車斗部分……也就是作為保冷庫的部分，還描繪出一圈又一圈的漩渦圖案。

「這個……是蘿莉塔蝸牛？」

我指向第三款設計，懷抱確信望向真真。

真真害臊地縮著頭，「嘿嘿」笑了。原來如此，這果然是真真想出來的點子，再請壯介幫忙畫的啊。

「大致說來，我個人比較推這一款就是了。」

壯介指向正中間那張好像懷舊福斯箱型車的設計圖案。雖然對真真不好意思，我也有同感。

結果，沒想到真真也壓低聲音說：「我也……覺得那個好……」

「欸，可以嗎？真真。」壯介說。

「嗯……」

「壯介跟真真都覺得好的話，就決定囉。我也最喜歡這個設計。」

「好耶，那就決定囉。我呢，說真的，有夠喜歡這種懷舊設計的耶。哎喲，好想快點幫真正的車子彩繪喔。」

壯介就像滿腦子想著聖誕禮物玩具的孩子，雙眼閃閃發光。而我也確實看到，斜眼偷瞄那個壯介的真真，雙眼更為閃亮。

「壯介，那就拜託你啦。還有，真真，謝謝妳喔。」

滿臉不好意思的真真又客氣地搖搖頭。

「啊，對了，真真。」我接著又對那樣的真真拋出新的話題。「之前拜託過妳的廣告傳單，還沒好吧？」

「唔，大概內容是已經好了。」

真真緩緩起身，將放在書桌上的白色筆電拿到暖桌這裡來，然後為我們開啟廣告傳單設計的顯示畫面。這方面的設計該不會也是層層荷葉邊……我這樣的不安，很慶幸的只是杞人憂天。

「哇，感覺不錯嘛。應該是說非常好。」

一見電腦畫面，我立刻這麼說。

搭配壯介設計的文字商標「小珠的跑腿宅配車♪」，同時巧妙選用被上傳網路的免費圖像素材，完成了一份重視視覺效果的美麗廣告傳單。背景是青羽川潺潺流水的風景照，另外為了讓老人家輕鬆閱讀，以稍大文字寫出的文案也很棒。

『青羽川的移動販賣上路！小珠的車直達您家附近開賣♪』

這句文案旁，還有我的大頭照。雖然有點不好意思，不過考慮到販賣的人如果是年輕女性，老人家一定也會比較放心，所以才請真真放上照片的。傳單下半部，是目前取得販賣許可的四處販賣點的交通指南。簡潔易懂的地圖設計已經達到專業等級，另外像是「青羽溫泉停車場」、「保麗龍工廠占地內」、「青羽漁港漁協辦公室旁邊」之類，只要是當地人都會知道的標註也很棒。當然，剩下的另一個販賣點就是「海山屋休息站停車場」。而且地圖下方註釋還寫著：「※補充，也請大家建議方便購買的場地，請務必提供販賣點資訊！」

「好厲害，說真的。真真最棒了。」

像是要將電腦畫面整個吞下似的緊盯不放的我，想像著老人家手裡拿著廣告傳單的開心笑臉。終於，真的要開始做「跑腿宅配車」了。胸口附近，莫名開始發熱。

「真真這個人啊，要她做蘿莉塔以外的設計，結果做出來的品味還真不錯耶。」

壯介露出柴犬般的臉龐出聲稱讚，膚色白皙的真真，面頰隨即染上明顯粉紅色，連整張臉看來都像蘿莉了。

「真真，謝謝妳喔。」我說著伸出右手，真真也「嘿嘿」兩聲害羞笑了，一邊握住我的手。真真白皙又軟綿綿的手，感覺就像棉花糖。

「這麼一來，我說小珠啊，接下來就是那個了耶。」

我明白，壯介說的「那個」是什麼意思。

「嗯。」

「打電話了嗎？」

「還沒，想說之後打。」

「那就現在打啊。」

「欸！現在？」

「對啊，現在。覺得好的，就要劍及履及唄。」

劍及履及，啊……的確，趁現在情緒高昂，或許正是個好機會，去挑戰那足以讓人心跳加速的恐怖事情。

我緩緩點頭，隨即從身邊夾克口袋拿出手機。然後輪流望向壯介與真真的臉龐，他們兩個都以肯定的眼神，定定望著我。

我叫出父親前幾天告訴我的電話號碼。手機的液晶畫面顯示「古館正三」這個名字。

「心臟跳得有夠快的耶……」

我再次看著兩人這麼說。兩個同學慢吞吞地點頭。我深吸一口氣，再「呼……」地吐出。然後，以食指輕輕按下通話鍵。

古館正三

「現在沒辦法立刻答覆妳。我正在工作。不好意思。」

我說著，自顧自地切斷通話。

現在這……到底是在開什麼玩笑？

我在內心發牢騷，俯視還躺在右掌心的手機。

平常會打這支手機的人，大概就只有最近一下子老了好多的妻子，還有幾個工作上往來的人而已。結果，卻有個年輕女孩子突然打來，而且最扯的是竟然要求「拜我為師」……我的工作只不過是移動販賣。又不是職人或藝術家，根本不是收徒弟的工作。讓人忍不住想說，開玩笑也該有點分寸。

「我說，跑腿先生啊。」我背後傳來有些沙啞的老人家聲音。「怎麼嘆氣了呢？發生什麼事了嗎？」

我抬頭，轉向後方。坐在黑色輪椅上的白髮婆婆，以看來心情很好的臉龐仰望這裡。

「沒事。沒什麼，特別的啦。」

我回答，一邊觀察婆婆情況。感覺這兩個月以來，又縮小了一號，甚至是兩號。聽說，認知症（註16）的問題好像也持續惡化。

「那就好。」

輪椅上，綻放一朵純潔的微笑。

這位婆婆只要一笑，眼角就會完全下垂。整張臉看來和藹可親到讓人覺得有些不可思議。那種笑法讓我覺得好親近，我一邊將手機收進口袋。然後為了重振精神，繼續開始在這裡服務老人家的銷售工作。

這裡是隔壁町的養老院「望洋苑」一樓大廳。我每個星期會有三次（週一、三、五），請院方讓我在這個寬敞大廳的桌上，擺出放滿商品的藍色保存盒做生意。這是個正如名稱所示，風景優美的養老院，正對入冬乾枯草坪庭院的大面玻璃另一頭，今天同樣是一片廣闊的碧藍大海橫亙眼前。

「今天的天氣好好。外面冷嗎？」

（註16）「認知症」：台灣一般稱為「失智症」。

輪椅上的婆婆眺望著大海，一邊這麼說。我也望向窗外。蔚藍汪洋上，飄浮著幾艘小漁船。

「啊～冷耶。這幾天一下子就冷起來了。」

我一如往常，充當這位婆婆的聊天對象，同時忙著將商品賣給其他老人家。

我一天會巡迴好幾個地方進行移動販賣，不過這個販賣點還不錯。每次都會有大概二十位老人家聚過來，一次買齊點心、水果或鹹麵包之類的，對於業績是可以樂觀以對的。比起買自己的東西，為了來會面的孫兒買禮物的老人家反而比較多。對他們來說，看到兒孫開心的臉龐，遠比滿足本身食慾或物慾幸福多了吧。所謂的「上了年紀」，或許就是這麼一回事。

商品大概銷售十五分鐘後，結束採買一臉滿足的老人家，隨之解散回到各自房間或到交誼廳去。還留在大廳裡的，就只剩下輪椅婆婆、推輪椅過來的年輕男員工，還有我三個人。

「婆婆，有什麼想要的東西嗎？」

我開口對輪椅婆婆這麼說。

「玉子燒。」

「欸？」

「我兒子呀，最喜歡玉子燒了呢。」

「……」

「他說，如果不是加一堆砂糖吃起來甜甜的，就不喜歡呢。」

「是嗎。很可惜耶，今天沒有帶過來呢……」

「哎呀，是嗎。那，下次來的時候，幫我帶來吧。」

「知道了。要加一堆砂糖，吃起來甜甜的那種吧。」

老婆婆感覺非常滿足，「嗯嗯嗯」地直點頭。

接著，皺巴巴的眼角不知道為什麼滲出了淚水。我的眼神避開那淚水，轉換話題。

「其他，還有沒有什麼需要的東西呢？妳看，像這個水羊羹很好吃喔。」

「我最喜歡水羊羹了。跑腿先生，您很清楚我喜歡什麼東西呢。」

沒什麼清不清楚的，是因為這位老婆婆一直以來一定都會買水羊羹。

「只是湊巧啦。」

「嗚呼呼。那麼，就買一個吧。」

「承蒙光顧。一百五十圓喔。婆婆，來，錢包借我一下。」

我說著，照例拿起婆婆大腿上的深綠色錢包。推輪椅過來的年輕員工也沒說什麼，嘴角掛著良善笑意，望著我與婆婆的對話。

「這個嘛，水羊羹一個是一百五十圓，所以呢……」我在婆婆面前演出從錢包拿出零錢的動作，然後偷偷將三張千圓鈔票塞進去。

「貨款已經收下囉。找的錢也放進去了呢。妳看，婆婆喜歡的水羊羹，就先交給這位小哥員工喔。」

我闔上錢包，輕輕放回婆婆的大腿上。然後將放在白色塑膠袋裡的水羊羹，交給小哥員工。

袋子裡放了三個水羊羹。

「每次都受您照顧，謝謝啊。」

「我才是每次都承蒙您光顧啊。」

看到婆婆對我嫣然一笑後，我開始收攤。要將排列在桌上的藍色塑膠保存盒蓋上保冷蓋，然後搬到停在外面的冷藏車裡疊好。保存盒共有八個，兩個疊在一起搬，來回四次就搬得完。在此期間，輪椅婆婆還是笑吟吟地在旁邊看著我工作。

「那麼，婆婆，我會再來的。」

將保存盒疊好的我，在婆婆的輪椅前蹲下。

「跑腿先生，下次什麼時候來呀？」

「後天。來的時候，會帶甜甜的玉子燒喔。」

婆婆笑容加深，眼角更為下垂，變成一張甚至讓人想要落淚的慈愛臉龐。

「那麼，走囉。」

我起身，以眼神向男員工致意，轉過身。一邊感受婆婆在背後的視線，穿過自動門。

穿越玄關一到室外，刺骨般的隆冬冷風纏上衣領。我不自覺瑟縮肩頭。從風中，隱約可以感受到大海的氣味。澄澈無瑕的冬季天空呈現一片螢光藍，看起來總覺得好耀眼，我稍微瞇著眼，坐進冷藏車的駕駛座。

發動引擎後，我向後照鏡瞄了一眼。

玻璃門的另一邊，輪椅婆婆還望著這裡。

我踩下油門，緩緩駛出停車場。

直到從馬路左轉看不見為止，婆婆始終目送我這輛車。

「甜甜的玉子燒，啊……」

這麼一低聲嘟囔，腦海隨即浮現雙眼一笑就下垂的婆婆臉龐。

我深深嘆息，然後踩下油門。

◇◇◇

這一天，巡迴完七個販賣點的我，回到了青羽町自宅。

時間已經超過下午四點半，冬季太陽早已藏進西山邊緣的另一頭。

自宅占地內，有個簡易的組合屋辦公室。我從車上將保存盒搬進那個辦公室，在作業台上排好。我掀開所有保存盒蓋子，幾乎沒有賣剩的商品。進貨數量算得剛剛好。像這樣的日子，心情還不錯。

我坐到辦公桌前，開始整理手寫帳冊。銷售狀況還過得去。考慮到這幾天的寒冷，多進了些黑輪或火鍋料，這招似乎奏效了。

「接下來呢……」

記完帳，我慢慢起身。從賣剩的商品中挑出需要冰的，分別放入業務用冷藏庫與家用冰箱。商品如果所剩無幾，這項作業就能很快做好，感覺很好。最後就是用筆記本約略記錄明天的進貨內容，事先打電話給幾家習慣合作的供貨店家訂貨。這麼一來，一天的工作就結束了。

我關掉辦公室的照明，關上門，正想回到妻子等著的隔壁主屋時……

我突然間停下腳步。

再次開啟才剛關掉的辦公室照明後，我一屁股坐到辦公椅子上。

我從黑色羽絨外套口袋拿出手機，從電話簿中叫出熟人名字。

那是這個町……不，在我的人生中，少數稱得上「朋友」的男人名字。

一按通話鍵，電話響了三聲就被接起。

『呦呦，好久不見了，古館先生啊。有沒有好好過年啊？』

耳邊傳來的聲音，一如往常地爽朗快活又討人喜歡。

「啊～我很好。才想問你，背部情況怎麼樣了？」

『啊哈哈，我啊，沒什麼大不了的啦。就是用小不啦嘰的人工骨骼取代脊椎骨塞進去而已。』

「現在能走嗎？」

『每天都為了復健走路喔。但是啊，有個像馬甲一樣的背架真的很礙事，日常生活都變得好麻煩。』

「還是不要太勉強啦。」

『就跟你說沒事了嘛。話說回來，是那個唄。你難得打電話過來，是因為我女兒的事唄？』

什麼嘛，這樣喔，正太郎果然知道這件事喔……心裡這麼想，我稍微鬆了口氣。

「嗯，對。白天沒頭沒腦就打我手機，說什麼跑腿宅配車之類的東西，最後還要求我收她為徒耶。」

『啊哈哈。那當然，會嚇一跳唄？其實呢，我本來說由我先打通電話給古館先生的，結果我女兒無論如何都堅持要自己親口拜託你，所以就先給她電話號碼了。』

「……原來是這樣啊。」

『事情就是這麼一回事，雖然很抱歉，不過我女兒的事，可以稍微幫她一下嗎？』

「……」

這裡說聲「嗯」很簡單，而且我也很想這麼回答他。畢竟，正太郎是我從黑道金盆洗手時，幾乎像遁逃似的移居到町內時，沒有絲毫歧視完全接納我的唯一一個男人。換句話說，多虧有「架上的麻糬居酒屋」，我才能稍微融入這個町，我也對此心懷感激。

只是，那些與現在這件事，是兩碼事。

「我說，正太郎。」

『喔～』

「你覺得在這種鄉下地方做什麼移動販賣，真的經營得下去嗎？」

『哪知道，不知道會怎麼樣唄。』

「什麼不知道會怎樣唄，你這個人……老實說，我覺得很難維持耶。」

『為什麼啊？古館先生不是也在那一帶做移動販賣嗎？』

「我是因為順便巡迴人口還算多的町，才勉勉強強做起來的。要是只以青羽町的阿公阿嬤為對象，不管再怎麼拚，頂多只能做到損益平衡而已耶。」

『喔～只要拚命就能損益平衡呀。』

口無遮攔的我覺得這是為了正太郎好，拚命說明。但是對這個男人而言，完全是對牛彈琴。

「不不不，等等喔。我可不保證一定能做到損益平衡。而且，做生意又不是慈善事業。」

『啊哈哈，那倒沒錯啦。』正太郎滿不在乎地大笑。接著，以輕鬆語調繼續說。『我家女兒呢，要是拚到最後還是跌一大跤，到時候啊，可得幫我笑她說「妳果然是個笨蛋」喔。』

「啊？」

到底在說什麼東西啊，這男人。

『要是她不努力的話，我會打她屁股的。』

我頓時啞口無言。意思是說，女兒的失敗由正太郎來負責嗎？

「正太郎，我說你啊，女兒就算失敗也……」

『不～是啦，古館先生。說到底，人生根本沒有所謂的「失敗」唄。』

「欸？」

『人生就只有「成功」跟「學習」而已啦，這是我死去的老婆說的喔。更何況，想做卻不去做的人生，很沒意思唄。』

「……」

『無聊地過活，這在我們家是禁止的喔。從以前開始就是這樣。』

正太郎以分不清是開玩笑還是認真的語調說著，愉快地哈哈大笑。

人生沒有「失敗」。只有「成功」與「學習」。

原來如此啊。我一邊咀嚼正太郎的話，回首自認滿滿都是失敗的人生。如果說，能從我以前歷經的數次失敗中學到什麼，然後運用在將來的日子裡……開始覺得人生這樣好像也不錯。

「我說，正太郎啊。」

『蛤？』

「你們家女兒，是叫小珠嗎？」

『嗯，對。小珠。』

「本名呢？」

『叫作珠美，怎麼了？』

珠美，呀……

這樣啊。本名是珠美，才叫作小珠的呀。

「真是好名字呢。」

『欸嘿嘿。對唄？是我取的嘛。』

「小珠，今年，幾歲了？」

『好快就二十歲了呢。感覺不久前才剛呱呱落地，瞬間就長大成人了呢。』

珠美，然後，二十歲啊……

這，該不會，就是人家說的「命中注定」呢。

為了避免正太郎發現，我將手機拿得離嘴邊稍微遠一點，才嘆氣。

「小珠她，真是幸福的孩子啊。能被你這種寵女兒的老爸養大。』

『欸嘿嘿。也是啦，我自己也這麼覺得耶。」

眼前浮現正太郎以調皮模樣咧嘴笑的臉龐。

「我醜話先說喔……」於是我刻意發出僵硬的聲音：「當我徒弟的期間，就只能工作喔。」

電話那頭，正太郎噗噗噗地笑出來。

『那當然。反過來要我女兒付學費都很合理啊。』

「笨蛋，我才不要錢呢。」

『我知道。相對的，可得盡量使喚她喔。』

「我會好好使喚她的，只要別使喚到被你這個以前素行不良的混混生氣臭罵就好。」

『啊哈哈哈。那句話，什麼人講都行，就是不想被一個以前是正港流氓的老頭兒講耶。』

正太郎從腹部深處，愉快大笑。

要是，讓那位婆婆看到成為我徒弟的二十歲小珠，她會流露出什麼樣的神情呢？

這麼一想像，我的腹部深處也湧現笑意。

「以前當流氓的我，竟要收徒弟教她怎麼做生意呢。」

『真是的，這實在有夠白痴的耶。』

我們像笨蛋一樣對彼此哈哈大笑。

常田壯介

時序邁入二月後的第一個週二。

與車體同樣漆成祖母綠的擴音器，裝到了駕駛座那邊的車頂上。就在那一瞬間，一件「作品」大功告成。在這個寂靜的「常田馬達」車庫中，我不自覺自言自語：「好耶，太完美了。」看看左手腕戴的「G-SHOCK」，時間顯示為早上十一點十一分。整排「1」這個數字，莫名地讓人心情也好了起來。

總而言之，就是完成了呢。終於。

小珠用來做跑腿宅配車，具備保冷功能的營業車。

我將放在工具架角落的手機拿過來，拍了一堆熱騰騰剛「出爐」的「作品」照片。自己來說或許也很那個就是了，但是不論從任何角度看，都呈現出俏麗、復古又雅致的成果。說句真心話，除了外觀，也想徹底改造內裝的，只是礙於小珠的預算問題，實在沒辦法顧到那裡去。

說到預算，小珠也真的很好運。會這麼說，是因為能在中古車拍賣中買到滿划算的車輛。這輛鈴木的「CARRY」年份才四年，而且里程數也只有三萬兩千公里，今後應該還能跑很久。變速箱是女生也能輕鬆駕馭的三速自排，車檢也還剩一年兩個月才到期。而且，就冷藏車的價格而言，可是以七十八萬圓的破盤價標到的呢。

價格為什麼會那麼便宜呢？原因很單純。簡而言之，就是前車主去撞到保險桿左側角落，凹了下去。但是，這輛車稱得上是問題的地方，僅此而已，其他不論從機械或是內裝看來，都是一輛滿乾淨的優良車。對我來說，那什麼板金根本就是小菜一碟，所以才會刻意幫她選擇保險桿凹陷的這輛車。

成功標到這輛便宜好車的我，實在太開心了，同時興起了惡作劇的念頭，決定在完成修理、改造與彩繪之前，都瞞著小珠關於這輛車的事。等到一完成，就用大驚喜的方式立刻交車。

我這麼決定後，可說是忙得不可開交。處理完每天的工作後，還得利用夜間或假日時間，一點一滴持續作業。出乎意料之外的是，越為這輛車投注心力，潛藏在內心某處的創作欲望就越是隨之逐漸沸騰。後來對於這項作業實在過於投入，不僅好幾次忘記吃飯，甚至還覺得連睡覺時間都是種浪費。我還是小鬼那時候，就常以漂流木等廢棄物作為材料，創作出自由奔放的藝術品，這次真的是享受著與小時候一模一樣的「全心全意的痛快」，一邊將這輛中古車昇華成為「作品」。

完成的「CARRY」中，注入了我的靈魂。大概是因為這樣，正面迎視時，會覺得它隨時都會開口跟我說話。

「哇，你啊，真是個極品帥哥耶。」

用手機拍完照的我，自己開口對「CARRY」說話。然後，一邊壓抑高漲的興奮情緒，撥打小珠的手機。鈴響三聲就接電話的小珠，據說剛與夏琳買完東西回來。我刻意發出平淡聲音，「我現在要過去妳那裡喔，等我一下。」這麼說完就掛上電話。

嗚呼呼呼。

只要一想到小珠驚訝的臉龐，心情就愉快得不得了，於是自己就在寂靜的車庫中，自顧自地發笑。

踩下熱騰騰剛「出爐」的「CARRY」油門，一開出車庫，發現外頭正滴滴答答下著小雨。交車日碰上雨天雖然有些遺憾，但是另一方面，就算早一秒也好，都想儘快讓小珠看看完成的車子。我開著雨刷，一邊沿著青羽川朝河口駛去。過了一會兒，慢慢看到「架上的麻糬居酒屋」停車場時，就開啟剛裝好的擴音器電源，將CD塞進車內音響。

從擴音器流洩而出的，是康妮．法蘭西斯（Connie Francis）的名曲〈長假〉（Vocation）。這是小珠為「跑腿宅配車」選定的主題曲。一九五或六〇年代的美國活潑流行樂，響遍下著冷冽小雨的鄉下小町。

我直接開進停車場，將「CARRY」停好。

引擎或音樂都沒關，我透過擋風玻璃仰望「架上的麻糬居酒屋」樓上。

結果，三樓窗戶立刻開啟。

小珠雙眼圓睜，俯視我這裡。

我降下駕駛座車窗，探頭出去。「這裡是『常田馬達』！我來交車了！」說著對三樓舉手。

不會吧……

雖然沒聽到實際聲音這麼說，但是雙手摀嘴的小珠，肯定是這麼低喃。

大驚喜，成功。

「喂，快下來啊。」

輕輕頷首的小珠，是衝刺下樓的吧，十五秒後就從後方玄關衝出來。我也從駕駛座下了車。

在康妮．法蘭西斯輕快的歌聲中，小珠以小跳步的感覺接近這裡，然後突然高舉雙手。我也舉起雙手。

啪！

在小雨中的擊掌，發出非常悅耳的聲響。

「這是，我的吧？」

小珠的笑靨開心得連眼睛都瞇得快要看不見，問著理所當然的事。

「嗯。怎麼樣？很不賴唄？」

「好厲害喔。真的，好厲害喔。」

注入「靈魂」的作品，獲得直球般的誇讚，我不禁「欸嘿嘿」地發笑，一邊搔著後腦勺。

「對了，你是什麼時候在拍賣上標到的啊？」

「上個月下旬吧。」

「拜託，為什麼不跟我說啊？」

儘管在抱怨，小珠臉上仍然掛著綻放的笑容。

「這是驚喜嘛。」

「吼，真的嚇了好大一跳啦。突然就聽到康妮．法蘭西斯，心裡還覺得怎麼可能，然後才慌慌張張開窗戶的。」

小珠完全沒留意冷冽的小雨淋在身上，只是凝望「CARRY」，一邊緩緩繞行一圈。

「小珠，會淋溼的，差不多該上車了。」

「嗯。」

小珠坐到駕駛座，我則是副駕駛座。

「完蛋了，總覺得……好感動。我會開著這個，做跑腿宅配車吧。」

小珠再次說出了理所當然的事來。她的雀躍也感染到我，讓我隨之情緒高昂，隨即開始介紹起這輛車。

「這個嘛，這個是車頂擴音器的開關。來，試著把這個開關往下轉。」

小珠將開關往下轉，外面的聲音隨之消失，車內開始流洩出康妮．法蘭西斯。

「然後呢，備用鑰匙在這裡。車檢證明放在這裡……」

「我說，壯介。」

小珠用興奮的聲音打斷我。

「嗯？怎麼了？」

「我想開出去啦，這輛車。在町裡繞一繞，你再一邊講解就好。」

「喔，好耶。」

一聽到我的回答，小珠旋即放掉手煞車，打到D檔。「好了，出發。」當她這麼說的時候，一個撐著男用雨傘的嬌小女性從小珠家裡現身。她小跑步朝這裡來。

「啊，是夏琳。」

小珠說著踩下煞車，降下車窗。

「不好意思喔，夏琳。我現在要把這輛車開出去一下。」

「嗚喔，小珠。車子好了嗎？真的好帥喔！」

「午餐待會兒吃喔。」

「康妮．法蘭西斯，也是我最喜歡的喔！」

總覺得這對話是在雞同鴨講，不過兩人聲音聽來都很愉快，我也稍微鬆了口氣。

「壯介，你好。」

夏琳突如其來地往車內窺探，與我四目相接。

「您好。」我稍稍致意，夏琳立刻對我投以媲美康妮．法蘭西斯的活潑笑容。

「那我們去去就回喔。」

「慢走喔。小珠，開車小心喔。」

完全看不出來正處於婆媳戰爭中的兩人，以笑容對彼此揮手。

而「CARRY」就在冷冽的小雨中，出發展開交車後的首次兜風。

葉山珠美

這輛車，就是我的「跑腿宅配車」事業的好伙伴呢……

只要這麼一想，踩著油門，同時也想輕輕撫摸方向盤。車內喇叭流洩而出的康妮．法蘭西斯名曲〈長假〉，也一口氣將情緒往上推升，我的心臟隨之砰然躍動。

天空昏暗，冷冽的小雨淋溼了引擎蓋，中古「CARRY」開起來比想像中還要痛快。車子穿過幾乎沒有行人的鄉間道路，我朝副駕駛座開口。

「好像已經很久沒像這樣心跳加速了。讓我想起頭一次開車那一天呢。」

「啊哈哈，其實我也一樣耶。很久沒像這樣心跳加速地弄車了。創作的樂趣啊，果然讓人無法抵抗呢。」

壯介露出像柴犬一樣的天真笑容。

「這跟修理又有點不一樣嘛。」

「對啊。一點一滴把自己心中描繪出的想像化為具體，跟修理不一樣，真的好好玩。好像小時候那種興奮的心情呢。」

我想起壯介以前埋頭創作藝術品那時候，幸福洋溢的臉龐。

「那，弄這輛車又喚醒了壯介沉睡很久的才能囉。」

「嘿嘿，幾乎沒什麼才能啦，只是覺得樂在其中而已。」壯介很害臊地用食指窸窸窣窣搔弄鼻側，隨即像是突然想起什麼似的繼續說。「啊，話說回來，古館先生之後答應了嗎？」

「嗯，算吧。」我打了方向盤，進入青羽町的主要幹道。雖然號稱主要幹道，也只是從鄉下小車站延伸過來，整排都是拉下的鐵門的寂寥商店街。「其實，上週已經拜他為師了呢。」

「欸，真的假的啊。」

「嗯，真的。」

「那個阿伯，不會很恐怖嗎？」

「才不恐怖呢。雖然滿粗魯的，有點不討人喜歡，但是基本上是個善良的人喔。」

「喔～為什麼會那麼覺得啊？」

為什麼呢？我在紅綠燈前左轉，轉而開向港口方向，一邊思考理由。結果，腦海中浮現古館先生在養老院裡，讓人有些意外的那一幕。

「我說壯介，你知道隔壁町有個叫作『望洋苑』的養老院嗎？」

「啊，在沿海高地上那個嘛。」

「對對對，那裡也是其中一個販賣點啊。古館先生，他只要跟坐輪椅的婆婆講話，就會蹲下去，彼此視線對上以後，再很慢、很慢地講話喔。」

「欸～那個一臉兇相的人嗎？」

「嗯。他也有那一面喔。你不覺得，如果不是善良的人，是很難做到那種事情的嗎？」

「的確。但是，總覺得很意外呢。」

「嗚呼呼。也是啦，畢竟那張臉，還有那種感覺嘛。」

我笑著打方向盤，進入漁港。後來直接經過魚市前，再轉向內陸，讓愛車繼續向前奔馳。車內的康妮．法蘭西斯一個勁地持續重播了無數次。這是精心挑選的曲子，希望町內老人家能回想起以前談純純戀愛時感受到的酸甜微風，然後變得更有活力。

「那，小珠呢？拜師學藝學得怎麼樣啊？」

「工作算是還滿辛苦的，但是可以遇見形形色色的客人，跟他們聊天很好玩喔。」

「那個悶葫蘆古館先生，突然帶著一個年輕女生出現，熟客應該會說東說西地猛虧他唄。」

還真的完全被壯介說中了。尤其是剛開始那幾天，老是被問說「妳到底是誰」，幾乎讓人難以招架。

「也是啦。五個人裡面就有一個，還會虧說『妳該不會是古館先生新娶的老婆吧』。」

「啊哈哈。就說唄。」

「我覺得六十五歲跟二十歲結婚，不太可能就是了。」

「但是啊，最近演藝圈不是很流行年齡差很多的婚姻嗎？」壯介笑著繼續說：「然後呢，這工作具體來說要做些什麼啊？」

「這個嘛，首先早上七點騎腳踏車到古館先生家……」

我一邊回想一天流程，對壯介說。

早安，一大早先盡量活力十足地打招呼，一邊走進古館先生的辦公室，然後從業務用冷藏庫拿出家常熟食等食品，裝進可以蓋起來的藍色保存盒，再搬到車上疊好，就是一天的首件工作。之後，像是將找錢用的零錢放進攜帶式保險箱，或將「進貨表筆記本」、原子筆塞進前座置物箱，一邊完成出發前的準備事項。等到萬事齊備後，古館先生坐進駕駛座，我坐進副駕駛座，逐一開到幾個進貨點。進貨點會根據不同日期而有不同，我們會一家家造訪像是當地批發商、壽司店、賣家常熟食的店、魚店，餐廳等，去拿前一天打電話訂好的商品（主要是食材），全都裝進藍色保存盒裡。

順帶一提，我沒兩三下就跟進貨點的大叔大嬸打成一片。我的個性本來就不怕生，只要人家知道我是「架上的麻糬居酒屋」的女兒，大多都會笑顏逐開地說：「喔～那家店的女兒啊！」而且，聽說「架上的麻糬居酒屋」長期以來也向批發商或魚店進各種貨，與父親、夏琳當然也都很熟。換句話說，一開始就有共同的話題。鄉下地方小酒館的女兒，這種頭銜竟然在意想不到的地方，派上了用場。

「進完貨，就會直接去販賣點。只要一接近販賣點，古館先生就會用擴音器播放喇叭的聲音喔。」

「欸，喇叭。以前的豆腐叫賣，也會吹著喇叭來賣豆腐呢。」

「對對對，跟那個一樣。叭～噗～的聲音。」

「好懷念喔。」

「是吧。然後呢，到了販賣點以後，就要把戶外用的折疊椅排好喔。」

「排椅子？」

「嗯。就是那種沒有靠背，從旁邊看起來就像『又』字的椅子。」

「啊，我知道。很簡便的那種吧。」

「對。然後啊，就要把五到八個藍色保存盒，放在椅子上排好……」

這是要將進貨買來的商品陳列出來。大概快排完時，聽到喇叭聲的人就會三三兩兩聚集過來，開始販賣。每天的販賣點還有抵達時間，根據當天是星期幾而有所不同，古館先生目前手上確定有一、三、五的七個，還有二、四、六另外七個，共十四個地方的販賣點，其中有半數以上都有屋頂，下雨天也能方便做生意。

「喔～那小珠也得借有屋頂的地方才行耶。」

「就是那樣啊。像漁港也有屋頂，保麗龍工廠借的是屋簷下，但是『海山屋休息站』跟溫泉的停車場是露天的，只好再想其他辦法了。」

「那樣的話，下雨沒辦法把保存盒陳列出來，所以得問客人要什麼，再從車斗把那個東西拿出來囉。」

「暫時會是那樣沒錯。古館先生也是那麼做的。下雨天的業績，會掉很多呢。」

我是在星期一到星期四這四天，以古館先生弟子的身分工作，星期五、六、日休假。所以，都會利用假日沿街步行，對青羽町的老人家發放真真幫忙做的廣告傳單。

「不過，唔，聽起來好像做得很開心，這比什麼都重要啦。」

「就每天都在學習囉。」

「總歸一句啦，古館先生不是兇殘的人真是太好了。」

「啊哈哈。的確，真的還好不是耶。」

「那個阿伯，實在沒辦法想像他的笑容呢。」

「是不是！所以我呢，想盡辦法想讓那個能劇面具笑起來，車子移動途中，也很努力耶。」

「啊哈哈，小珠，妳真的很閒耶。」

「誰叫那個人，不管跟誰說話，表情看起來一點都不高興嘛。至少同車坐在隔壁的時候，希望氣氛能開心一點啊。」

「也是啦。」

「所以啊，我就試著跟他說各種笑話。」

「不是因為妳用的梗不好笑嗎？」

「欸！哪有啊。就算說的是任何人都會笑的萬用梗，那個人每次都只有嘴角若有似無『呼』的笑一下而已。而且啊，眼神都不太跟我對到耶。果然是害羞嗎？因為我長得太漂亮了。」

我這麼說笑，同時將方向盤往右打。「CARRY」駛上空蕩蕩的國道。

「那種話是可以自己說的嗎？」

壯介噗嗤一聲笑出來。

「看，你笑啦。就算我用這種梗，古館先生也都不笑耶。」

「原來如此。對了，有個人跟古館先生很像耶。不是有個男演員，也常常用那種若有似無的笑法？哎喲，就那個啊，叫什麼去了。那個，常在以前的刑警連續劇出現的……」

「演刑警的嗎？」

「不，不對。是演流氓的。」

「啊哈哈，演流氓的，好像真有這種的耶。」

「不是好像，那個古館先生說到底，以前可是貨真價實的流氓唄。」

我們笑了。

「欸，是嗎？」

「對啊。那個人的小指還在嗎？」

「還好好的啊，而且就跟你說，不是那麼恐怖的人嘛。只是過於沉默寡言，渾身都是謎團就是了。」

儘管如此，他還是以簡潔易懂的方式教導我工作的基礎……應該說他是自己親身示範，而且不論是記帳方式、整理冷藏庫內部的訣竅、保存盒的清潔方法、食物以外商品的進貨店家、標價方法，同為「CARRY」的車斗內貨架設置方法等，只要是工作所需事物，全都毫不保留地傾囊相授，是個很親切的人。

進一步來說，古館先生在工作時，對於身為徒弟的我，完全不會下達指令。只是一如往常，默默做自己的工作而已。而身為徒弟的我，就看著古館先生工作，感覺有什麼幫得上忙的，就自己搶先幫忙。然後將過程中的發現，全都記錄在筆記本裡。換句話說，比起「徒弟」，「見習」一詞更能貼切說明我們的關係。

「欸～那樣的話，一點都不嚴格囉。」

「對啊。不過呢，只被他講過一句稍微嚴格的話吧。」

「說什麼？」

「他說，做生意不是在做慈善事業。」

「喔～」

「簡單來說啊，就是不好好做出利潤，最後就得收攤；那樣的話，反而會為顧客添麻煩。所以，要好好做到能賺錢。」

「那個人，感覺上是個滿正派的人耶。」

「所以，我從剛剛開始就一直說他正派了唄。」

我笑了。

「可是，那張臉耶！」

壯介笑著這麼說的時候，我這才想到，壯介剛剛說的男演員名字。

「啊，喂，你剛剛說的那個男演員啊……」

我將那個演反派出名的演員名字一說出口，壯介就拍手說：「對，就是他！」

「的確，一模一樣呢。」

「對唄？要是古館先生禿頭的話，簡直就是雙胞胎嘛。」

聽到壯介這句話，我又噗嗤笑出聲來。

我的「CARRY」以悠閒步調，在國道上前進。

雨勢不知不覺中減弱，道路右手邊的廣闊大海上，可以看到陽光猶如從群樹縫隙灑落一般，自雲朵間透出閃耀的點點光芒。

感覺雨就快停了。

「啊，對了，我說小珠啊。」

壯介眼角仍然含笑，一邊望向這邊。

「嗯？」

「機會難得，也去讓真真看看這輛車吧。」

「啊，那點子，好耶。」

我沿著和緩彎道轉動方向盤，一邊點頭稱是。

「嗯，對了，接近『海山屋休息站』的時候啊。」

「知道啦。」我打斷壯介，指向那個銀色開關。「這個吧？」

「嗯，對。」

壯介活像個惡作劇的小朋友，滿臉笑嘻嘻。

要用擴音器，播放我這輛「跑腿宅配車」的主題曲——康妮・法蘭西斯的〈長假〉嘛。

古館正三

正太郎的女兒是個渾身散發不可思議氛圍的孩子。

雖然老是精力充沛地工作，不知道為什麼，就是沒有忙亂的感覺。而且，把三個塞滿食品、沉甸甸的保存盒疊在一起搬，嘴角還是浮現淺淺的笑意。該說是落落大方呢，還是日後必成大器的感覺呢，總之就是讓人忍不住覺得「這孩子，果真是正太郎養大的女兒呢」。

也不知道她是因為在面對他人時游刃有餘，所以總能笑臉迎人，又或本身是個年輕小姑娘的緣故，反正就是很受老人家歡迎。也因為這樣，這一陣子在望洋苑，甚至覺得自己派得上用場的機會越來越少了。聚過來買東西的老人家，個個像在看孫兒一樣瞇著眼睛，專挑小珠說些什麼「妹啊，我要這個跟那個喔」。我呢，只要像根木頭直挺挺站在旁邊就好。要說輕鬆嘛，也算樂得輕鬆啦。

就這樣，今天在「望洋苑」的生意，有八成都由小珠一手包辦。所以，我比平常更能好整以暇地好好招呼輪椅婆婆。

小珠跟輪椅婆婆說話時，會自然而然蹲下，讓彼此視線平視。而且還會說：「婆婆，您看，今天有做玉子燒喔。放了好多砂糖跟味醂甜甜的那種喔。」像這樣不知道什麼時候記住了婆婆的喜好。

「哎呀，妹啊，謝謝耶。我家兒子啊，最喜歡吃甜的了。」

「我也很喜歡。很好吃吧。」

從大面窗戶射進的晴朗冬陽。婆婆與小珠，在那澄澈的陽光中相視而笑。

祖母與孫女……

如果這位婆婆有孫女，一定會以這種暖呼呼的感覺對話吧。

我一邊這麼想，同時照例偷偷把錢塞到婆婆錢包裡。而設施的員工，就在旁邊滿臉笑容地看著我這麼做。

揮別「望洋苑」，開車上路後，副駕駛座的小珠照例又開始說起蠢話。這小姑娘說的，有時候是很有意思，但是還不到開口大笑的地步。話雖如此，完全沒反應也不好意思，所以我始終都對她稍微顯露笑意。我想表達的意思是，「我有好好在聽妳說喔」。

她只要蠢話說過一輪後，接下來就會很用功地在副駕駛座上做筆記。好像是將工作過程中發現的事情，一條一條記錄下來。筆記本都已經記到第二本了。以正太郎的女兒這身分而言，實在算認真的了。

前幾天，小珠說：「大概再過三、四個月，學會十八般武藝出師後，我也想開始營業了耶。」但是說老實話，她大概再半個月就能完全學會移動販賣這工作了吧。那樣的話，二月中就能學會十八般武藝出師了。比起不擅與人交談的我，這小姑娘工作起來肯定會更貼心周到吧。

「古館先生，我問你喔。」

原本在看筆記本的小珠突然抬起頭來。

我沒出聲，稍微歪頭回應。

「下個販賣點，是綠地公園吧。」

「嗯。」

「為什麼會選那裡當作販賣點呢？」

沒必要說謊。所以，我這麼說。

「因為賺得到錢。那裡人多。」

「是喔……」

小珠始終凝視行進方向，一臉若有所思。

「賺不了錢的地方，我是不會去做生意的。」

「剛剛的『望洋苑』，也是嗎？」

「那裡是……那裡也是可以想見有一定顧客數量的販賣點。」

「……」

我明白，小珠正專注望著駕駛座上的我。我還是面向前方，嚥了口口水，重新握好方向盤。

「唉，說是說賺錢啦，這一行，誰也說不准就是了。」

「是吧。要是在青羽町做，感覺更賺不到錢耶。」

說完這自虐的話，小珠噗嗤發笑。

「妳啊……」

「啊，不好意思，叫我的時候，不要叫『妳』，也差不多該叫我『小珠』了吧。大家也都是這樣叫我的啊。」

「啊，喔……」對此毫無心理準備的我，窸窸窣窣地搔頭，雖然有些害臊，還是接著往下說：「小、小珠，妳啊，為什麼要投入這個賺不了錢的工作啊？」

「啊哈哈。結果，還是說『妳』了耶。」

「欸?啊，喔，不好意思耶……」

「唉，算了啦。『妳』也好，很有古館先生的味道。」

「……」

「這個嘛，你是問為什麼要做賺不了錢的工作吧？」

「嗯。」

此時，小珠露出感覺悠遠的眼神。

「整件事情的起因，是因為我發現住在青羽川稍微上游那裡的靜子奶奶，就是所謂的『採買弱者』呢。」

「靜子奶奶？」

「我的外婆。」

之後，小珠開始懇切述說自己對「跑腿宅配車」投注的情感。結果，她一開口就是滔滔不絕，直到我們抵達販賣點的綠地公園，將保存盒排在椅子上時，她的嘴巴還是動個不停，就連開始做生意了，一逮到空檔還是繼續說個不停。

「我明白了。好了。」

「欸……」

「簡單來說，就是想幫到阿公阿嬤吧。」

當我們做完綠地公園的生意，一邊將保存盒搬到冷藏車時，我說著打斷小珠熱烈的演說。還真沒想到，會引發這樣的長篇大論。

「唔，整體說來是這樣沒錯啦，只是……」

「我已經明白了。先到此為止。」

「是……」

就算嘴巴動個不停，小珠的雙手同時也很努力動個不停。所以，事後的整理工作沒兩三下就完成了。

「對了，古館先生今年幾歲啊？」

小珠坐進副駕駛座，一邊問。咦，幾歲去了？我想了一下，回答：「六十五。」

「六十五歲嗎？那，我可以問有點怪的問題嗎？」

「……」

我沉默著望向副駕駛座。這動作大概被認為是「ＯＫ」的暗示，小珠於是問出了那個什麼怪問題。

「六十五年的人生，一晃眼就過去了嗎？」

原來如此，的確是奇怪的問題。

我將車鑰匙插進車裡，一邊回想過去這六十五年。

我握住鑰匙，發動引擎。

深藏在我記憶中的過去風景……總是有些寒冷，整體都是灰濛濛的，精神層面枯竭乾癟的時光。被母親拋棄，被父親毆打，整天在學校胡鬧，根本交不到朋友，被老師討厭，真的是幾乎沒有半點正經，像坨屎的人生，不過一般都會這麼說吧。話雖如此，另外也覺得脫離黑道金盆洗手後，活過的時間也沒那麼糟。

只是，不論好壞，我這六十五年是……

「一晃眼就過去了耶。」

這是真心話。

「果然是那樣耶……」

我靜靜踩下油門，將車子開出去。我朝今天最後的販賣點，日本ＪＲ鐵道車站前的扶輪社駛去，一邊轉動方向盤。

「為什麼要問那種問題？」

「我十二歲的時候，媽媽去世了。那個媽媽，生前常對我說一件事。」

「……」

「人生啊，一晃眼就過去了，要珍惜分分秒秒，盡量用好心情去過喔……她是這麼說的。」

「好心情，啊。」

「對。好心情。聽說，那就是幸福生活的真諦喔。」

頭腦不好的我，從來沒想過這種事。

「可以再問一個怪問題嗎？」

我點頭。

「古館先生什麼時候心情變好呢？」

的確，這也是個怪問題。

「酒，喝酒的時候吧。」

心裡想到什麼，就老實說出來了。只是省略了一句前言：「跟妳老爸一樣。」

「啊哈哈。喝酒心情好，還真是直接了當耶。」

車子駛過公所與消防署並列一旁的馬路，我在路口將方向盤往右打。

「我就是直接了當地回答啊。」

「哈，抱歉。我不是在取笑你啦。而且我也喜歡酒啊。」

「那，我說妳啊。」「妳」又脫口而出，但是我不以為意，繼續說下去：「什麼時候會有好心情呢？」

「嗯～各種情況都不一樣耶。不過媽媽告訴我，一個人讓別人開心的時候，心情是最好的喔。」

「……」

「只要想到這，就會覺得『跑腿宅配車』是最棒的工作了。」

「原來如此呀。」

我也隱約記得小珠親生母親的臉龐。她生前看起來的確心情都很好，印象中總是笑臉迎人。她意外身故後，我也在守靈時露了臉，不過並沒有參加告別式。當時人在身穿喪服的正太郎身旁，也沒有哭泣，只是茫然呆站原地的制服少女，如今都已經成長得開朗活潑、亭亭玉立，在我身邊學習工作了，只要一想到這裡，也會感慨良深。

「妳啊，養育妳的真是個好媽媽呢。」

老爸也是個好人耶……這句前言，當然還是省略。

「雖然受到媽媽養育的時間很短，我也是這麼覺得。」

能夠傲然面向前方，毫無愧色說出這種話的部分，很像正太郎。

「古館先生也是。」

「嗯？」

「獲得很多顧客愛戴呢。」

「……」

「特別是那位輪椅婆婆。讓別人開心，果然會有好心情吧。」

我能讓別人開心？包括那位婆婆？

面對過於美麗的話語，我不像正太郎，只覺得棘手。

所以我，只是「呼」地輕笑一聲，什麼都沒回答。

「工作做一做，不會覺得心情變好了嗎？」

過於美麗的話語會讓我覺得棘手，但是我並不討厭，這個在副駕駛座上散發出甚至是耀眼奪目的討喜光芒的小姑娘。

「唔，心情不差就是了。」

第三章

被淚雨淋溼

葉山珠美

四月一日。

在那個值得紀念的日子一早，我在鬧鐘響起的十五分鐘前睜開雙眼，在被窩中大大伸了個懶腰。「好！」然後小聲這麼說，爬出羽絨被。

我穿著睡衣，雙手一把拉開面海那邊的窗簾。天空雖然有點陰陰的，陽光也夠耀眼了。眼下廣闊的大海，吸收了柔和的朝陽，閃耀銀光，一邊和緩晃蕩。

玻璃窗一併打開。

涼涼的海風「咻」地吹進來。

我這個乏味無趣的房間，頓時充滿春天海洋獨有的嬌媚氣息。

我眺望著海平線，一次深呼吸。

根據昨晚的天氣預報，之後應該會越來越晴朗。以頭一天的天氣而言，算不賴。

我在感覺到冷之前，先關上了玻璃窗。

脫下睡衣，我換上容易活動的牛仔褲與帽T。我下樓，仔細刷牙、洗臉，頭髮緊緊紮成馬尾。感覺不到父親與夏琳在家的跡象，一定是為了每天早上的例行公事「父親的復健散步」出門去了吧。

一回到房內，我就從抽屜拿出母親遺照。

我與燦爛微笑的母親四目相接。

「終於，今天就要開始囉。」

我也稍微揚起嘴角，嘗試展露與母親相同的笑容。

我輕輕將遺照立在桌面，看看手錶確認時間。

六點十五分。良辰吉時到了。

我將原本披在帽T外面的奶油色薄夾克穿上。

「媽媽，那我走囉。」

我呢喃般地說完，便離開自己房間。

下到一樓，穿上最方便活動的運動鞋。我打開店鋪玄關大門，來到室外。一見眼前的停車場，隨即與可愛的好伙伴四目相接。是壯介幫忙彩繪成像是福斯小巴的鈴木「CARRY」。

從今天開始，請多多指教喔……

我在內心這麼對它說，一邊開啟「CARRY」車斗保冷庫拉門。裡面仿效古館先生，設置了不鏽鋼架子。這些架子是要用來擺放保冷用保存盒的。另外為了整理收納調味料等零碎物品，還事先下功夫從百圓商店買了幾個塑膠小籃子，用束帶固定在架子上。

我不像古館先生有別屋的辦公室與冷藏庫，所以暫時徵得同意，共用「架上的麻糬居酒屋」廚房裡大型業務用冷藏庫的部分空間。其他像是「跑腿宅配車」販賣點所須的戶外用椅子、業務用保鮮膜、淺盤，還有一種名叫「標籤機」用來上標價的機器等，開業所須物品，毫無遺漏地全都買齊了。

從古館先生那裡學完十八般武藝出師的時間比預期來得早，是二月下旬那時候。在那之後，我花了大概整整一個月，做足了準備。能保存的食品類，早已經透過批發商進貨，放進冷藏庫或「CARRY」的保冷庫，今天要去進貨的商品，也在昨天就已經順利訂好。販賣點也增加到當初的兩倍，變成八個地方。真真幫忙製作的全新廣告傳單，應該已經確實將這個消息昭告天下了。現在，就只剩拿起靜子奶奶做的四葉幸運草圖案束口袋（滿滿都是找錢用的零錢），出發去了。

好了，走吧。

我在內心呢喃。正當我想坐進好伙伴「CARRY」時……

「小～珠～」

遠方突然傳來女性的聲音。

仔細一看，兩個小小的剪影正在揮手。沐浴在斜後方鳳梨色朝陽的夏琳與父親，在沿海道路上往這裡走來。

「早～安～」

我也對他們揮手。

父親現在走路幾乎都很正常了。雖然還不能搬重物，但是已經恢復到做料理不至於有障礙。所以配合我開業，「架上的麻糬居酒屋」也在今天，睽違已久重新開張。

過了一會兒，兩人走進停車場。

「小珠，終於開始了呢。」

父親用掛在脖子上的毛巾擦汗，像個調皮的小朋友咧嘴一笑。

「嗯，終於。」

「今天，是我們一家人全新的一天呢。要拍照當作紀念喔。」

夏琳說著從運動服口袋拿出手機。

「小珠，妳站在那裡。再稍微右邊一點比較好喔。」

夏琳首先幫站在好伙伴「CARRY」前的我照一張。接下來，是我幫並排站在「架上的麻糬居酒屋」玄關前的父親與夏琳照一張。最後是三個人臉貼著臉，由父親長長的手臂負責拿手機自拍。

「夏琳，剛剛的照片傳給我。」

「OK，馬上傳喔。」

我馬上就看到夏琳傳來的照片，隨之一笑。

「啊哈哈，夏琳，兩張眼睛都是半閉著耶。」

「如何、如何。也讓我看看啦。啊哈哈，還真的耶。」

「你～這～傢伙～」

夏琳只是笑，沒說要重照。很像不在乎枝微末節小事的夏琳作風。而且仔細看看，像這種照壞的照片，看起來反而比較有「一家人」的感覺，真是不可思議。

一家人，啊……

媽媽這時候如果也能一起入鏡，就太好了……這種想法掠過心頭，但是我望向夏琳，隨即像是要甩開這念頭似的開口。

「那我走囉。」

「喔。給我全心全意好好享受，然後賺大錢回來喔。」

「嗯，我知道。」

「小珠，開車要小心喔。」

「ＯＫ～」

我坐進「CARRY」的駕駛座。關上車門，發動引擎，然後降下車窗。我又說了一次「我走囉」，踩下油門。

「CARRY」緩緩滑了出去。

我的「跑腿宅配車」終於真的上路了。

出了停車場，左轉。

父親與夏琳站在店門前對我揮手，直到看不到我為止。

我以暖洋洋的心情，望著兩人越來越小的身影，突然間發現自己的記憶淺處，有什麼讓人耿耿於懷。

咦？這幅光景，好像似曾相識耶……

就在下個瞬間，腦海浮現在「望洋苑」那裡所見，印象深刻的一幕。那位坐在輪椅上、白髮蒼蒼的老婆婆，目送古館先生駕駛的「CARRY」離去，直到再也看不見為止……的那幅情景。

◇◇◇

頭一天要繞去進貨的店有四家。

身為古館先生的徒弟，我已經算是老面孔了，所以不管到哪裡一露臉，就會有人出聲激勵說「小珠，今天終於要開始了呢」、「加油喔」，讓我滿心感激。

特別是壽司店那裡還說著：「來，這是創業賀禮。拿去吧。」幫我用壽司包了一個便當給我當午餐。

當我進完貨坐進「CARRY」，正準備出發前往第一個販賣點的當下，放在儀表板上的手機響起。有電郵。確認過寄件者姓名，雙頰不由得放鬆。是靜子奶奶寄來的。

『小珠，早安。是今天開始吧。只要想到不知道可以買什麼呢，就滿心期待。開車過來的路上，千萬要特別小心喔。』

除了文句之外，照例附了張照片。今天的照片，是在河岸道路旁綻放的一棵樹齡年輕的櫻樹。櫻花綻放情況是七成開，大概是剛剛才拍下的，新鮮朝陽從斜面照射過來，在道路上形成鮮明樹影。而那個影子，為風景帶來更深一層的味道。

『早安。現在剛進完貨喔。雖然有點緊張，心裡七上八下的，但是滿心期待♪』

我回信給靜子奶奶後，將手機放回儀表板上。

然後「呼」一聲吐口氣，發動引擎。

現在要去的第一個販賣點，是青羽港內漁協辦公室旁邊。那裡一大早就在魚市工作的漁協相關人士，還有住在附近的老人家，是我鎖定的顧客。

我打到D檔，握住方向盤。從這裡到販賣點，不用五分鐘。

會不會有顧客聚集啊……

我以近似祈禱的心情，踩下「CARRY」油門。

◇　◇　◇

車子離漁港越來越近。

天空有無數海鷗乘著海風，輕飄飄地飛翔。

真的要開始做「跑腿宅配車」了耶。

內心的天秤比起期待，更偏向緊張。即使一邊駕駛，我甚至都能清楚感覺到心跳慢慢加速。

道路後來從柏油變成混凝土鋪面，我已經開進朝氣蓬勃的清晨港口了。來採買魚貨的人、市場的人、漁夫還有他們的太太，這裡擠進好多人穿梭鑽動，另外也停了好多車子。我緩緩轉動方向盤，「CARRY」逐漸朝漁協辦公室前方駛去。

販賣點到了。我踩下煞車，停好車。

現在馬上就要在這個地點做生意了，卻沒有任何一個人，注意這輛車子。

不會吧……

就在心臟快被動搖與不安的情緒壓碎時，我發出「啊」的一聲。因為我發現自己實在太過緊張，都忘記一項要緊的作業了。

這可不行，重新振作！

我再次踩下油門，開到漁港之外。接著，讓「CARRY」繞行住宅區一圈後，再沿著剛剛一樣的路徑朝漁港前進。

可以看到漁協辦公室從遠處慢慢接近。

辦公室上空跟方才一樣，有無數海鷗乘著海風輕飄飄地飛翔。

好，這次可要來真的！

我轉動壯介幫忙安裝的旋鈕。開關開啟。隨即又將CD塞進播放器。設置在「CARRY」車頂上的擴音器，流洩出活潑音樂。

路面從柏油變成了混凝土。

今天二度挺進青羽漁港！

康妮．法蘭西斯的〈長假〉響徹整個漁港。

怎麼了、怎麼了……在市場工作的人，視線全都一口氣聚集過來。

我一邊與害臊、緊張與不安對抗，一邊盡量讓「CARRY」緩緩前進。然後，將車子停在漁協辦公室旁邊。

從駕駛座一下車，人群茫然直視的視線讓我感到刺痛，但我還是心一横，直接回以笑容。

我接著開啟車斗保冷庫門扉，逐一將戶外用椅子排好。到了這個階段，接下來只要完全沿襲之前以古館先生徒弟的身分，學會的流程就行了。我手腳俐落地準備，將保冷用的藍色保存盒排成一排。在那期間，還是任由音樂持續播放。再來，就只是等顧客上門而已了。

我站在商品與「CARRY」之間，總之就是費盡心思讓自己嘴角維持上揚。

但是，不論等了一分鐘、兩分鐘，顧客就是不過來。

別說老人家了，在漁港工作的人群全都回到自己的工作崗位上了。

從胃部深處到食道附近的位置，逐漸湧現討人厭的熱潮。

即使如此，我還是持續展露笑容。

拜託來個人吧。都已經發出那麼多廣告傳單了。

我低頭看向腳邊整齊排列的大量商品，要是這些全都賣不出去的話……感覺一閃神，整個腦子就會充滿這類負面思考。

就在這個時候……我看到漁港入口有個雙手背在身後，有些駝背的老婆婆。她像企鵝一樣左右搖擺著上半身，一邊朝這裡走來。

說不定，是客人。

就在駝背婆婆的腳步眼見著就要往其他方向移動之前，我慌慌張張地出聲攀談。

「婆婆，早安。」

我說著一邊揮手，十公尺之外的婆婆，雙眼隨即被皺紋整個蓋住了，因為她正衝著我笑呢。

「聽說是從今天開始，所以就來看看囉。」

仔細一看，她左手拿著折起來的傳單。

「哇，謝謝您。」

婆婆從右邊到左邊，四處端詳陳列的商品。

「有好多不同種類呢。」

「嗯。像這個，很好吃喔。」

我嘗試推薦壽司店幫忙製作的「助六壽司」（註17）。但是，婆婆「唔～」地低吟並歪著頭。

「那個，好吃嗎？」

左邊冷不防傳來聲音，我於是抬頭。不知何時，有另一個婆婆正在那裡低頭端詳商品。

「啊，嗯，我很推薦喔。」

「那，買個兩份當午餐吧。還有……這個淺漬（註18）跟餅乾喔。」

「哇，謝謝您。」

我將那些商品一起放入白色塑膠袋。

「那種管裝的芥末，這裡應該沒有吧？」

「啊，有喔！請稍等一下。」

我打開保冷庫門扉，從固定在不鏽鋼架上的百圓商店小籃子中拿出芥末。

「是這個吧。」

「哎呀，什麼都有呢。」

「也有些東西沒有，不過如果有想要的，再麻煩直接問問看喔。」

我說著，一邊告知合計金額。

「婆婆，謝謝您耶。」

我遞出商品，收了錢。

「我才要謝謝妳呢。妹啊，後天還會再來吧？」

（註17）「助六壽司」：以壽司捲與豆皮壽司組合而成的盒裝壽司。

（註18）「淺漬」：短時間醃製較不入味，但是較能保留蔬菜爽脆口感以及清淡滋味的醃製物。

真是謝謝妳啊……

這麼一句話，讓我為之語塞，無法搭腔。

大學退學後到今天的每個日子，簡直就像走馬燈掠過眼前。

「哎呀呀，妹啊，怎麼了？」

婆婆流露憂慮，從下方窺探我。

「啊哈哈，不要緊……」我用拇指輕輕拭淚，隨即對她展露笑容。「婆婆是我頭一個客人，所以這個是免費招待喔。」

我抓起婆婆皺巴巴的手，在她掌心上放了一個紅豆麵包。

「哎呀，今天真好運呢。」

笑吟吟的婆婆，表情看來都能媲美七福神了。

「我後天還會再來這裡賣，請多多指教喔。」

「我下次再帶朋友來喔。」

我的頭號顧客，說著就以悠閒步伐離去。

「我要這個。」

剛剛那位駝背老婆婆，好像也要跟我買。

「好，謝謝您喔。」

「我是第二個，所以沒有紅豆麵包吧。」

「啊哈哈哈。雖然沒有紅豆麵包，但是您不要跟別人說，第二個也給您免費招待好了。」

我送她一個袋裝泡芙。

「哎呀，太好了。比起紅豆麵包，我更喜歡這個呀。」

駝背老婆婆很開心，之後就站著跟我聊了一會兒。像這種情況，在當古館先生徒弟那時候也很常見，所以很習慣了。

在路邊閒聊了大概五分鐘，在市場工作的人開始分散。他們的工作結束了。四散遊走的人之中，看來像漁夫，相對年輕的小哥三人組朝這裡走來。

「妳是河對岸那家居酒屋的女兒唄？」

「是。」

「喔～果然。覺得好像在哪裡見過。之前聽說妳要做跑腿宅配車，是今天開始嗎？」

「沒錯，今天開始。」

「是喔。嗯那，唔，我們也買些什們當慶祝她開張吧。」

「嗯，好啊。」

「我要買早餐回去唄。」

「太好了，謝謝。」

「你們幾個小哥啊，這個小姑娘啊，是為了沒辦法一個人去買東西的阿公阿嬤，才開始做叫賣小姐的。幫她買多一點啦。」

駝背婆婆對小哥他們說。

「啊哈哈，知道啦。」

小哥眺望商品的當下，另外又有幾個漁業相關人士還有兩位婆婆，過來探頭探腦。

看這情況，這生意或許勉強做得起來……

我嚥下一口放心的嘆息，對客人說：

「我後天還會再過來，到時候請一定要帶朋友一起來喔。」

青羽漁港最後一位顧客，是漁協會長。

「喔，小珠，很努力耶。」

頂著鮪魚肚，因長年捕魚曬成巧克力色的臉龐，然後就是與那張臉同樣顏色的禿頭。正是這位全身散發出獨一無二的「The會長」風格的人，爽快借出漁協旁邊空間的。對我而言不但是恩人之一，也是父親的酒友。

「啊，會長，早安。」

「怎樣，有沒有賺到一點啊？」

「託您的福，還算過得去，但是我還想多賣一點，請盡量向漁協會員宣傳。」

「嘎哈哈哈。瞭解、瞭解。話又說回來，小珠好像有做生意的天分耶。跟那個算帳糊里糊塗的正太郎很不一樣呢。」

會長豪爽笑著，同時將商品掃視過一遍，立刻買了三盒助六壽司、兩份炸雞、蘿蔔絲乾，還有六顆飯糰。

「那，小珠之後要去哪裡賣？」

「下一個是青羽溫泉的停車場。」

「啊，河岸那個？」

「是的。」

「那邊算山裡喔，人比這邊少很多唄。在那種地方，生意做得起來嗎？」

會長雙眉垂成八字型，為我擔心。但是，到那種人口過少的地方賣東西，才是「小珠的跑腿宅配車」的真正意義。更進一步說來，那裡離靜子奶奶家很近，所以也是我最想去賣的地點。

「就是因為那裡客人少，更需要增加這裡的客人來補啊。會長先生，萬事拜託啦。」

我刻意打趣地說，接著展露微笑。

「嘎哈哈哈。用這招啊。ＯＫ、ＯＫ。後天就幫妳把客人增加一倍，包在我身上。」

我請會長讓我用手機拍下他興高采烈的樣子。背景有販賣點的情況，也將「CARRY」一起拍進去。這些照片每天都會上傳部落格。部落格主題就直接用了「小珠的跑腿宅配車日記」。部落格開張所使用的照片，大概會是之前才請夏琳照的那張我與「CARRY」的雙「人」照吧。

我之所以決定開始寫部落格，有好幾個原因。一是希望藉由網路昭告天下，能對宣傳方面有幫助，另外也希望記錄下客人在不同季節或天候有什麼變化、當天暢銷商品等，那樣也能對今後改善營業有所助益。而且我覺得上傳客人開心的照片，看著這些笑容，自己也能從中汲取元氣。我想當工作不順利或遇到什麼難過的事情時，這個部落格一定可以幫到我的。

◇◇◇

結束在漁港的販賣後，我將商品收進「CARRY」的保冷庫，再次出發。這次目標是有靜子奶奶等著的青羽溫泉停車場。

車子穿過有海鷗在低空飛舞的海邊聚落，在國道右轉，渡過橫跨青羽川的大橋後在沿岸道路一左轉，馬上就能慢慢看見「常田馬達」。

我一發現車庫裡穿著白色連身工作服的壯介身影，就踩煞車停下。我降下車窗，隨即「叭叭」按了兩聲喇叭。壯介立刻回頭。

「喔，小珠啊。」

壯介展露柴犬般的笑容，大步走過來。

「早安。」

「這位小姐，開的車子很有品味嘛。」

聽到壯介隔著車門說的玩笑話，我也跟著附和。

「對唄？聽說這就跟會穿搭衣服的道理一樣，只要開車熟練的人品味好，車子看起來也會很有品味呢。」

「嗚哇～到底是哪張嘴巴說出這種話的啊？」

我與壯介互相哈哈大笑。

「話說回來了，漁港那邊，已經賣完了唄？」

「嗯。」

「那，怎麼樣？」

「普普通通吧。」

「是喔。普普通通喔。天氣也慢慢變好了，第一天感覺會很好呢。」

壯介仰望天空說。望著他那張陽光刺眼似的瞇起雙眼的臉龐，我幾乎嘆息出聲。這傢伙，人實在是好到沒話說耶……因為心裡再次這麼想。

「嗯，真是那樣就好了呢。」

「絕對是的。畢竟再怎麼說，可是開著我的作品做生意耶。」

「欸，所以跟車主的我沒關係囉？」

我笑著，指向自己鼻子。

「對耶，那個廣告傳單也做得真好呢。」

壯介故意裝傻，咧嘴好笑。

「那，我這個車主咧？」

「啊，對了。為了避免沒路用的車主，扯我作品的後腿，拿個好東西給妳，等等。」

壯介笑著，一邊消失在車庫內側，後來馬上又拿著罐裝咖啡回來。

「來，這是賀禮。喝下這個，變得活蹦亂跳的吧。」

「3Q。我已經夠活蹦亂跳了，不過還是收下囉。」

我隔著車門接過咖啡，放進車內的飲料架。咖啡冰得很透，是剛從車庫冰箱裡拿出來的吧。

「嗯，那總之，好好幹喔。」

「嗯。」

兩人「啪」一聲輕微擊掌。

我在車窗降下的情況下，將「CARRY」緩緩駛離。側面後照鏡反映出的壯介，雙手插在連身工作服口袋中目送我。那身影越來越小，終於在和緩彎道中途就再也看不見了。

真的，是個好人呢……

我拉開壯介送的罐裝咖啡拉環，喝了一口。微微的苦味，在胸口慢慢暈開。

「好，加油吧。」

我低聲呢喃，踩下壯介作品的油門。

彷彿緊挨著道路流動的青羽川，今天也像彈珠汽水一般澄澈。石礫淺灘在朝陽反射下閃閃發亮，深潭則呈現感覺要把人往裡面吸的彈珠色澤。對岸那峰峰相連到天邊的渾圓群山，包覆著鬱鬱蔥蔥的綠樹，而群山稜線上方的廣闊天空中，薄雲已然消散，轉換成一片清新的螢光藍。

從敞開車窗吹進來的是，清晨爽颯的春風。

我整個胸腔吸滿新鮮空氣，再慢慢吐出。

沿岸道路蜿蜒曲折，途中駛過好幾個視線不良的彎道。其中，有個不算太曲折的彎道，也設置了讓人確認來車的反射鏡。那是八年前因為母親被大卡車撞到才設置的反射鏡。我每次行經那個同時也是車禍現場的彎道，總是特別減速緩慢駛過。

看哪，媽媽，我從今天開始，也是個社會人士囉……

胸口深處一邊咀嚼著蠢動的悶痛，同時在內心這麼向母親訴說。

一彎過那個彎道，眼前頓時一片明媚燦爛。

只見道路兩旁幾近滿開的櫻花樹怒放爭妍。

啊，好美喔……

我莫名的，總覺得像被母親從背後輕輕推了一把，雙頰隨之放鬆。「CARRY」悠然穿過甚至突出道路上方，優雅的櫻樹枝條。

繼續往前，沿途櫻花樹逐漸增加，風景也益發華麗。但是櫻花樹的數量越多，民宅就越來越少。這代表高齡者……也就是採買弱者的比例也就隨之越來越高。

左手邊，可以看見橫跨青羽川的大橋。

過了橋，去到對岸的沿岸道路，那裡整排行道樹都是美麗的櫻花樹。而我以前上的中小學一貫制學校就在那整排行道樹的途中。但是，今天不過河到對岸去，而是讓「CARRY」直接往上游駛去。車子經過一旁就是整片碎石河灘的町營露營場，接著駛過當地建築公司所有的建築資材放置場。

差不多，可以了吧……

我這次沒忘記，開啟擴音器開關，將CD塞進播放器。明媚春天的河邊，響起康妮．法蘭西斯的活潑歌聲。希望這歌聲，傳達到長久以來始終支撐著這個鄉下小町的阿公阿嬤耳裡……我祈禱著，一邊慢條斯理開著「CARRY」。

車子沒多久，就從靜子奶奶的家前方駛過。從那裡再開個十幾秒，就能慢慢看見今天的第二個販賣點，青羽溫泉的招牌。

青羽溫泉是兼具溫泉休息設施、本地料理餐廳、住宿設施等功能的非營利機構，聽說正好是在我出生那年開張營業。以鄉下地方而言，算是格外氣派的設施，所以每年只要一到暑假，就會擠滿香魚釣手或獨木舟划手等，前來享受遊河之樂的人。

我將方向盤往右打，讓「CARRY」滑進青羽溫泉的停車場。

緊接著，就在那一剎那……

「啊……」

我不由自主地發出聲音。

停車場中已經聚集約十五位老人家，所有人正一齊朝我這邊揮手。而且，那個圈子的中央，也有滿臉笑容的靜子奶奶與千代子婆婆的身影。

完蛋了，好像快哭了……

我深呼吸，試圖緩和湧現的情緒，一邊將「CARRY」停在溫泉設施出入口一旁的植栽前方。關掉引擎，一下車，手裡拿著廣告傳單的老人家隨即擁上。

「早安。」

我乖乖低頭，展露笑容。

那邊也回以一聲「早安啊」。

靜子奶奶與千代子婆婆似乎刻意很客氣地站在人群最後方，彷彿陽光刺眼似的，瞇眼望向這裡。所以我用右手比出勝利手勢，輕輕向她們揮舞。靜子奶奶發現後，也很開心地對我揮手。

好了，工作囉。

「我現在要把商品排好，請各位稍等一下喔。」

我從車斗搬下戶外用椅子擺好，隨即手腳俐落地把裝有商品的保存盒排好。

一旦商品全部就定位，顧客立刻迫不及待地伸手過來，炒麵、酸梅乾、雁擬豆腐包（註19）、綜合生魚片、仙貝、糖果、米、高湯味噌等，飛快賣出。

我正忙著算錢，一位不認識的婆婆出聲問我。

「小珠，有沒有牙膏啊？」

（註19）「雁擬豆腐包」：絞碎豆腐混合洋蔥、蓮藕或牛蒡等蔬菜，油炸而成的豆腐包。

初次見面就被親暱稱為「小珠」，讓我打從心裡開心不已，但是這出乎意料之外的需求，也讓我深感自己的準備不足。對喔。這裡與古館先生巡迴的販賣點不同，生活必需品也必須備齊才行啊。

「婆婆，不好意思耶。沒有牙膏呢。後天過來的時候會準備好的。」

「那真是幫了我一個大忙呢。可以順便幫忙帶牙刷過來嗎？毛軟軟的那種比較好呀。」

「嗯，我會進貨的。」

我拿起放在副駕駛座上的筆記本，記下牙膏與刷毛柔軟的牙刷。之後，也有好幾個現場陳列商品中所缺少的訂貨要求，我的記錄頭一天開始就來勢洶洶，幾乎要攻占半頁筆記紙。

結束採買的老人家一臉滿足地踩著悠閒的步伐回去。取而代之的，是另一批補上的顧客。其中也可看到有別於婆婆，年紀該稱為大嬸的主婦身影，那樣的人都是一口氣買好幾種家常熟菜。

大概二十分鐘後，大部分顧客都已經踏上歸途。最後還留在販賣點的，是靜子奶奶與千代子婆婆。

「小珠，辛苦了。」

面對靜子奶奶的笑容，我也笑著回了一聲「嗯」。

「賣得很不錯嘛。」

正如千代子婆婆所言，排出來的八個保存盒內商品，已經空了一大半。

「真沒想到，打從一開始就有這麼多客人來捧場呢。該不會是靜子奶奶去叫附近的大家過來的吧。」

「沒有啊，我可什麼都沒做喔。」

「欸？那是……」

我望著千代子婆婆。結果，千代子婆婆稍稍噘嘴，一副有話想說的樣子。但是立刻又恢復原先表情，搖搖頭。

她接著以有些冷淡的感覺說。

「也不是我耶。」

「欸？」

既然如此，到底是誰……當我開始這麼想時，千代子婆婆在商品前彎腰，一個個指給我看。

「這個盒裝生雞蛋還有……這個跟這個。再來，也要買這個當作賀禮。」

千代子婆婆除了雞蛋，還買了鹹麵包、蔬菜汁，還有散壽司。

「哇，謝謝您。」

我將收的錢，放進靜子奶奶做的四葉幸運草圖案束口袋，同時也從裡面拿出零錢。順帶一提，在營業時，我都會將這個束口袋放在車門敞開的駕駛座上。換句話說，只要隔著商品收下顧客的錢，我就會轉向身後，將款項放進駕駛座的束口袋中。別將營業所得放在顧客看得到的地方……這是古館先生的教誨。

「機會難得，我也跟千代子一起吃個午餐好了。」

靜子奶奶說著拿起散壽司，另外也順便買了巧克力點心還有茶葉。

這麼一來，這個販賣點的營業到此結束。

「如果另外有什麼想要的，就跟我說喔。我會慢慢把大家需要的東西補齊的。」

我將賣剩的商品堆進「CARRY」的車斗，一邊這麼對靜子奶奶說，結果千代子婆婆立刻代她回答。

「像是洗澡盆的清潔洗劑啦、廁用衛生紙啦、面紙啦，棉棒啦，如果能有這些消耗品之類的，就好了呢。」

「原來如此。我知道了，消耗品吧。」

我也將這些記錄下來。

商品全部堆完後，上衣口袋裡的手機響起。是電郵，寄件人很稀奇，是真真。

『小珠，恭喜開張♪現在啊，我正在「凜子的森羅萬象占卜」看小珠的占卜喔。結果，上面寫說這個禮拜是妳人生的轉機，金錢方面會有好機會。轉職、投資也都是吉。很重要的一點是對暗地裡支持妳的人心懷感激……好準喔！妳在一個很棒的時機開業耶。「跑腿宅配車」一定可以很順利的♪』

「哇，這個占卜真的好厲害喔。實在有夠準的耶……」

我不禁這麼呢喃，然後將郵件內容唸給靜子奶奶與千代子婆婆聽。結果個子嬌小的千代子婆婆雙臂交叉抱在胸前，直接仰視我。

「小珠，我說妳啊，要好好珍惜保存這封郵件啊。」

「欸？啊，嗯。」

千代子婆婆，說話有點怪怪的耶……心裡雖然這麼想，但是仔細思考後，也覺得這封寫著吉利內容的郵件，的確不該刪除應該保存下來吧。疲憊時再回頭看看，感覺似乎也能提振精神。

「那什麼『森羅萬象占卜』，是像星座占卜的東西嗎？」

靜子奶奶微微歪頭。

「不是耶，我也不太清楚，不過聽說實在太準了，我朋友真真每天早上都會確認一下喔。」

據真真說，那個名叫凜子的占卜師所做的森羅萬象占卜，是根據出生年月日算出當事人的類別（大海、天空、大地、植物、動物、風、月等十二個種類），再進行占卜，聽說我是被歸類在植物中。

「然後啊，也有傳聞說這個叫作凜子的占卜師，其實是個有名的漫畫家呢。」

「喔~不論如何，最近有各種很有意思的占卜呢。」

靜子奶奶感覺欽佩地說。

「那個叫真真的，就是幫忙做廣告傳單的孩子嗎？」

千代子婆婆又問了詭異的問題。

「欸？是沒錯啦……」

千代子婆婆怎麼會連這個都知道啊，我覺得不可思議。真真本人繭居不出，應該不會刻意跟別人說。這麼說來，是從壯介，又或理沙姊那邊傳出去的囉。

「那孩子，是海山屋家的女兒吧。」

千代子婆婆維持雙手交叉在胸前的姿勢說。

「嗯，是沒錯啦。千代子婆婆真的很清楚耶。」

「我可是順風耳喔。」

靜子奶奶聽著我的們對話，格格發笑。然後眼角殘存著笑意，這麼說。

「小珠，接下來要上哪兒去啊？」

「接下來，還真的是現在話題聊到的真真老家。『海山屋休息站』的停車場喔。」我說著，看看手錶。「啊，這裡悠閒地多耗了一點時間，我差不多該走了。」

「哎呀呀。開車可真的要小心，別發生意外喔。」

靜子奶奶真心誠意地這麼一說，我突然想起母親被捲入意外的那個彎道前方，早已盛開的櫻花樹。

「嗯，沒問題。我會小心的。對了，媽媽出意外的那個彎道那裡，櫻花開得好漂亮呢。」

「啊~那裡的櫻花很壯觀呢。但是，從下面往上走的時候，是過了彎道才看到櫻花，那還不打緊；但是從上面往下走的時候，就會有車子被櫻花給迷住，糊里糊塗地過不了那個彎，所以小珠也要多注意喔。」

聽著靜子奶奶懇切述說的話語，總覺得有種不自然的沉重。

該不會，撞上母親的大卡車，也是被那些櫻花給迷住……

這個念頭一旦出現，就開始慢慢覺得那彷彿就是事實。實際上，到底怎麼樣呢？雖然有些介意，卻也對現在就開口問靜子奶奶感到遲疑。靜子奶奶或許是刻意以「普遍而言」的方式，說出那個彎道與櫻花的關係。果真如此，就代表她現在並不想談那件事。

我改變話題走向。

「我有帶著御守喔。」

「御守？」靜子奶奶說。

「嗯。」我點頭，從副駕駛座的置物箱拿出黃色的長皮夾，然後從中抽出手掌大小的照片，給靜子奶奶看。

「妳看，就是這個。」

手裡拿著照片的靜子奶奶，發出分不清是感嘆還是嘆息的聲音，輪流審視我與照片。

「總覺得，最近越來越像了呢……」

靜子奶奶瞇起雙眼。

「欸，騙人，像嗎？」

「嗯，聲音也越來越像囉。」

欸嘿嘿，我害臊地笑了。

我從皮夾拿出的照片是母親遺照的縮小版。是用手機拍攝，再用家裡印表機縮小列印出來。

「有繪美從天堂守護妳，一定沒問題的。」

「是吧。」

千代子婆婆一臉「真拿妳們沒辦法」的神情，望著我與靜子奶奶對話。但是我很明白，那樣的臉龐，是千代子婆婆非常開心時才會展露的表情。

「好了，那，這個還妳。」

「嗯。」

我從靜子奶奶手中接過母親的照片，輕輕放回皮夾。

「那，我差不多該去海山屋囉。」

我這麼一說，靜子奶奶立刻再次呼喚我。

「小珠。」

「嗯？」

「謝謝妳啊。」

「欸……」

「工作，要加油喔。」

「是啊，加油呀。身旁的人，也全都很支持妳呢。」

這個時候，春天水嫩嫩的河風柔和吹過，我的瀏海隨之搖曳晃蕩。靜子奶奶與千代子婆婆的身影也在同時搖曳晃蕩。

我深深吸進那陣風，穩健回答。

「好。我會加油的。」

兩人臉上綻放的笑容，在眼前曳動。

在淚珠滾落前，我轉過身坐進駕駛座。我以大拇指悄悄拭去眼角淚水，隨即轉向兩人。

「那，我後天再過來喔。」

我發動愛車引擎。

「小心喔。」

靜子奶奶這麼叮嚀。

「嗯。那，拜拜囉。」

我輕踩油門，讓「CARRY」出發。

駛出停車場時，我望向側邊後照鏡，兩人並肩目送著我。我將手伸出車窗，向後方揮手。後照鏡中的靜子奶奶與千代子婆婆也對我揮手。車子開到沿岸道路一左轉，兩人的身影就消失在鏡中。

我「呼」一聲發出平靜的嘆息。一邊感受著心臟周遭暖呼呼的熱度，我開著「CARRY」往下游而去。

清澈河風從敞開的車窗灌進來。

眼前是飄飄然漫天飛舞的櫻花瓣。

清流、群山、藍天，以及漫天飛舞的櫻花瓣。

另外還有春風芳香。

這幅光景，肯定永生難忘吧……

我懷抱祥和的心情，「咕嚕咕嚕」地將壯介送的咖啡喝光。

松山真紀

美沙在我床上，開始發出沉睡的氣息聲。

我闔上剛剛唸給她聽的繪本，為她蓋上毯子。美沙吵著要我唸給她聽的繪本，是個名叫「咪咪奇」（註20）、長得像貓熊的兔子，歷經一場不可思議冒險的故事。非常內向、膽小，也是個「愛哭鬼」的「咪咪奇」，總覺得與自己很像，每次唸的時候就會不知不覺投入感情。

我將那本繪本放到床頭邊，跪在地上。

俯視美沙的睡容。

剛滿三歲的小女孩，簡直就像是天使一般的純潔生物。那小小胸膛中，還沒有絲毫惡意或邪心萌芽，絕對不會傷害我，也絕對不會背叛我。只要投注愛情，就會以相對應的可愛笑容回報。

啊～好療癒喔……

連姊姊理沙的孩子都覺得好可愛了，要是自己有了孩子，會多麼溺愛啊……每每望著純潔的美沙時，常常都會這麼想。

對於逃離城市，陷入所謂「繭居」狀態的我而言，美沙的存在是種療癒，同時也是緩和孤獨感的救世主。多虧有這孩子在身邊，我的心才不至於連基礎核心都崩毀，勉勉強強一路撐到了今天。所以，我今後一定會窮盡一生，持續愛著這個姪女吧。

我從床旁輕輕屈身，親吻美沙胖嘟嘟的面頰。大概是有點癢吧，美沙在熟睡中窸窸窣窣地抓抓面頰。那動作也好惹人憐愛。

暫時，就這麼讓她靜靜地睡吧。我這麼想，一邊到窗邊的書桌前就座，用平日下意識的習慣開啟電腦。

桌布設定是我與小珠、壯介三人並肩比出勝利手勢的照片。三人身後是熱騰騰剛「出爐」的「CARRY」。小珠與壯介在這輛車的交車日，特別開來給我看，這是當時拍攝作為紀念的照片。事實上，我那天無論如何都想就近好好看看，那輛在壯介手中重獲新生的車，再次穿上好久不見名為「涼鞋」的東西，戰戰兢兢地踏出了家門。等我在停車場仔細欣賞過「CARRY」後，就叫來理沙姊，請她幫我們按下快門。如果沒記錯，那天頭頂上是微暗的天空，小雨滴滴答答地下。即使如此，睽違已久再次沐浴在海風中的我，就像從地底爬出來的鼴鼠，整個人對於世界的寬廣與耀眼感到頭昏眼花，雙腳也「喀答喀答」地直打顫。我想，自己那時候一定是回想起所謂「自

（註20）「咪咪奇」：本書作者的繪本作品《虹の森のミミっち》（暫譯：彩虹森林的咪咪奇）的主角名字。

由」的解放感與恐怖吧。

我再次凝望桌布。

三個展露笑容比出勝利手勢的同學……但是就只有我，笑法就是有哪裡卡卡的。

我如果也能像壯介或小珠，又或者美沙一樣，打從心底純粹笑出來就好了……

思考著這些，忍不住發出小小的嘆息。

回想起來，那是距今約兩年前的事了……

我與本地其他同學一起從高中畢業後，一心想著「應該突破自己內向的外殼」，於是下定決心到大城市裡就職。雇用我的是一家主要生產零食糕點、大概算中型的食品製造商，被分派到的工作是總務部的事務工作。從小就喜歡創作畫畫的我，隔壁坐著一位比我大三歲的女性前輩，碰巧在她的邀約之下，進公司才第三天就加入公司內的手工藝社團。我在社團邂逅的，正是蘿莉塔時尚。那樣的時尚魅力瞬間擄獲我的心。

之後過了一陣子的某個夜晚，同部門前輩全都已經下班，只剩我一個人加班時，隔壁部門的某個男性前輩突然出聲攀談。「如果方便，待會兒要不要去喝一杯啊？」他竟然這麼說。那個介於二十五到三十歲之間的前輩，不僅西裝或領帶搭配都很有品味，個子高又乾乾淨淨的，雖然散發出習慣遊戲於大城市的氛圍，但是聽說是個工作起來俐落認真，又深受上司仰賴的人。我這個從沒被男性攀談過的鄉下女孩，被這突如其來的邀約沖昏了頭，糊里糊塗就跟在他身後離開公司。然後就在大城市裡的時髦店家內，持續被勸酒，而且完全無法忤逆他稱得上「強人所難」的話術，被逼著不斷喝下葡萄酒……不知不覺中整個人就那麼喪失了記憶。

等我猛然恢復意識時，發現自己在淡粉紅的光線中，仰躺在微溫的床上。由於喝過了頭，太陽穴附近痛得不得了，還有點想吐。我原本連起身的力氣都沒有，察覺到有人在扒我身上衣服的這項事實時，卻頓時回神。我清楚地瞭解到自己被扔進了什麼樣的情境中。一陣噁心同時湧現。

「不要這樣……」我不自覺發出聲音。但是孱弱的話語還有在酒精影響下無力的肉體抵抗，全都被強大到恐怖的男性臂力輕而易舉地制服。在確信抵抗毫無用處的當下，我變成一具疲憊無力的洋娃娃，就那麼被奪走處子之身。完事後，他在身邊開始發出打呼聲。我茫然聽著那嘈雜的聲音，靜靜從床上起身，然後衝進廁所。一看到馬桶，我就嘔吐。我淚流滿面，吐了好幾次。嘔吐物大概因為摻雜了大量葡萄酒，呈現詭異的紅。等到東西全吐完了，淚水也止住了，我旋即匆忙穿上衣服，獨自衝出旅館房間。

隔天，雖然情緒與身體狀況都糟到了極點，我還是拚了命地去上班。當然，在同一樓層辦公的他與我，都在彼此的視線範圍內。但是，他卻一副若無其事的樣子，舉止泰然自若，甚至連瞄都不瞄我一眼。

午餐時間，兩個同期進公司的女生邀我，一起到二樓的員工餐廳吃飯。吃完飯，我走在走廊上正想回部門，與兩個年輕男員工擦身而過時，卻感到像是被他們色瞇瞇的眼神舔過全身似的上下審視。怎麼回事……我在那瞬間驚愕不已，後來轉念心想大概是自己多慮，暫時不再多想。

就在當天傍晚，我正想去洗上司在訪客來時用過的咖啡杯，走向有自動販賣機的茶水間時，不小心聽見了裡面傳出讓人絕望的聲音。

「我說那個蘿莉新人啊。看起來不是一副很認真、受不了人家硬來的樣子嗎？所以我就試著一直灌她喝葡萄酒囉。結果呢，一下子就變得軟趴趴的，輕輕鬆鬆地腿就開了耶。而且，竟然還是個處女呢。」

「嗚喔喔，真的假的啊。那我也來灌她酒，會不會也讓我做啊。」

「白痴啊你，我才不想跟你當什麼『表兄弟』呢。」

呆站在茶水間附近走廊上的我，整個人冷到骨子裡。我將手上的咖啡杯放到自己桌上，就失神地逃離公司。之後就在獨居的公寓房間中繭居，進公司才短短半個月，就抗拒再去上班。

繭居開始的一個星期之間，公司上司數度致電留言勸我去上班。邀我加入手工藝社團的前輩，甚至還曾親自登門拜訪。公司最後好像還聯絡父母，母親大概打電話來留言了兩次。儘管如此，我還是持續不接電話。

當時的生活就是從早到晚繭居哭泣，肚子很不可思議地也不覺得餓。就這樣幾乎不吃不喝之下，身體也一天天虛弱。體重一旦減少，體力也隨之喪失，體力一旦喪失，就連生存精力都會被削弱。

我，就只是個會呼吸的軀殼而已。

不論是內心，還是體內，在城市生活下去的能量已經一滴都不剩。

我為了逃離公司、城市還有那個男人，回到了老家。

半途逃回家的理由，打死我都無法向父母啟齒。眼見飯也不吃整天只管哭，狀況非比尋常的我，父母也很擔心吧。他們並沒有強迫我，非得問出個所以然來。那份溫柔卻讓我更悲傷，好幾次獨自在房裡淚溼枕頭。

那一陣子，父母想盡辦法想讓剛展開的牡蠣養殖事業上軌道，沒日沒夜地拚命工作。姊夫貴弘也常常被迫動員去幫忙父母。在那種情況之下，沒什麼客人上門、相對輕鬆的土產店工作，必然落在照顧孩子的理沙姊頭上。

那時候，理沙姊在父母還有姊夫面前這麼對我說。

「真紀，妳啊，半途跑回來的時間點選得還真好呢。反正每天也沒事幹，就代替我當美沙的小媽媽吧。我雖然付不出薪水，零用錢倒是給得起喔。」

那還真是展現理沙姊本色，蘊含深沉慈愛的話語。她是希望繭居的我，不至於覺得在這個家待不下去，刻意在家人面前分派「任務」給我的。

從那一天起，我就開始守護當時大概才一歲的美沙。然後過了三個月左右，我將剛顧完店的理沙姊叫到房裡來，偷偷向她坦承辭職的原因。讓美沙睡在我床上，一邊沉默傾聽的理沙姊最後有些寂寥地笑說。

「原來如此呀，那還真沒辦法對父母啟齒呢。不過呢，真紀，『女人』這行做久了呢，偶爾就會像正面對撞車禍一樣，遇上賤男人呢。妳的情況，只是剛好一開始就撞上了賤男人唄？從今以後，再遇上好男人，對人生，來個真正的反擊吧。因為妳是真紀嘛……開個玩笑而已啦。」

理沙姊對自己的諧音玩笑格格發笑，手繞過正在哭泣的我的肩頭，一把將我的臉拉到她纖瘦的肩頭上。

「我聰明的老公是這麼說的喔。人生就是擺錘。」

「擺錘……」

「對。聽說人生裡，如果發生什麼重大的不幸，擺錘下一次就會以同等幅度，往幸福那邊擺盪過去。所以真紀以後會遇到棒得不得了的事情，好好期待吧。」

理沙姊說著，「砰砰砰」地拍打我的背部。那溫柔的手的觸感變成某種開關，讓我抽抽答答地痛哭失聲到連自己都覺得不可思議。我一邊拚命壓低聲音，避免將剛睡下的美沙吵醒，像個嬰兒持續淚流成河直到哭累為止。

我那人生的擺錘，該不會已經朝幸福那邊擺盪過去了吧……我是在久違的小珠再次露臉的那一天，內心萌生這樣的想法。光是能與懷念的老朋友聊天，就已經開心到想哭了，那天的小珠竟然還將我期盼能見上一面的人一起帶來，當時真的是驚訝不已。

其實我一邊繭居，同時也數度翻開國高中生那時候的畢業紀念冊。只要想起學生時期，吹拂過我們周遭的酸酸甜甜的風，就會感慨萬千地深深嘆息。當然那段時期應該也有那段時期才有的煩惱，內心每天都埋藏形形色色的各種思緒，情緒起伏或悲或喜。但是現在回想起來，才發現不論悲傷、煩惱又或苦悶，那一切全都包含在內，是美好的整整六年。畢竟，只要去一個叫作「學校」的地方，不論任何時候都有好多同齡稱為「朋友」的人陪在身邊。

每天，都一定能見到好多朋友……

那種狀況在人生中真可謂「特殊」，是非常「奢侈的日子」，也是甚至不會企圖去察覺那樣的事實，只是理所當然度過每一天的時期。我後來才慢慢覺得，其實那才是真正幸福的時期吧。

當我在幽暗的房內，獨自翻閱畢業紀念冊的時候，有一頁總會讓我突然停手。那裡有個男孩的身影，他的創作才華洋溢，像我這種人根本就難以望其項背。回想起來，只要在美術或技術相關課程中看到他創作的作品，總會噗通噗通心跳加速。

要是我擁有像他一樣的才華，將來會變得怎麼樣呢……甚至還曾有過諸如此類的幼稚妄想。啊～好想再看看呢。濃縮了他的才華，閃閃發亮的作品。

正當我翻開畢業紀念冊，茫然這麼想的時候，擺錘擺動了。在我身上發生了小小的奇蹟。而將奇蹟帶給我的，當然就是小珠。

我點擊電腦裡的檔案，開啟「小珠的跑腿宅配車」的最新版本廣告傳單畫面。我將顯示尺寸縮小以便看見傳單整體，主標題、簡介、標語、照片、簡易插圖，還有一幅幅耗時製作的地圖。

當我將這張以自己的方式，竭盡所能設計出的傳單交給壯介時，他嘴裡冒出意想不到的話語。

「真的假的。真紀，原來妳有設計的品味耶。」

那讓我就像身處夢境的聲音，彷彿刺青深深刻在記憶的最淺處。所以不論任何時候都能再次提取，在腦海中重新播放。

我在傳單中放最大的照片，是壯介經手的「CARRY」。設計時總想著，希望看到傳單的人能將這輛車的樣子確實烙印於腦海中。因為那麼一來，就連「小珠的跑腿宅配車」工作肯定也能進展順利的。

我持續放大傳單的顯示尺寸，特寫「CARRY」照片。這車子的設計真是怎麼看都看不膩呢，正當我再次這麼想的時候，偶然間看了一下電腦畫面角落，確認時間。

咦，根據預定時間，差不多要到了吧……

我心想，一邊從椅子起身，將窗戶開一條縫，俯視「海山屋休息站」。仔細一看，可口可樂的長椅旁，已經有老人家聚集。雖然只有幾個人，只要一想到大家是因為看到我拚命製作的傳單而來，光是這樣就足以讓胸口充滿純粹的暖意。

那些老人家裡面，也有人手上實際拿著傳單。是常坐在那張長椅上，悠閒聊天的三人組其中之一。

我移開視線，眺望右手邊遠處。

蔚藍的春季大海，感覺很舒服地起伏晃動。

自己不久之前，甚至還會刻意避免像這樣眺望窗外呢……正當我感慨萬千地這麼想，突然間感覺遠處傳來康妮．法蘭西斯的明朗歌聲。我豎耳傾聽。

聽見了。乘著潮風，而且是一點、一點的接近。

壯介設計的「CARRY」行駛於沿海國道上，是小珠與「小珠的跑腿宅配車」來了呢。

我莫名有些緊張，「咕嚕」一聲嚥了口口水，專注凝視入口。

康妮·法蘭西斯的歌聲越來越響亮。

一輛、兩輛、三輛……其他車子從國道上駛過。

然後，第四輛車緩緩滑進我們家的停車場。

小珠的「CARRY」在停車場右手邊最內側停好。全身沐浴在老人家視線中的小珠，從駕駛座爽颯下車。她襯著耀眼的春陽，黑髮馬尾活力十足地晃盪。

小珠立刻仰望這裡。我們四目相接。

「喂～真真，早安！」

她笑著對我揮手。

受到小珠牽引的老人家，全都一齊仰望這裡。沐浴在好幾個人的視線中，我有些心跳加速。但是我心一橫，將窗戶開到一半，隨即對小珠揮了揮手。

「早安。」

當下從我嘴裡發出的聲音，是非常半吊子的聲調。或許沒能傳到小珠那裡去。

然而就在下一瞬間，小珠展露微笑，老人家也以滿臉皺紋更加明顯的神情，對我回以一聲「早安」。

輕柔溫和的海風吹來，我的瀏海隨之飄動。

怎麼回事啊，感覺好舒服喔，非常……

心裡這麼想，我再次開口。

「早安。」

對老人家的招呼聲，感覺上比剛剛稍微有些張力了。

就在此時，我也發現自己雙頰放鬆了。

啊，我，就在剛剛，能自然展露笑容了……

我發現，自己能像電腦桌布的兩人，好好笑了。

但是，也有與那張照片的兩人決定性的差異。

因為在我好不容易放鬆的雙頰上，有滾落的淚珠。

兩人純粹的笑容，與我的笑中帶淚。

意義截然不同……但是，從遠處看應該是相同的。大家一定沒有注意到我的淚水。

我這麼想，一邊享受面頰放鬆的感覺，持續俯視停車場好一陣子。

葉山珠美

四月十二日的週日。

今天是，母親的忌日。

明明是那麼特別的一天，天空卻從一大早就陰沉沉地掛著淺墨色雲層，感覺隨時都會下雨。

橫渡汪洋吹來的風，是莫名地讓人心生騷亂的微溫南風，整個青羽町都被籠罩在厚重的海潮味中。

中午前，夏琳開車載我們全家先去接靜子奶奶，然後來到中小學一貫制學校附近山坡地上整片的墓園。葉山家的墓位於墓園正中央位置，正面可以俯視青羽川澄澈流水。視線往右移，母親被大卡車撞上的那個彎道也會映入眼簾。

在夏琳面前叫「媽媽」畢竟感到避諱，所以我只對著墓碑說：「今年也來祭拜妳囉。」接著使勁將過多的供花塞進兩側花瓶中。

「花好漂亮喔，繪美她，一定很開心喔。」

看著澎派到不自然的花，夏琳滿不在乎地說。

「嘎哈哈。還真沒看過這種超級醒目的墓地耶。感覺好像有什麼祭典要開始了一樣，也不賴啊。」

父親在母親的忌日，果然還是父親。靜子奶奶笑吟吟地看著那兩人。

「真是的，明明是來掃墓的，怎麼一點都不嚴肅呢。」

就我一個人在賭氣。

歸根究柢……都是夏琳多管閒事害的啦。

其實今天早上，我正想去買掃墓用的供花時，夏琳從旁開口說：「我很喜歡花喔，也很有品味喔。我知道花店在哪裡。所以，我去買喔。小珠，交給我喔。」接著就開車去了一趟隔壁町，結果竟然抱了一束根本不像掃墓用的過度豪華的龐大花束回來。父親見狀不自覺噗嗤而笑，甚至嘲弄夏琳說：「喂，這太猛了吧。我們家來了一個勇奪唱片大賞的演歌歌手耶。」夏琳好像是這麼拜託花店的：「我要可以讓大家都嚇一跳的澎派花束。」

就因為這樣，我們的下場就是必須先將那過於龐大的花束分開，重新製作成適當尺寸的花束。掃墓用的兩束、事故現場獻花用的一束，家裡佛壇用的兩束。每種用途的花束都做得很大了，還是剩下好多大朵花，最後沒辦法只好在「架上的麻糬居酒屋」吧台擺上花瓶，布置得花枝招展。

父親見狀，還是哈哈大笑。

「店裡在繪美忌日，一下子變得好華麗喔。」

結果，夏琳竟然很開心地說著：「喔～YES！不愧是爸爸桑喔。」整個抱住父親手臂。

別在母親忌日卿卿我我的啦！

我在內心頻發噓聲，但是也討厭因為類似的每件小事就煩躁的自己。結果，我今天從一大早就始終處於這種煩躁狀態。

供完花後，靜子奶奶、父親然後是夏琳依序上香後，朝墓碑雙手合十。夏琳雙手合十時，我凝視著那纖瘦的背影，一邊忍住嘆息。

為什麼這個人，可以比我更早供香呢？

老實說，心裡雖然有點不痛快，但是也只能這麼說服自己，「夏琳畢竟是父親的正式妻子……自己又最年輕……唉，這也是沒辦法的」。

「好了，輪到小珠喔。」

鬆開合掌的夏琳轉過來，望著我。明明是來掃墓的，夏琳卻面帶微笑。用彷彿南國太陽，純潔的感覺笑。就在我看到她有些黝黑的小臉的剎那，住在內心深處那個壞心眼兒的我，忍不住發牢騷。

別帶這個人來還比較好吧……

我懷抱著就像今天一樣的陰鬱情緒上了香。

我閉上雙眼，對著墓碑輕輕合掌。

轉暗的眼瞼內側，浮現母親溫柔的遺容。

我跟妳說喔，媽媽……

我在內心呼喚母親。但是，為什麼呢？就是想不到下一句話該說些什麼。我心裡，難道沒有想向母親訴說又或祈禱的事情嗎？不，那是不可能的。像是跑腿宅配車、夏琳、靜子奶奶……應該有很多事才對。鬱悶情緒，的確是存在心裡的。可是，那樣的情緒就是沒辦法轉換成話語，浮現腦海。是因為我太煩躁了嗎……

就在腦子想東想西的當下，我不自覺鬆開合掌，張開雙眼，緊盯墓碑。

父親看我這個樣子，隨即以輕鬆口吻說。

「好了，掃墓完囉。那就，到那裡去唄。」

我有些錯愕地望著父親。

「嗯？小珠，怎麼了？」

「啊……沒，沒什麼。」

「小珠，走吧。」

夏琳用少女般的動作抓住我的手臂，不斷往前拉。還沒能向母親說上任何話的我，在那瞬間，湧現一股甩開那隻手的衝動。但是那種事，我畢竟做不出來。我就那樣被看來很開心的夏琳拉著手臂，步履蹣跚地離開墓地。

之後，我們四個人坐進車裡，渡河來到對岸。我們將車停在沿岸道路的路邊較寬處，再走大概一百公尺，來到母親的事故現場。

視線不良，寬度狹小的彎道。

這個彎道前方之前櫻花怒放的櫻樹，已經冒出新葉。往腳邊一看，柏油路上散落著無數櫻花花瓣。雖然乍見猶如華麗的白色地毯，細看車痕部分，就會發現花瓣烏黑髒汙，莫名地也讓人感到悲慘。

靜子奶奶代表大家，將花放到護欄下。

四人對著花合掌。

我站在最後面，凝視大家的背影。母親去世後大概第一、二年那時候，會覺得大家的背影比較駝。而且，還有淚水從雙眼滾落。

但是現在，忌日當天來到這個現場，已經沒有任何人會流淚了啊……

我察覺到這一點，反而莫名地好想哭。

我驀然俯視青羽川，清澈河水以穩健力道持續奔流。河流與時間好像。時間同樣也是以甚至是毫無憐憫的穩健力道，從過去持續流向未來。隨著那樣的時間一起流向未來的我們，一點一滴卻也是確確實實的，將母親存在的過去日子留置在遙遠的岸邊，喪失母親的悲傷最終也隨之逐漸淡薄，因為慢慢忘懷母親而萌生的寂寥相對地也逐漸增加。至少，我是這樣的。

時間在不知不覺之間改變人們的記憶，淡化過去的日子。所以才會像這樣，忌日來到這裡，只是莫名獻花、雙手合十，默禱母親在天之靈安息，就這樣拜完了事。那過程，花不到一分鐘。隨著一年一年過去，逐漸變得徒具形式，對我來說很淒涼。無所謂對錯，只是覺得淒涼罷了。

鬆開合掌後，最先抬頭的是靜子奶奶。

在她身後的父親也抬頭。

直到最後仍然合掌的人，很意外的是夏琳。

身為一個從母親那裡奪走父親……不，是讓父親變心的人，多少也對母親心懷愧疚吧。果真如此的話，壞心眼兒的我也很能理解，而且也希望她真的懷抱那種心情。

呼。

我靜靜嘆息。

我發現，炙熱黑暗的氣息從雙唇間冒了出來。

夏琳有整整三十秒，始終雙手合十。夏琳抬起頭時，站她前面的靜子奶奶與父親，以莫名慈愛深沉的雙眼注視著她。唯獨我，因為只看見她的背影，所以不知道她當下是什麼表情。但是夏琳回過頭來的表情，又是與方才一樣，滿不在乎的笑容。

「好囉，那，回去以後，大家一起吃好吃的壽司吧。」

父親「砰」一聲往夏琳背部拍下去。

「哇喔，壽司，我最喜歡了喔。」

這對過於開朗的夫妻，很開心地瞇著雙眼朝車子那邊走去。我讓父親與夏琳兩個人先走，然後與靜子奶奶一起走在兩人身後。

就在這個時候，正覺得一陣風「颼」地吹過，柏油路面上隨即「啪啦啪啦」地開出黑色小花。下雨了。

「天空在哭喔。這是淚雨喔。」

夏琳仰望漆黑天空說。

「好厲害喔，夏琳，比我還懂日文耶。」

父親這麼一稱讚，夏琳洋洋得意地回答。

「嗚呼呼，我很用功的呦。很了不起喔。」

「嗯，很了不起喔。」

接著，夏琳挽著父親手臂向前走。

望著如膠似漆的兩人背影，我一失神這麼脫口而出：「真受不了。」身旁的靜子奶奶看我這樣，噗嗤輕笑，隨即用手肘戳我。她接著用我才聽得到的音量，低聲道出意想不到的話語。

「小珠。要對夏琳心存感激喔。」

「欸……？」

「畢竟，她為了繪美還幫忙買了讓人嚇一跳的那麼一大束花吧。而且，剛剛還說了『淚雨』呢。那麼真心，說連天空都在悲傷呢。」

看我沉默不語，靜子奶奶再次叮嚀：「知道吧。」

「嗯……」

我微微頷首，望向走在前面的兩人。

我該不會……是在氣父親？不，只是看到父親與夏琳如膠似漆的樣子，覺得討厭而已吧。一定是的。至少在忌日……至少在墓地與事故現場的時候……希望他們離彼此稍微遠一點。希望他們顧慮一下母親。全都是這種任性的情緒造成的。

「只是啊，現在，人在這個現場，不應該感情那麼好吧？」

我以只有靜子奶奶聽得到的音量說。

「為什麼？」

「什麼為什麼……那副樣子要是被媽媽看見，她心情也會不好吧。」

「小珠。」

嗯？我納悶著，停下腳步。

因為靜子奶奶停下了腳步。

「怎……怎麼了？」

個頭嬌小的靜子奶奶直勾勾地仰望我的臉，一邊沉靜微笑。那沉靜的感覺，莫名有些恐怖。

「不可以這樣看輕自己的母親。」

「欸……？說什麼看輕……」

「繪美，妳母親的水準沒有那麼低吧？」

靜子奶奶非常平穩地一說完，視線從我身上移開，瞥向看來很幸福、手挽著手一邊往前走的父親與夏琳兩人背影。然後彷彿望著孩子一般，雙眼溫柔瞇起。

「好了，我們也得快走。不然會被淚雨淋溼的。」

靜子奶奶邁開步伐。

我感受著稍微加速跳動的心臟熱度，走到靜子奶奶身旁。

背後又是一陣強風吹來。結果也不知道是打哪兒來的，一片櫻花瓣翩然落到靜子奶奶肩頭。

「啊……」

我捏起那片花瓣。

靜子奶奶望著我，嫣然一笑。

「哎呀，好像會發生什麼好事呢。」

「嗯。」

我的心跳還是有點快，但是受到靜子奶奶笑容的牽引，自然對她展露微笑。

◇　◇　◇

隔天開始，我再次展開跑腿宅配車的日子。

開始不過短短一週，感覺上已經很習慣這份工作了。之前還好去拜古館先生為徒，累積了形形色色的各種經驗。

工作方面，每天都在不斷改善。我仔細參考持續記錄的筆記本，一邊嘗試調整進貨內容或數量、決定在販賣點對顧客分送宣傳用的傳單、費盡苦心安排商品陳列方式，又或下功夫研究標籤機上標價的位置。而且，我還試著將賣剩的商品當作「特價品」販賣，銷售老人家不知道的新商品時，也推出「試吃服務」。另一方面，還參考超商的商品種類，開始進一些瑣碎的日用品，感覺上越來越有「移動超商」的樣子了。

我也拜託家裡，讓「架上的麻糬居酒屋」收銀機旁隨時放著傳單。這一陣子還發現傳單減少得特別快，每次一回神就會發現傳單好像快沒了，這才手忙腳亂地趕緊用印表機列印補上。可能是光顧的客人一口氣都帶好幾張回去，積極發送給鄰居吧。果真如此，那還真讓人感激不盡，同時也覺得這是街坊鄰居交情深厚的鄉下地方才有的優點。

◇◇◇

時序一進入五月，青羽町的氛圍幡然轉變。

環繞聚落的綿延群山，被包裹在茂密的閃耀新綠中，風景豁然開朗。不論海風還是河風，全都清爽得不得了，薰風拂面，一天都會深呼吸好幾次。我總會完全敞開「CARRY」的車窗，一邊享受五月閃耀的風的觸感與芬芳，一邊行駛在鄉間道路上。

到了這個時候，跑腿宅配車已經完全成為我日常生活的一部分。多虧自己持續改良平日的工作方式，時間運用上也變得更有效率。話雖如此，絕對不是說工作因此就變輕鬆了。時間運用更有效率後，就能用節省下來的時間多方嘗試以前無法提供的各種服務，所以反而變得更忙了。

每當我在借用冷藏庫一角空間的「架上麻糬居酒屋」廚房，手忙腳亂地為隔天工作備料時，夏琳常會頂著一副看不下去的表情出聲問我。

「小珠，妳好忙。我幫妳喔。」

對於她那份心意，我能坦率感激，實際上也有好幾次讓她幫忙。但是，夏琳卻常會以過去式這麼說：「已經先幫妳做好了喔。」換言之，也就是多管閒事的事後報告。而這種情況，大概都會造成麻煩問題。

例如，「架上的麻糬居酒屋」向漁協進魚貨時，她有好幾次都覺得反正順便，自作主張地連跑腿宅配車的份都一起進了。我有自己的做法，每天都會在確實計算後進貨，而且相關計算要是一出錯，就會立刻出現赤字，所以讓我非常頭大。然後呢，我也試著婉轉向她抱怨過，但是夏琳這個人原本就厚臉皮，再加上對於本身的多管閒事自以為一番好意，所以不論說什麼根本就是對牛彈琴。

有時候，是我先進好的食材，被夏琳拿去做店裡的料理。面對這種情況，我再怎麼樣也按捺不住即將爆發的情緒。只是當我臉紅脖子粗正想抗議時，父親不知道為什麼卻「哇哈哈」地直笑我，然後我也莫名其妙地就被他的玩笑話與白痴話平息了滿腔恨意，總算沒在廚房裡跟她大小聲，就那麼走了出去。

另外還有一天，是夏琳未經許可就「整理」了我借用的冷藏庫內部，拜她所賜，我完全搞不清楚什麼東西放到什麼地方去了。我一直以來都會以像是常用或隔天要用的，收到右手邊前方，不會立刻用到的，就放進左後方這種自己的方式，根據使用的便利性變換位置。儘管如此，將我投注的那種心思完全毀於一旦的夏琳，竟然還得意洋洋地說什麼「冷藏庫，已經先幫妳整理好了喔」，害我氣到胃部陣陣刺痛。

說得更細一點，我正覺得買好的業務用保鮮膜怎麼用得這麼快呀，後來才發現是夏琳理所當然似的一直在用，又或是前晚分裝成好幾盤用保鮮膜包好的炒麵，竟然被夏琳偷偷（自以為一番好意）地各放進一根香腸。

保鮮膜，加上香腸……雖然都是些雞毛蒜皮的瑣事，對於認真投入工作的我而言，夏琳這種以自我為中心的干涉，無論如何就是會在我的內心掀起漣漪。等到最後，終於忍不住對她說出什麼「妳那樣自作主張，講真的，讓我很困擾」的重話，當晚又會在床上厭惡起自己……就是持續像這樣不斷循環。

所以最近，我都下意識地避免與夏琳接觸。因為光是看到那張毫無惡意的開朗小臉，「該不會是自認一番好意，卻老做出不安好心的事來……」，內心像這種奇怪的被害妄想就會隨之膨脹，而且我也很討厭在那種妄想影響下，自己在那邊煩躁難安。畢竟，我也希望每天都盡量能有好心情。

話是這麼說，但也不能明目張膽地閃躲。因為彼此是同住一個屋簷下的家人，三餐也都是夏琳幫忙煮。我自己本身礙於許多原因，在她面前也是抬不起頭來的。所以，必須盡量心懷感謝、必須著眼於夏琳的優點……我每天都這樣提醒自己。

在家裡，雖然有那樣的瑣碎壓力，但是只要一早，開著「CARRY」出門，心情就會逐漸放鬆。不僅能被本地阿公阿嬤的笑容療癒，到處都有人對我說的那句「謝謝」，也成為內心再好不過的養分。

只要一到「海山屋休息站」停車場，真真與美沙絕對會從二樓窗戶探出頭來對我道「早安」，這也很讓人開心。隨著日子一天天過去，以沉穩微笑望向這邊的真真，面頰很明顯地逐漸放鬆。我想，大概是她對於「笑」，也慢慢不再那麼緊張了。真真最近也會從二樓窗戶叫我，彼此就那麼大聲交談。真真與客人的對話也很常見。說不定，真真很快就能從繭居生活畢業了呢……我甚至開始會有這種感覺。

但是在這個販賣點，唯獨有一件事讓我耿耿於懷。之前一直都是熟客的初音婆婆，這陣子很明顯地越來越少看到她的身影。初音婆婆是常坐在可口可樂長椅上，享受婆媽閒聊樂趣的三人組其中之一，就是給我與壯介糖果的那位婆婆。另兩位婆婆來向我買東西時，我若無其事地試著打探初音婆婆的消息。結果聽說是這樣的，「她呀，據說最近膝蓋不好，不太能出門耶」。

於是，我在五月的某個晴天，決定利用午休時間去看看初音婆婆的情況。初音婆婆的住家面向一片延伸成弓形的白色沙灘，是棟有著藍色屋頂的老舊小屋子。從庭院入口到住家玄關，排列著很多盆栽，不過大概是因為整理得不夠勤，不論任何盆栽都長滿稀稀疏疏的雜草。

「初音婆婆，您好。」

我敲響拉門，同時出聲。

沒有回答。但是總覺得裡面有人，所以我試著稍微拉開拉門往室內窺探，再次叫喚。結果，內側房間傳出有人在裡面窸窸窣窣的動靜。

「啊～來了、來了。」

那是初音婆婆以老人家的聲音而言，算非常可愛的聲音。

「突然來打擾，不好意思。我是小珠的跑腿宅配車。」

「哎呀、哎呀，是小珠嗎？」

步出玄關的初音婆婆，雙眼圓睜。

「是的。您好。」

正如傳聞所言，初音婆婆撐著枴杖，走起路來拖著右腳。是這陣子不太出門吧，身上穿著繡球花圖案的睡衣，一頭白髮亂糟糟的。

「這還真是稀客呀。怎麼啦？」

「就覺得最近都沒看到初音婆婆，所以就擅自跑來看看情況了。我可不是來強迫推銷的，請放心喔。」

我嘗試開玩笑，初音婆婆隨之格格發笑。

「謝謝妳呢。最近就像這樣，膝蓋好痛，沒辦法下田，也沒辦法去買東西，就連去附近的海山屋都嫌麻煩呢。」

初音婆婆雙眉下垂成八字型，流露寂寞的笑容，一邊繼續說：

「雖然家裡什麼都沒有，不介意的話，進來坐吧。」

我正有此意，於是「嗯」一聲乖乖點頭，脫下球鞋後就被領到小廚房裡的餐桌旁就座。然後喝著人家請的茶，與初音婆婆閒話家常。

天南地北地聊開之後才知道，她的妹妹敏美婆婆就住在內側房間，現在幾乎是臥病不起。初音婆婆與年老妹妹兩人就這麼相依為命、勉強過活。之前都是由初音婆婆在照顧妹妹，但是她的膝蓋終究也越來越糟，生活各方面好像都是坐困愁城。據說，現在還有去世丈夫的弟弟夫妻住在町內，常常會請他們幫忙。初音婆婆雖然有兩個兒子，不過都去了大城市，每年頂多帶著孫子回來老家一次。

「初音婆婆，您聽我說，我告訴您我的手機號碼，有需要的時候就聯絡我。我在開跑腿宅配車的路上就會過來的。」

「但是……可以嗎？」

「嗯。反正順路，不要緊的。」

初音婆婆嘴裡數度、數度重複說著「太讓人感激了呀」、「真是幫了我們一個大忙啊」，一邊從走廊的電話架那裡，將陳舊的通訊錄拿過來，輕輕放在桌上。我翻開「小珠」第一個發音的「Ta」那一頁（註21）。這本通訊錄似乎比想像中還要老舊，紙張邊角已經變成深棕色。我借了一枝藏青色的原子筆，將自己的手機號碼盡量寫得大一點。

回去的時候，初音婆婆拖著右腳送我到玄關。然後說著：「來，這個。」對我伸出右手。

「欸……」

我不自覺伸出去的右手，被放上一顆紅茶口味的糖果。

「哈，謝謝。這糖果，很好吃呢。」

「身體這副樣子，沒辦法做什麼來答謝妳，抱歉呀。」

（註21）「小珠」的日文發音為「Tama-chan」，故有此言。

初音婆婆以窩囊神情這麼說完，展露微笑。

「不會啦，沒關係。真的不要客氣，要打電話給我喔。」

「謝謝妳呢。」

「那，初音婆婆，拜拜囉。打擾了。」

我輕輕揮手，一拉開昏暗玄關的拉門，外面就是充滿耀眼陽光與柔和波濤聲的世界。這樣的落差，讓我忍不住眯起雙眼。我輕輕關上拉門，走出一路排列著長滿雜草的盆栽的庭院。

清爽柔和的海風……

難以排解的情緒在胸口附近一點一滴擴散，感覺就連肚子底部都要被侵蝕。

愛車「CARRY」停在陽光燦爛灑落的海邊巷弄中。車子後面就是清澈無瑕的大海與天空的藍。

「好～囉。下午也要，加油喔……」

我刻意小聲這麼說，朝萬里無雲的天空伸了懶腰。然後，將剛到手的紅茶口味糖果扔進嘴裡。

甜是甜，有點苦苦的耶……

心裡這麼一想，不知道為什麼，就覺得受不了了。

「唉……」

我實在忍不住，無力的嘆息終於從嘴裡溢出。

自從那天起，我一週大概會有一、兩次出入初音婆婆與敏美婆婆兩姊妹的家。經常躺在內側和室裡，那床萬年不收的被窩上的敏美婆婆，見上三次面，也能彼此交心、相處融洽了。再過來，感覺就真的像自己家一樣，連隨意登堂入室，自作主張將受託購買的商品收進冰箱，都當成自己的工作在做了。我也決定每次確認冰箱內部，向初音奶奶報告快用完的必需品後，當場請她預訂下次要帶過來的商品。

初音婆婆的膝蓋後來也是時好時壞，有些日子非常痛，有些日子不太痛。疼痛特別劇烈的日子，就算我造訪，也還是窩在內側房裡，只有「小珠，謝謝妳啊。自己進來喔」的聲音傳到玄關來。這種時候，只要還有一點時間，我就會幫初音婆婆按摩膝蓋周遭。老人家慢慢地不常使用的雙腳，感覺無力衰弱，讓人就連觸碰都有些害怕，瘦弱得如同枯枝。

「我們也有像小珠這樣的孫女兒就好了呢。」

不論初音婆婆或敏美婆婆，都很溫柔地瞇起雙眼這麼對我說，但是我同時深刻感受到那句話背面滿佈的寂寞與源自無依無靠的不安，心情莫名地也隨之陷入沉悶。

我不清楚老人家可以領到多少年金，但是這戶人家不論怎麼看，都與富裕沾不上邊。自從初音婆婆無法下田後，生活看來更是逐漸窘迫。庭院慢慢變得雜草叢生，玄關大門也開始發出吱嘎聲響，玻璃窗上附著類似白色水垢的髒汙，再也看不到戶外景色。房子整體開始散發出難以言喻的寂寥氣場……舉例說明，就像正在醞釀出彷彿徹底破敗空屋的那種淒涼景況。

每次回去時送我的糖果，初音婆婆也變成是向我買了。其實，我連向她拿這一顆就像跑腿零用錢的糖果都覺得愧疚了。但是，初音婆婆肯定比我還愧疚吧。只要想到這點，就會特意以笑容持續收下。而懷抱這種心情所收下的糖果，莫名地再也難以入口，就這麼一點一滴地積存在「CARRY」前座的置物箱中。

常田壯介

「哇，都不知道幾年沒爬過這塊岩石了唄。」

我有些興奮地說，一邊在這塊像骰子的方形岩石一角坐下。赤腳伸了出去，膝蓋以下騰空踢動，水滴隨之從腳尖滴落。

我探頭窺視腳底，可以看到大概兩公尺下方青羽川沉緩流動的深潭。那清澈無瑕的深潭水面如同光潔鏡子，映照出螢光藍的夏季天空與純白雲朵，同時輕快搖曳。

「我最後一次爬上來，大概是高一那時候吧。」

坐在身旁的小珠，音調聽來也有些高昂。

「我，應該是小六那時候吧。」

「啊哈哈，壯介是個早鴨子，所以青春期開始就逃離河流了嗎？」

「很吵耶妳。」

「這個，可是必需品呢。」

小珠說著，用手指戳戳我身旁的游泳圈。

「就叫妳別說啦～妳。」

小珠一邊眺望對岸，很愉快地笑了。

靜子奶奶的家就在河流對面。

我們將「CARRY」停在靜子奶奶家前面的路肩，游泳渡河，然後爬上小時候常來玩的這塊大岩石上面。

「總覺得，從這邊眺望的景色，讓人覺得好懷念喔。」

「嗯，真的，很懷念，而且河流會讓人心情很好呢。」

「不會游泳也這麼覺得喔？」

「就算不會游泳，涼涼的很舒服啦！」

我雙手朝夏季天空高舉，大大伸了個懶腰。

無數夏蟬的高鳴，在蔚藍到似乎能透視看見宇宙的蔚藍天空緩緩暈開。

在紅色比基尼外面穿著原色短褲與白色T恤的小珠，雙手使勁抓住濡溼的長髮，在肩上擰水。溼答答的白色T恤貼在白皙肌膚上，害我視線都不知道該往哪裡擺。

「小珠的休假，跟我一樣是到今天為止嗎？」

「嗯，對啊。盂蘭盆節的長假，一下子就過完了耶。」

以深刻的語調這麼一說完，小珠仰望天空，靜靜閉上雙眼。側面看來，像是想要好好聞聞夏季天空的味道。

就在剛剛……

我利用「常田馬達」最後一天的盂蘭盆節假期，幫她做「CARRY」的保養維修。那時候，車庫裡熱到讓人滿身大汗，所以我隨口這麼說。「喂，很久沒去河裡游泳了，要不要去。」結果小珠也躍躍欲試地說：「哇，好耶。」同時拍手。所以，我們現在才會在這裡。

「對了，妳城裡的朋友，什麼時候回去的？」

「什麼城裡的朋友啊，好怪的說法……」小珠噗嗤發笑，隨即回答：「昨天喔。」

聽說小珠大學時期的朋友，配合她的盂蘭盆節休假去她家住。

「大學生的話，之後還有一段時間都是暑假唄。」

「嗯。就算進入九月，還會持續放假一陣子。」

「嗚哇～當學生還真輕鬆呀。」

「真的耶。」

「小珠，妳現在看到學生，還會羨慕嗎？」

我刻意以輕鬆口吻問。

「嗯……大概不像之前那樣羨慕了吧。現在總算能抬頭挺胸地聊跑腿宅配車的事情了。」

「是喔，那樣就好唄。」

「但是啊……」原本面朝上的小珠，緩緩轉向我這邊。「看著朋友大口大口喝酒、輕鬆大笑，互相拍打肩膀啊，就會覺得，『啊～大家真的是用盡全力在揮灑青春呢』，然後就會慢慢感覺有點寂寞吧。」

「是喔……唉，也是啦。」

我也是，每當聽到去城裡念書的朋友現況，總覺得心裡一陣騷亂。所以對小珠那種心情，也能有共鳴。

「還有啊，被說什麼『現在既然是社會人士，應該是有錢人吧』，老實說會覺得被戳到痛處耶。」

「欸？」

我不了解這話的意思，微微歪頭。

「因為，就沒那麼賺嘛。」

「……」

「跑腿宅配車這行，真的幾乎賺不到什麼利潤耶。雖然一開始就知道了。」

小珠彷彿是在說服自己，一說完，膝蓋以下的雙腳就開始踢動。

「古館先生他不是叫妳要好好賺錢嗎？」

「唉……嗯。是那樣沒錯啦……」

「是沒辦法當壞人，從這個有夠鄉下地方的窮酸阿公阿嬤身上狂撈一筆喔？」

我刻意以開玩笑的口氣對她說。

「啊哈哈。是吧。」

小珠輕笑著，雙腳搖晃程度變大。然後再次望向靜子奶奶家那邊。

一陣夏季的風，「咻」地從上游吹過來。

帶著森林與水的味道，清澈的風。

那陣風舒服地輕拂剛游完泳的溼答答肌膚。

「像我們家啊，也是勉勉強強維持經營耶。」

雖然這話並不是想要安慰她，我姑且還是以開玩笑的口吻這麼說。

「是嗎？」

「看看我，就知道了唄。我看來像個氣質很好的有錢人家少爺嗎？」

「啊哈哈，那還真有點難講耶。」

小珠在夏季強烈日照下的側臉笑了。

「說到這個呢，就算騙人也要用肯定句啊妳。」

又笑了。

「小珠妳呢，就我看來啊。」

「欸？」

「我是說啊，從旁觀者的立場來說呢，小珠看起來進展得很順利耶。」

「為什麼？」

「因為啊，都被新聞報得那麼大了，而且小珠的跑腿宅配車，在這附近也變得好有名呢。」

「有名跟順利根本是兩碼事好嗎。報紙採訪的時候，也只能挑好的說啊。」

的確，是那樣沒錯。小珠時常抱怨與夏琳之間的摩擦，又或不太賺錢等現實，總不能對報紙記者全盤托出吧。

但是……我是這麼想的。

「富裕與幸福不同。」

「……」

「對唄？」

小珠在報紙的報導中，曾經這麼說過。而我閱讀那篇報導時，感覺上多少也獲得了救贖。閉上眼睛不再面對自己的夢想，獨自一人留在無聊的鄉下，繼承父親這間才真是賺不了錢的汽車修理廠……對於這樣的我而言，小珠的話就像是閃閃發光的寶石，骨碌骨碌滾進了我的內心，彷彿小小燈火照亮整個心房。

這樣啊，就算我沒辦法變富裕，也能變幸福啊。

藉由這樣的思考，感覺上就能坦率接受自己被迫陷入的現狀。結果呢……

「什麼嘛，自己說過的話，都忘光光啦。」

「啊哈哈，怎麼可能。」小珠微微搖頭，有些寂寥地笑了。她接著說：「我才沒忘呢。不過啊，其實，那句話是引用我媽說過的話呢。」

「什麼嘛，是喔。」

「嗯。」

「但是，不愧是小珠的媽媽，這話說得好耶。」

「是吧。」

小珠緩緩轉向這裡。然後像是想到了什麼，霍地從岩石上站起來。

「喂，壯介。」

「欸？」

「我來告訴你，當初怎麼會有勇氣從大學退學的吧。」

「欸……」

我的雙腳停止踢動，仰望小珠。

藍天耀眼到讓人感覺刺痛，我不自覺瞇眼。

「這也是媽媽以前教我的喔。想知道嗎？」

「啊，嗯，那，好吧……」

「那我就告訴你喔。就是啊……」小珠說著，望著遠處綿延的群山，然後直接往下說。「大概是在我小學五年級那時候吧。我跟媽媽一起看電視卡通，看到一個很懦弱的角色，她就這麼對我說喔。沒辦法踏出一步，展開人生的『小小冒險』的人，並不是缺乏『勇氣』，其實一定只是少了那麼一點『玩心』而已呢。」

「玩心，啊……」

「嗯。她說，人生是就這麼一次盡情『嬉戲』的機會。『既然如此，那就自由享受未來，當成是盡情嬉戲的時間吧』，能這麼想的人，才有辦法輕巧地踏出『小小冒險』的第一步喔。」

「是喔。原來如此啊……」

我忍住嘆息。

因為，我將剛剛那番話套用在自己身上了。

「壯介。」

「嗯？」

「被陽光這樣烤，好像熱起來了耶。」

小珠俯視我，這麼說。

「啊，嗯……」

「好～我要挺進『小小冒險』囉！」

在說什麼東西啊，這傢伙……就在我這麼想的剎那，小珠在岩石上邁出了一步。

欸……？

要跳水嗎？

就在我心裡這麼想的瞬間，小珠的長髮濺出閃閃發亮的水珠，身體以簡直像是慢動作畫面般的美麗姿態，飄浮在半空中，隨即直接劃出一條拋物線。

噗嘩！

兩公尺下方的水面，水花四濺。

就像汽水的透明河水中，有個人影搖曳晃動。

就像，美人魚一樣……

這麼心想的剎那，我彈跳似的莫名從岩石上起身。

跳水，有夠恐怖的。

但是，我啊。

我心一橫，憋住氣……

這人生，也想好好玩上一回唄！

我在岩石上，邁出那「小小的一步」。

當我在半空中倒栽蔥，鏡般的水面逼近眼前的瞬間，腦海中突然浮現冷靜話語。

啊，游泳圈，忘在岩石上了……

第四章

發現祕密照片

葉山珠美

盂蘭盆節收假的同時，我再次全速運轉投入工作。

睽違一週後再見到我的顧客婆婆們，全都異口同聲對我說：「盂蘭盆節期間都看不到小珠，好寂寞喔。」而那也成為我再好不過的心靈能量。曾幾何時，我好像變成類似「各聚落共通孫女」的存在。

比較熟的婆婆，只要聽到聚落中傳出康妮．法蘭西斯的歌聲，就算沒什麼特別要買的東西，也會慢慢晃過來，與我或聚集的其他人聊一聊再回去。有些時候會聊天順便買個東西，有時候則什麼都沒買。但是，我覺得那也無妨。受老人家疼愛，讓他們開心的同時，也稍微幫上一點忙。我能感受到內心對於自己這樣的定位，有種酥癢興奮的舒暢感。

顧客中，也有人明明不買東西也不聊天，卻特地拿著田裡剛採收的蔬菜來給我。而且還不是只一、兩個人而已。每當那種時候，我總是毫不客氣地收下。享用後，下次再碰面絕對會道謝說：「真的好好吃。謝謝您喔。」光這麼一句話，婆婆臉上就會擠出更多皺紋展現笑容。

開始做跑腿宅配車以後，我發現到一件事。那就是……人呢，在讓別人說出「謝謝」時，最能感受到純粹的幸福……像這樣也可以說是理所當然的發現。而且，當雙方發展出向彼此道謝的關係，讓「謝謝的投接球」成立時，更是其中極致。開始做跑腿宅配車後，好像才瞭解父親在「架上的麻糬居酒屋」，儘管面對酒品不好的顧客，甚至是做人似乎有問題的顧客，都會一一致謝說「謝謝呀。要再來喔」的理由。

被濃密自然包圍的青羽町，如今從早到晚都迴盪陣雨聲般的蟬鳴，朗朗藍天、閃耀的積雨雲，還有痛快的雷陣雨，讓八月後半多采多姿。

只要是酷熱的日子，我就會將泳衣穿在衣服底下出門，在工作途中跳進青羽川的深潭。只要在清澈無瑕的水中游泳，短短數分鐘就能讓全身細胞充滿清涼感。游完泳，用毛巾迅速擦拭身體後，在泳衣外面套上T恤，直接坐進「CARRY」後就直奔下一個販賣點。我在販賣點時，好歹也會在濡溼的頭上戴上帽子，但是顧客多半都能看穿我剛在河裡游過泳，反而還曾被問過什麼：「香魚很多嗎？」

這陣子，個人的跑腿請託也越來越多。平底鍋、耙子、小烤箱、日光燈……等，訂貨種類繁雜。我被拜託後，就會到隔壁町去到處找，然後在收購價格之外多加些運費賣給請託者。買到日光燈的時候，大多也會到老人家家裡去，幫忙換燈管。老實說，這種委託一增加，以做生意的角度而言根本沒利潤，但是我早就決定這方面無論如何得堅持到底。

這些老人家裡面，也有很多人都像初音婆婆一樣，生活並不寬裕。因此，我設計出了名為「架上的麻糬特價品」的服務。簡單說來，就是免費接收「架上的麻糬居酒屋」賣剩的一些份量尷尬的食材或料理，用淺盤盛裝、保鮮膜包覆後，以特價品販售。自從推出這項服務後，居酒屋廢棄的食材隨之減少，低價也讓跑腿宅配車的顧客開心，另外還填補了我的收入缺口。三方各有不同得利，我自己都覺得還真是好點子。而且，就在我煩惱「跑腿宅配車的營業額就是不如預期啊……」的時期，「架上的麻糬居酒屋」的剩餘食材就會剛好增加，對我而言實在是感激不盡。

話雖如此，一旦「架上的麻糬特價品」變得太多，相反地又會開始擔心居酒屋的經營。是不是店裡的生意變糟了？還是夏琳沒拿捏好進貨平衡呢？像這樣開始對那方面的問題憂心忡忡。

◇◇◇

某個下雨的夜晚，居酒屋打烊後，夏琳與我兩人在廚房獨處。我在為隔天的跑腿宅配車工作做準備，夏琳在處理店鋪的善後工作。

「好了，小珠，這個跟這個、這個跟這個，還有這個，是店裡剩下的東西。拿去用在跑腿宅配車那邊喔。」

夏琳按照往例，統整了可以用在「架上的麻糬特價品」的剩餘食材與料理後，一起交給我。

「欸，這麼多？」

「是啊，就是這麼多喔。全部都給小珠用。免費給妳喔。免費很幸運喔。」

一如往常，又是莫名帶著施恩感的語氣，即使如此，對我的生意就是大有助益，所以還是決定坦率道謝後收下。

「謝謝。那我明天拿去賣喔。只是……」

「嗯？只是，什麼？」

看著夏琳微微歪頭，我有些難以啟齒。但是，永遠只是像這樣擔心店裡的生意也不是辦法，於是我決定盡量選擇不帶刺的話語問她。

「我是說，最近好像變得有點多……」

「多？什麼東西多？」

「店裡賣剩的食物……」我沒說出那句「夏琳沒考慮好進貨數量」，刻意這麼繼續說下去：「是不是客人有點變少了或什麼的呢？」

結果，夏琳一如往常地露出天真無邪的笑容。

「嗚呼呼，不要緊。店裡我都顧得很好。別擔心。小珠考慮自己的事情。那很重要喔。」

就是沒辦法只考慮自己的事情嘛……不，應該說因為不論夏琳或父親都是帳隨便算也無所謂的人，所以才會擔心，特地這麼問的啊。

我雖然有些煩躁，仍然竭盡所能地避免讓表情洩漏心思，一邊擠出微笑說：「那就好。」夏琳隨後就轉身背對我，重新投入自己的工作。

常田壯介

工作完，用溫水淋浴的我，用肥皂洗去一整天的汗水與油漬味，全身感覺俐落清爽。

「呼，變得神清氣爽了呢。」

我在脫衣空間喃喃自語，穿上短褲與T恤，回到起居室。

起居室裡，有台歷史悠久的電風扇發出「喀答喀答」的悲傷聲音，一邊搖頭。晚夏的夜風從裝有紗窗的窗邊溫柔地吹進來，吹得屋簷下的風鈴「鈴、鈴」作響。掉漆的和室矮桌下，飄散出蚊香的薄煙。

今天月亮沒出來嗎？紗窗外的黑暗好沉。

黑暗之中，傳出秋蟲歌聲。

我回憶起短暫的夏季尾聲。

老爸橫躺在和室矮桌的那頭。他用對折的坐墊充當枕頭，「呼嚕呼嚕」地發出沉睡的鼻息。感覺涼爽的藏青色甚平衫（註22），還有風鈴的音色，再再讓老爸的小寐看來更加舒適。往和室矮

（註22）「甚平衫」：日本男性或兒童穿著的日式夏季家居服，交領右衽的單衣與及膝短褲為一套。

桌上一看，放著一個空瓶與一個廉價玻璃杯。看來父親他也沒配下酒菜，自己一個人喝了酒。

「喂～睡在這種地方，會感冒喔。」

我說著俯視老爸。

「嗯嗯……」

像這樣從喉嚨深處發出含糊聲音的父親，依然閉著雙眼，眉間皺了起來。

最近幾年，老爸一下子老了好多。不僅脖子後方出現深深的皺紋，頭上也滿是白髮，皮膚薄得像是能看穿過去。面頰與太陽穴附近浮現焦茶色的斑，原本應該粗壯有力的手，如今就像關節突起的細枯枝。

實在沒辦法放著不管耶……

我在內心低喃，輕輕嘆息。

風鈴再次「鈴、鈴」作響。

「老爸，要睡就去臥室好好睡啦。」

我蹲下，輕搖老爸肩膀。那肩膀喪失肌肉的單薄觸感，讓我說不出話來。

「嗯……啊啊，不小心就睡著啦……」

老爸呻吟般地這麼說完，慢吞吞起身。然後，一站起來就說。

「津崎家的車，修理好了嗎？」

「總算做完了啦。」

「是嗎。辛苦了。」

「嗯。」

「那，我就先去睡囉。」

老爸雙手朝天花板高舉，伸了個懶腰後，慢條斯理地邁出步伐。

「晚安。」

我對著遠比以前還要小、還要駝的背影出聲道。

「喔～晚安。」

老爸沒回頭，右手輕輕舉起取代回答後，身影就消失在走廊上。

放他一個人，實在是做不到啊……

我再次在內心低喃，不經意抬頭望向餐具櫃上方，與二十一年前去世的母親照片四目相接。照片中的母親，溫柔地望著我微笑。

我從冰箱拿了一瓶啤酒過來，開始獨自在晚上喝一杯。電視關掉了。總覺得，現在的心情是想靜靜喝酒。

鈴～

每當風鈴響起，鄉間夜晚的靜謐好像就更加深一層。

與盛夏那時候相比，夜風感覺上轉涼了不少。再過差不多一個月，應該就不需要電風扇了吧。到時候，就是我的生日。但是一直以來，我對於自己的生日從來沒有打從心裡開心過。因為我的生日，也是母親的忌日。

母親好像是在生產時死的。她是為了讓我在世上誕生，拿自己的生命交換而死去的。聽說，母親生前有嚴重的妊娠高血壓症候群，不過婦產科醫師也沒想到竟然會因此死亡。

我就這樣，在完全不知「母親」為何物的情況下被養育成人。但是，或許是因為母親的照片從以前就一直被擺在起居室餐具櫃上，二十一年來始終在那微笑守護下生活，我對於母親，總懷抱著一股難以言喻的奇妙親近感。說句不怕被誤會的話，我甚至覺得母親是好像以前在哪裡見過的人。搞不好，直到幼年時期還曾在一個屋簷下生活過……有時甚至還會萌生這種具體的錯覺。

老爸一個男人獨力扶養我長大，是溫和又正直的大好人。他的個性就是只要聚落的人開口請託，絕對不會說不，所以總是很忙碌地為某人東奔西跑。也因為是這樣的老爸，我從小就沒被罵過，也沒被動手打過。話雖如此，我也不覺得他過於寵我。他不會發怒，只是淡淡陳述、曉以大義。那就是老爸對孩子的教育。

我覺得，他對我付出了與他人同等的父愛。由於我們兩個都是男的，所以很少會黏答答的，不過一直以來也從未感到自己沒有獲得關愛。多虧如此，一直以來的生活或許曾為缺少母親的人生感到悲傷，卻絕對不曾對此感到寂寞。

屋簷下的風鈴「鈴、鈴」作響。

我手裡仍然抓著裝有啤酒的玻璃杯，順勢稍稍抬頭仰望正面牆壁稍高的位置。好幾個整齊排列的方框映入眼簾。不只右邊牆面、左邊牆面和後面牆面也是，密密麻麻掛著好多方框。那些裱框起來的，都是我過去在美術相關比賽得獎時獲得的獎狀。而將這些獎狀掛到牆上的，是老爸。

我每次從學校帶回獎狀時，老爸總會雙眼瞇到幾乎看不見地滿臉開心。然後就是用沾滿油漬、關節突出的手，使勁搔弄我的頭。說不定，當時的我就是想看老爸那種神情，才會全心全意投入繪畫或勞作的……到了最近，我會不自覺開始這麼想。

我一口飲盡玻璃杯中的酒，放到桌面上，視線再次投向餐具櫃上的照片。

小珠她啊，是這麼說的耶，「沒辦法對人生的小小冒險踏出那一步的傢伙，只是稍微少了那麼一點玩心而已」。我也是那樣嗎？

我嘗試在內心這麼問，但自己是最不清楚答案的人。所以，整顆心才會鬱悶不已。照片中的母親只露出不置可否的無邪微笑。

「我啊……已經好久，沒那麼開心享受了呢……」

我一邊回想製作小珠的「CARRY」時那種忘我的喜悅，這次是低聲窸窸窣窣地呢喃出聲，末了「唉」的一聲不經意吐出無力的嘆息。

不管怎樣，先喝再說吧……我這麼想，朝空玻璃杯斟酒。就在我將那個玻璃杯湊近嘴邊的剎那，和室矮桌上的手機「噗～嗯、噗～嗯」震動。

是電郵。我拿起手機，望向液晶螢幕。寄件人是真真。

『你好，我是真紀。小珠的販賣點又多了一個，所以要在傳單上增加地圖。我想趁這個機會，更新整體設計。壯介這次如果也能提供點子，我也會很開心，所以才傳電郵給你。附檔是設計初稿，有時間的話麻煩看看。啊，當然如果你忙的話，就沒關係喔。』

自從與真真重逢後，她常會像這樣寄電郵過來。而且最近，莫名地能從真真的電郵文句中感受到她的「活力」。一定是很享受設計小珠的廣告傳單吧。就像我很享受製作「CARRY」一樣。

我立刻點開附檔。

我重複縮小與放大顯示這份初稿，一邊連小細節都不放過地仔細確認。

這次的設計與之前著重說明的版本相較之下，理念從根本徹底改變。在傳單外圍配置跑腿宅配車的顧客一張又一張笑容的照片，營造出頗為濃厚的溫馨居家味道。大概二十張的笑容照片，正好就像我目前所在的起居室的獎狀一樣，毫無縫隙地在傳單邊緣圍成一圈。傳單正中央用的是「CARRY」的照片。正好，就像坐在起居室正中央的我。

嗯，不賴耶，我頷首。那是老人家的笑語聲好像會從平面傳單升起一般，散發出鮮活動感的設計。

「還滿不賴的吧？」

下意識地這麼脫口而出時，我突然回想起被老爸使勁搔頭那時的酥麻幸福感。

我關掉手機畫面上顯示的傳單設計，叫出真真的電話號碼，按下通話鈕。鈴響三聲，真真就接起電話。

『唔……喂。』

該說是感覺有些保留嗎？一如往常的慌張聲音從手機那頭傳來。

「哈囉，是我。」

『啊，嗯……』

「我剛剛看過新設計囉。」

『……』

真真屏息似的不發一語。肯定是為了我即將做出的評價，覺得緊張吧。一旦得知這一點，內心隨即萌生小小的惡作劇念頭，決定稍微作弄她一下。

「看是看了啦，不過說句老實話，跟我原本的想像出入很大耶……」

我刻意以失望的聲音這麼說。

好像能聽見真真在電話那頭，發出不成聲的嘆息。我忍不住咯咯發笑。

真真察覺到我的笑聲後，『欸……』了一聲。

惡作劇的時間，到此為止。

「我說妳啊，設計品味果然很棒耶！」

真真又說了聲：『欸……』但是語調比剛剛稍微上揚。

「跟我原本的想像出入很大……不，應該說是水準根本超乎我的想像，充分表現出了販賣點的歡樂氛圍耶。老實說，我覺得超猛的。」

『欸……欸……欸……』

眼前浮現一身童話少女裝扮的真真，手足無措的樣子。

「就以這個初稿為基礎，做出正式的設計來吧。小珠會很開心的喔。」

『是……是。』

「啊哈哈。不用說『是』，『嗯』就夠了唄。我們可是同輩的同學喔。」

『啊，嗯。對耶。』

嗚呼呼，真真的笑聲搔弄耳朵。總覺得，這聲音好可愛喔……自己事到如今才懂得讚嘆真真的聲音。

就在此時，對話戛然而止。

感覺不重，也不輕，就是一陣俐落的沉默。

就算對話就這麼中斷，也不怎麼討厭。或許是因為彼此都明白，各自臉上都帶著笑容，一邊陷入沉默的吧。

晚夏的夜風輕柔鑽過紗窗吹進來。

鈴～

風鈴響起悅耳音色。

『好好聽的聲音喔。』

順利打破沉默的真真聲音，感覺也很像這個風鈴的音色。

「是嗎？」

『嗯。』

「聽說，這是我死去的老媽她呢，生前很喜歡的風鈴喔。」

鈴～

風鈴似乎很開心地又響了。

之後，再次陷入短暫沉默後，真真以氣若游絲的聲音說。

『我，很喜歡……』

「欸？」

『總覺得有股透明感。』

「啊，妳是說風鈴的聲音啊。」

『嗯……』

的確，有股透明感呢……為什麼呢？原本鬱悶不已的內心深處，也彷彿逐漸豁然開朗。於是，我的嘴巴以非常自然的感覺動了起來。

「真真啊。」

『欸？』

「我問妳一個，可能有點無聊的問題喔。」

『無聊……的問題？』

「嗯，對。是無聊的問題。」

真真「嗯……」地發出有些不安的聲音。

「前一陣子，小珠她是這麼說的。」

『……』

「她說，對於人生的小小冒險無法踏出那一步的傢伙，只是稍微少了那麼一點玩心而已。」

『玩心……』

「嗯，對。玩心。」

『……』

「其實呢，我啊……」說到這裡，我深深吸了一大口氣。然後以像是斬斷了什麼的心情，繼續說下去：「事實上呢，我本來是想從事藝術相關工作的。」

『嗯……』

「但是，我是獨生子唄。要是不繼承家業，就會害老爸變成孤伶伶的一個人。」

『嗯……』

「像我這樣……果然，就是少了玩心嗎？」

真真有好半晌不發一語。

夜風吹過，風鈴「鈴～鈴～」持續響起。

莫名地總覺得，真真正在電話那頭閉上雙眼，豎耳傾聽那聲音。

「那麼，妳覺得呢？」

我耐不住性子，催促她回答。

結果，真真又發出她那很有個人特色，感覺有些保留的聲音。但是，她卻道出內容毫不保留的意外回答。

『兼顧，怎麼樣呢？』

「兼顧？」

『嗯。一邊繼續做家裡的工作，也做藝術。』

「那是，什麼意思？」

『這個嘛……像做小珠的「CARRY」一樣，平常就接類似工作的訂單怎麼樣呢？』

啊～原來如此。

的確，這招或許行得通。

我一口將玻璃杯裡剩下的酒喝光，潤潤喉嚨。

『我自己覺得，那才是最有玩心的選擇。』

「真真。」

『欸……』

「妳好像變了耶。」

鈴～

風鈴代替真真回答了。

「好像，整個人的感覺變得比以前好耶。」

『欸，啊，謝謝……』

真真以像是蚊子叫的聲音這麼說。

「很有意思耶，那個點子。不，應該說，我之前怎麼一直都沒發現呀。」我咯咯發笑，同時明白內心逐漸感到興奮。「就像真真所說的，以後如果可以一邊弄車，把車子做成作品，然後把這件事當作是我的工作，就可以兼顧了耶。如果可以慢慢把工作重心轉換過去，不用扔下老爸一個人，也過得下去耶。」

『嗯。』

不賴。嗯，不賴。我在內心這麼重複唸著，突然間靈光一閃。

「啊，對了。真真！」

『欸？』

「要不要跟我一起合作啊？」

『欸……做什麼？』

「當然是工作唄。我要把車子做成作品，所以就像小珠那時候一樣，妳可以負責官網或廣告傳單那些製作工作啊。然後呢，舉例來說，如果有工作透過妳做的官網進來，就從酬勞裡面付妳佣金怎麼樣？像這種模式，也行得通唄。」

對於跑腿宅配車的傳單製作樂在其中的真真，應該會很適合這種工作。我這麼想，一邊將玻璃杯剩下的酒一飲而盡。

「怎麼樣。聽起來很有意思唄。」

『唔……』

真真發出好像有點不知道該怎麼回答的聲音。

「咦……不行嗎？」

『也不是啦。』

「那就好啦。」

『那個……』

「嗯？」

『真的，好嗎？讓我來做。』

聽到真真過於保留的聲音，我不自覺噗嗤發笑。然後，毫不保留地直接回答。

「這已經不是好不好的問題了，真真就是有設計品味啊。」

『……』

「我們一起向小小的冒險踏出一步唄。懷抱玩心踏出去喔。」

舒爽夜風颯颯吹過。

鈴～

『嗯。』

風鈴的音色與真真的聲音一齊響起，感覺我的內在也隨之被淨化，變得好暢快輕鬆。

◇◇◇

「來，你的醋漬生鯖魚片。另外招待一點醋漬章魚喔。」

小珠的手越過吧台伸向我。

「喔，3Q。」我喝了冷酒，隨即將醋漬生鯖魚片放進嘴裡。「嗯，好吃。」

「是吧。這可是夏琳的得意料理呢。」

小珠說著，轉頭看向背後廚房。

「哇~夏琳還真是了不起啊。話說回來了，正太郎先生會感冒，還真稀奇耶。」

「真的，很稀奇吧。他剛剛還在那邊與高采烈地說什麼『俗話說笨蛋不會染風寒，可見我有夠聰明的吧』……結果一量溫度，竟然有三十九度呢。真不敢相信耶。」

「啊哈哈。聽起來還真像是正太郎先生的的調調呢。」

我大笑的瞬間，上方傳來「哈~啾！」一聲，簡直像開玩笑一般，威力十足的噴嚏聲。

「才在聊他呢，馬上就有反應咧。」

小珠一副拿他沒轍似的眉尾下垂，一邊發笑。

時序邁入九月的第一個週末……

我暌違許久再次踏入「架上的麻糬居酒屋」喝酒。跑腿宅配車的公休是週日，所以小珠在周六晚上大多會在店裡幫忙。我就是配合她的行程，才在這天上門光顧。

今天大概是因為傍晚就開始下起小雨，顧客很少。除了一對坐在內側桌子座位靜靜喝酒的老夫妻之外，就只有一個坐在吧台座位正中央，雙眼有些發直的中年大叔。我不想打擾小珠工作，坐到了吧台最內側的位子。

「小珠！」廚房中突然傳出夏琳開朗的聲音。小珠回答：「來了。」走進廚房，沒一會兒工夫就拿著夏琳烹煮的料理送到桌子那邊去。這兩人，至少從旁看來像是默契滿好的搭檔……

吃完醋漬章魚後，我不經意望向手錶，發現時間已經過了十點。我進店裡時大概七點，算起來已經喝了三小時了。

「啊，對了，壯介。」

回到吧台裡的小珠，以稍微別有深意的眼神看著我。

「嗯，怎麼了？」

「聽說你最近，跟真真聯手搭檔囉？」

「唔。從真真那邊聽來的？」

「對啊。還沒聽到細節就是了。」

「這個嘛，只是才剛上路，連雛形都還沒做出來的工作啦。」

「你說工作，什麼工作？」

「這個嘛，簡單來說呢……」

我簡短向小珠說明今後工作的理想樣貌。結果小珠就從吧台內側稍微探出身子來，一邊「嗯、嗯、嗯」地數度對我點頭。

「那個點子，真的好棒耶。我也覺得，壯介還是適合藝術相關工作。因為像『CARRY』做好那時候，我就深深這麼覺得了耶。」

聽到這番讓人害臊的話，我大概是醉了吧，忍不住「欸嘿嘿」不像樣地笑出聲來。而且腦海一邊浮現老爸臉龐，還畫蛇添足地這麼說。「也可以跟老爸一起經營『常田馬達』，一邊享受創作呢。」

「對耶。」

「對啊。」

「壯介……」

「嗯？」

「你很孝順耶。」

小珠直直望著我，說出這麼一句再直接不過的台詞，害我更不好意思了。所以我暫且幫自己的大酒杯斟了冷酒，品嚐過本地酒的美味後才回答。

「沒有啦，也還不至於能說是孝順啦……這個嘛，我們家有很長一段時間，就是一個老爸、一個兒子啊。這也沒辦法唄。」

「嗯……」

微微頷首的小珠，眼神感覺上有些悠遠。

仔細想想，小珠沒有多久以前，在夏琳來到這個家之前，處境也與我一樣呢。

我有些慌亂地改變話題走向。

「話說回來，這個點子，其實是真真想出來的呢。然後呢，我就想機會難得，不如請真真一起幫忙好了。」

「我覺得這樣也很好喔。真真最近的表情，也慢慢變得柔和咧。」

「好像是耶。寄給我的電郵，文句感覺上也開朗起來了。這是好現象吧。」

「嗯。好現象。真真她，或許很快就能從繭居生活畢業了。」

「是啊。」

我也深深頷首，然後啜飲一小口冷酒。

「有同學在本地，還是很好吧。」

小珠的眼神彷彿在看什麼懷念的東西，一邊這麼說。我還是覺得很害臊，所以只是默默地微微點頭。

「我開始做跑腿宅配車以後，再一次體悟到這種感覺耶。」

「是喔。」

是吧，我也覺得。就算住在鄉下地方，只要附近住著氣味相投的伙伴，甚至有辦法從事還滿開心的工作，人就能挺幸福地生活下去，另外也能將人生當成是在盡情嬉戲。我一直覺得，這道理都是真真跟小珠教我的。

「不久以後，大概就能看到真真與壯介一起來喝一杯吧。」

「或許吧。」

當我們兩人的表情都彷彿是在腦海中勾勒出那開心的未來時，小珠無預警地像是想起什麼似的這麼說。

「啊，說到來這裡喝一杯，今天古館先生大概不會來了吧。」

「古館先生，常來嗎？」

「一個月大概三、四次吧。多半會在我來店裡幫忙的週六過來就是了。」

「哇。師徒關係變得很好嘛。」

「每次難得來了，卻從頭到尾繃著一張臉，幾乎一句話都不說耶。」小珠好像是想起了古館先生的臉龐，噗哧一聲笑了出來。「早上到家常熟食店進貨的時候，也常會不期而遇喔。」

「那種時候，也是什麼都不說嗎？」

「除了打招呼，頂多就是一兩句吧。」

「啊哈哈。那個阿伯，還是老樣子耶。」

「就是啊。但他好像很在乎我的狀況。聽說常問家常熟食店的大嬸，我有沒有好好做呢。」

看到小珠說著，一邊開心地瞇起雙眼，我內心莫名也跟著暖和起來。但是此時，吧台正中央卻冷不防傳出酒意濃厚的聲音。

「受不了耶，很了不起嘛！」

小珠與我一齊循聲望去，那個雙眼發直的大叔只有上唇左側上揚，流露討人厭的笑意，一邊望著小珠。他的左手肘撐在桌面上，右手拿著大酒杯。

「報紙新聞也都報過啊，妳呀，也算得上是個名人咧。」說話含糊、口齒不清，應該是爛醉如泥了。「受不了耶，到底要怎麼樣才能養出這麼一個好女兒呀？為了這個世界，為了別人去做事呢。哪像我們家千秋，連跟我好好聊上幾句都做不到，自從被城裡的怪男人纏住以後，連自己老家都不回了。受不了耶。」

千秋是……我這麼想著望向小珠。「就是那個，比我們大兩屆的學姊呀。」她隨即耳語似的這麼說。我一聽才想起來。原來是與真真家的理沙姊同班的學姊——尾川千秋。換句話說，這位大叔是千秋學姊的老爸啊。

「尾川先生，我們家的酒跟下酒菜都太美味了，所以喝得有點多了吧？」

小珠以開玩笑的口吻試著安撫他，混濁的光芒隨即蒙上大叔雙眼。

他接著「唉……」的一聲，發出彷彿世界末日的嘆息，又繼續說下去：

「我說妳啊，明明害死了自己媽媽，怎麼還能長成像這樣的一個好女兒呀。」

「欸？」

出聲的人是我。一看之下，小珠也與我一樣，一臉茫然。

「不是忘了顏料嗎？」

「顏料？」

這次，是小珠反問。

「不是顏料，就是練習寫字的用具吧？唉，反正呢，妳媽就是為了要送妳忘記帶的東西給妳，才會在騎腳踏車去學校的途中，被卡車撞上的啊。」

大叔說到這裡，跟我一樣喝了一大口冷酒後，又吐出這麼一句話：「我說啊，這世上到底有沒有神啊。」他接著俯視吧台上的空盤子，一邊發出「嘻、嘻、嘻」的低級笑聲。不論任何人看來，都是個典型的醉漢。真是的，到底在說什麼莫名其妙的話啊，這個大叔……

我在心裡嘟囔，一邊看向吧台內側。

結果，卻看到嘴巴半開、呆站在那裡的小珠。

「欸？小……」

就在我想呼喚那個青梅竹馬的剎那，夏琳完全沒在客氣地大步從廚房衝出來。她一邊以白色布手巾擦拭雙手，雙眼浮現分不清是憤怒還是焦慮的神色。我還是頭一次看到夏琳這副樣子。

「喂，這位大叔，喝太多了喔。我們不會再出酒了喔。所以，回去吧。」

夏琳隔著吧台，對大叔嚴厲地說。

「嗯啊？」

大叔坐著看向夏琳……該說是以爛醉發直的雙眼瞪過去。坐在椅子上、身型龐大的大叔，與雙臂交叉抱胸、個子嬌小的夏琳，兩人的視線高度幾乎沒有兩樣。即使如此，夏琳仍然無所畏懼地走出吧台，雙手一把拉住大叔手肘一帶。

「錢就不用付了喔。所以，馬上回去喔。」

「喂，很痛耶。什麼東西呀，這個狂妄的菲律賓女人！」

大叔使勁揮動被抓住的手臂，一甩開夏琳的手，就順勢輕推夏琳瘦弱的肩膀。夏琳雖然往後踉蹌了幾步，卻不至於一屁股跌坐下去。

「嗯啊？妳這女人，那什麼眼神！」

大叔發出有些低沉的聲音。

雙唇抿成一條線的夏琳，眼中彷彿有黑暗的光芒曳動。

店內瀰漫著一觸即發的氣氛。

桌子座位的老夫妻也屏息觀望眼前情勢。

這樣下去不妙，於是我站了起來，這時。

「已經夠了。」

沉靜卻響亮的聲音傳遍店內。

是小珠。

「已經夠了。尾川先生，今晚該到此為止了。」

店內所有人的視線全都集中到小珠身上，下個瞬間，則轉向大叔。就算爛醉如泥，或許還是能感受到那讓人刺痛的視線吧，大叔口齒不清地含糊嘟囔：「受不了耶，就是因為這樣，才會說是個好女兒呢。」一邊搖搖晃晃朝店門口走去。途中與夏琳擦身而過時，雖然低聲說了句：「啐，讓開啦，菲律賓女人。」夏琳仍然堂堂正正地抬頭挺胸，維持雙臂交叉抱胸的姿勢，繼續瞪視大叔。

大叔「嘎啦」一聲拉開店舖拉門。

小雨不知道什麼時候早已停歇，秋蟲的聲音鑽進店裡。大叔忘了關上拉門，就那麼踏著踉蹌的步伐消失在鄉間黑暗中。

哩哩哩哩……哩哩哩哩……

秋蟲的歌聲，更反襯出店內的寂靜。

在這種情況下，率先動作的是夏琳。她彷彿要將骯髒空氣阻隔在外一般，「啪嚓」一聲關上拉門，然後急忙走進吧台。

「小珠……」

滿臉憂心的夏琳，輕輕抱住個頭比自己高的小珠，右手隨即開始輕撫她的背。

大概是因為從緊張氣氛中解脫了，小珠「呼」地輕聲嘆息後，暫時就那麼讓夏琳抱著。

我望著那兩人的身影，開始反芻大叔剛剛的話語。

他的意思是，小珠的媽媽是為了要送小珠忘記帶的東西才會去學校，然後途中遭遇車禍……只是，我過去從老爸那裡聽說的內容，與這種說法並不相同。小珠的媽媽是要去朋友家玩才會出門，然後在途中被卡車撞上的。而且，小珠從正太郎叔叔那裡聽到的，應該也是同樣版本。

「我問妳喔，夏琳。」

小珠在背部被夏琳輕撫的同時，開口這麼說。

「怎麼了，小珠。」

「剛剛，尾川先生說的那些話……」

夏琳什麼都沒回答，只是抱著小珠，持續輕撫她的背部。

「是謊話吧？」

小珠說著，臉龐流露有些哀傷的淺笑。

「對，是謊話喔。醉鬼都會騙人喔。」

我坐在座位上，望著夏琳側臉。她的眉頭緊蹙，滿臉心痛。

小珠彷彿領悟一切似的仰頭，雙眼閉了約兩秒。然後依然在夏琳細瘦雙臂的擁抱中，發出甚至有點恐怖的沉穩聲音。

「夏琳也早就知道了嗎？」

沒有，她回答。

即使如此，輕撫小珠背部的手仍然持續緩緩上下移動。

「是嗎？夏琳……」

夏琳也輕輕閉上雙眼。

接著，還是什麼都沒回答。

葉山珠美

尾川先生一出去，桌子座位的老夫妻似乎不堪店內沉重苦悶的氣氛，匆匆忙忙離開。

壯介也從吧台座位起身。因為，夏琳對他說：「壯介，不好意思喔。今天晚上要打烊了喔。」壯介的帳單，是我站在收銀台後結算的。我給了一點折扣，又幫他去掉尾數。

「喂，小珠。」

「嗯？」

步出店舖玄關時，壯介不安地雙眉下垂，轉頭望向我。

「沒事吧？」

「哈，沒事啦。」

我使勁讓嘴角上揚。

「是喔……嗯。不過，再聯絡喔。」

「嗯。」

我臉上仍舊掛著那笨拙的微笑，一邊微微點頭。

壯介一走出店鋪，留在店內的我與夏琳，不自覺四目相接。先移開視線的人，是我。

廚房冷藏庫突如其來地發出「卜~嗯」的輕微聲響。

鴉雀無聲的店內，隱約可以聽見秋蟲的歌聲。

我開始覺得如坐針氈，然後這麼說：「那，來整理吧。」結果，夏琳罕見流露似乎有些煩惱的表情。她發出比平常更客氣的聲音說。

「小珠，今天比平常更早打烊喔。所以，要不要來喝酒？」

不擅隱藏情緒的夏琳，瞳孔深處搖曳憐憫之情。

「嗯……今天，就不了。」

我很想快點獨處。現在與夏琳喝一杯的話，會出現什麼對話，是很容易想像的。

「小珠……」

「難得妳都開口了，不過，不好意思喔。」我竭盡所能不讓微笑消逝，持續說下去：「好了，來整理吧。」

我於是留下夏琳一個人在吧台，獨自走進內側的廚房，乾脆洗起餐具。

有那麼好一陣子，背部都還感受得到夏琳的視線。

即使如此也無所謂，我還是默默地洗著餐具。

不久後，耳邊傳來夏琳清理外場的聲音。得以在廚房獨處的我，感覺力氣逐漸從背脊流失。

我開始想要深呼吸，所以一邊洗餐具，同時深深吸氣。正當我提醒自己避免讓吐出的氣息變成嘆息，想要輕輕吐氣時……就那樣，自然而然地，噘起雙唇。

我竟然開始吹起口哨來了。

曲子是康妮．法蘭西斯的〈長假〉。

說不定，這首開朗的曲子能徹底抹去在我內心膨脹的陰鬱情緒，幫我排解煩憂……我是這麼覺得的。

握著海綿的手，配合口哨節奏動作。

盤子一個、接著一個，慢慢洗乾淨了。

但是，我的心卻無法調整到與這首開朗旋律同樣的波長。儘管如此，我還是不洩氣，第二次吹起相同曲子時，沒想到有另一個口哨音色加入。

原來是夏琳在外場開始吹起了口哨。

我與夏琳吹奏的〈長假〉，不論節奏或音準都有些不協調。但是，到底是為什麼呢？感覺上，那種不完美的感覺，反而讓我的心逐漸獲得釋放。

一旦感覺釋放，我的情緒隨之動搖。

但是，現在……

不哭。

我這麼決定後，默默動手工作。

要是現在哭出來，就沒辦法繼續吹這首讓人覺得特別舒服的口哨了。

◇　◇　◇

店內的善後工作完成後，我遁逃似的進入三樓自己房間。

我壓下門把的按鈕，「喀恰」一聲鎖上門。

「唉……」

我大口吐出持續隱忍不發的嘆息。

房內瀰漫著類似悶熱的空氣，我覺得呼吸困難，於是打開面海那邊的落地窗，只剩下紗窗門。微溫的風形成透明的團塊吹送進來。原色窗簾啪答啪答擺動。

我稍微打開紗窗門，望向窗外。

今夜，不論月亮或星斗都被薄雲遮蔽。

夜空一黑，海洋也是一片漆黑光滑。只能隱約聽見那片大海傳來「嘩嘩嘩」的低沉浪潮聲。一定是低氣壓的影響吧。浪潮聲好像比平常狂亂，我莫名地開始感到哀傷。

我坐到椅子上，從抽屜裡拿出母親遺照。

輕輕將遺照立在桌面上。

眼神對上母親那彷彿有些陽光刺眼的微笑。

我雙手放在桌面上，「唉～」一聲再次嘆息。

正當我就那樣無語眺望母親容顏的時候，一陣冰冰涼涼、彷彿黑霧般的情緒隨即開始在胸口形成漩渦，同時還與狂亂浪潮聲結合，眼看著逐漸膨脹，從喉嚨深處湧上來。

然後，不加思索的。

「對不起啊……」

細弱嘶啞的聲音冒了出來。

閉著雙眼，淚水滴落在桌面上，一滴又一滴，滿溢而出。

對不起啊。

對不起啊。

對不起啊。

這四個字，持續不斷從我胸口淺處被擠壓出來。

相框中的母親，只是，持續溫柔地衝著我微笑。

突然間，門被敲響。那是謹慎的敲門聲。

一轉向門扉，就聽到夏琳謹慎的低沉嗓音。

「小珠。」

我輕微咳嗽，清過嗓子之後，隔著門回答。

「什麼事？」

「冰箱裡有泡芙喔。很好吃喔。我要泡茶喔，要一起吃嗎？」
我避免讓夏琳察覺，一邊靜靜嘆息。這是為了讓情緒保持平靜，儀式般的嘆息。
「謝謝。不過，現在，還是先不用了。」
之後有好一會兒，門扉那頭並沒有回應。我討厭那種沉默，所以先開口：
「泡芙，我明天再吃喔。今天晚上，要睡了。」
「洗澡呢？」
「也不洗了。明天再洗。」
「小珠……」
夏琳又呼喚我的名字。悲憫般，不常聽到的音色。所以我，幾乎是反射性地這麼回答：
「夏琳，我沒事喔。」
稍強的海風吹了進來，窗簾大幅擺動。
毫不溫柔的海浪聲助長了我的心虛。
「真的？」
「真的喔。」
我這麼一撒謊，夏琳暫時停頓了一會兒，然後低喃般地說：「那，明天見囉。晚安喔。」之後就靜靜下樓去了。
感覺快被罪惡感擊垮的我，拿著手機起身，就那麼走到落地窗邊，打開紗窗門步出陽台。

微溫的風「咻咻」吹拂，頭髮隨之飄揚。

我開啟手機的電郵畫面。

在收件人欄位，叫出靜子奶奶的電郵。

我用一片空白的腦袋思索文句，卻什麼都想不出來。就在我想要姑且先輸入『晚安』的剎那，隔著走廊的對面房間（父親與夏琳的臥房）傳來感覺有些痛苦的咳嗽聲。那是感冒臥病在床的父親在咳嗽。

對了，好像是說只要一咳嗽，之前手術過的背部就會痛吧。

我突然，想起了這件事。

不論何時，都不曾懷抱絲毫惡意的父親面孔掠過腦海。

父親他，為了不讓我受到傷害，一直瞞著我。就算是一釐米的罪過都沒有。沒有是沒有……浪潮聲的壓力感覺又比方才高漲。

我關閉電郵畫面，順勢直接關閉電源。

微溫漆黑的夜風，撫弄著濡溼的面頰。

我吸進那樣的風，將之轉化成小小聲的口哨音色。就在不久之前，與夏琳很不協調地吹奏的跑腿宅配車主題曲。

從我嘴唇冒出的孱弱音符，才剛誕生，隨即被暗夜的狂亂浪潮聲與漆黑的風完全抹去。

即使如此也無所謂，我吹奏那理當開朗的旋律。

對著連漁火都看不見，黑漆漆的水平線。

◇　◇　◇

隔天，我死賴在床上持續睡個沒完。

起床時，已經過了中午。

我頂著昏沉沉的腦袋走到樓下起居室，橫躺在地上看電視的父親察覺到我，回頭說。

「喔，小珠，今天睡得可真久耶。」

大概是退燒了吧，他一如往常地咧嘴一笑。

「早安。搞不好睡太久了。」我這麼回答，卻回想起昨晚的事。「我去刷牙。」說著匆忙離開父親。

後來就算刷完牙，也還沒心情回到起居室去，所以我又順便淋浴，洗著洗著肚子卻「咕嚕、咕嚕」發出巨響。

實在夠悶的啊……雖然心裡這麼想，不過沖過澡讓自己神清氣爽的我還是回到起居間。結果，朝我飛來的第一句話竟然像是看穿了我的心思。

「桌上的炒飯是給小珠的，可以吃喔。」

父親邊看電視邊說，然後輕微連續咳嗽。

「夏琳呢？」

「做完炒飯以後，剛剛出去買東西了。」

「喔～」

用保鮮膜包得好好的炒飯還溫溫的。好像沒必要用微波爐加熱。

「那，我開動囉。」

「嗯。」

父親說著又開始咳個不停。

「去好好躺著不會比較好嗎？」

「沒事啦，燒也幾乎都退了。剩下的就是意志力的問題了。」

「你發燒的時候，明明也說是意志力的問題啊。」

「嘎哈哈哈。的確呢。」

父親愉快大笑後，又開始咳嗽。這個人簡直像個小孩子。

我用湯匙開始吃飯。高湯、醬油、香菇、青蔥的風味絕妙融合，是非常好吃的炒飯。很感人的是，還準備了青菜滿滿的湯。

「很好吃吧。」

「嗯，好吃。」

父親在看的電視節目，是歷年歌謠金曲。我不認識的演歌歌手，正引吭高唱我只聽過副歌的歌曲。

清爽的秋風輕輕、柔柔地從敞開的窗戶吹進來。浪潮聲也與昨晚不同，聽來沉靜。

今天不論是大海還是天空，都是爽朗澄澈的藍。

我感覺稍微獲得了療癒，默默將炒飯送進嘴裡。

父親背對著我，感覺幸福似的哼著演歌副歌，偶爾輕微咳嗽。

這祥和的午後時光，有些寂寞呢……

我心裡這麼想同時望著父親背影，父親出奇不意地背對著我出聲說道。

「對了，聽說穿幫了呀。」

「欸？」

那過於雲淡風輕的語調，讓我一時之間不明白他在說什麼。

「可別太放在心上喔。」

聽到下一句話，我終於瞭解。

「是從夏琳那裡聽說的嗎？」

「嗯。今天早上健走的時候。夏琳她實在是擔心到不行耶。」

我將手中的湯匙輕輕擱到桌上。然後，凝視橫躺在那邊看電視的父親背影。

「我問你喔，爸爸。」

「嗯？」

父親還是沒有轉向我，只用一個字回答。

「我可以做到不放在心上嗎？」

「那，當然是完全不可能的唄。」

「欸，你說不可能是……」

我正想開口，父親卻沉靜打斷我。

「因為小珠從以前就是個善良的孩子啊，不管怎麼樣就是會放在心上唄。但是呢，既然都已經知道了，以後只好背負起來了唄。」

背負起來？意思是，把這個事實背負起來？

正當我抿嘴思考時，父親「欸兜咻」地發出有夠老氣的吆喝聲，一邊從地上坐起身，然後伸懶腰。他就那麼關掉電視，轉向我。

父親臉上，掛著與平日沒有絲毫不同的悠哉笑容。

電視一關掉，室內變得寂靜無聲。

「小珠啊，妳是不是在自責說，『反正，都是我害的啊』？」

「……」

「可是啊可是，這件事，其實不只是小珠害的喔。」

「欸……」

我不懂這是什麼意思，微微歪頭。

「反正都穿幫了，就把來龍去脈全告訴妳吧。」父親說完咧嘴一笑，稍微咳嗽。接著，用好像只偷偷告訴我一個人什麼特別有趣的梗的語調，繼續往下說：「事實上呢，本來，應該幫小珠送忘記的東西過去的人，是我。」

面對這意料之外的坦承，我連聲音都發不出來。

「但是啊，那時候，靜子奶奶碰巧打電話到店裡來，是我接了電話。然後呢，繪美就代替正在講電話的我，把妳忘記的東西送過去了。」

「……」

「事情就是這樣，小珠，怎麼樣呢？」

「欸？」

「這樣要怪碰巧打電話來的靜子奶奶嗎？還是要怪接了電話，讓繪美代替我去的爸爸呢？」

父親臉上掛著甚至讓人感覺隨時都會大笑出聲的笑容。但是我完全笑不出來，只是兩度微微搖頭。

溫柔的浪潮聲與海風悄悄潛入安靜的起居室。白色蕾絲窗簾如夢似幻地飄揚。室內明明這麼安靜，我的心臟卻好像有人從外面猛力敲擊似的「噗通、噗通」跳動。

「我們都背負著呢。不論是我，還是靜子奶奶。」

父親以稍微壓低的聲調說。我突然覺得呼吸困難，做了一次深呼吸。

「事情就是這樣，既然完全穿幫了，只好讓小珠也一起背負了。」

輕微咳嗽的父親，又露出調皮的笑容。

「我之前都不知道耶。」話語「噗通」一聲從雙唇間滾落。「都不知道耶。什麼都……」

「唉，要是可以就這麼一直瞞下去就好了。但是，謊言這種東西，終究是紙包不住火呢。」

父親窸窸窣窣搔頭。

「我會背負起來的。」

「喔，是嗎，要幫忙背負起來喔。那真是讓人感激呢。」

「嗯……」

這也是沒辦法的。事實就是事實。我今後，一輩子都得因為這件事而苦……就在我這麼想的剎那，父親突然大笑出聲。

「嘎哈哈哈。喂，表情別那麼嚴肅嘛。」

「可是……」

「我說小珠啊，妳該不會，誤解了我所謂『背負起來』的意思啦。」

「欸……」

原本盤坐的父親，以像是護著動過手術的背部的姿勢，緩緩站起來。然後走向我，坐到桌子對面的椅子上。

「聽好囉，小珠。要仔細聽，別聽錯囉。」

開玩笑的感覺瞬間從父親的笑意中消失。但正因為如此，感覺上溫柔的純度也以等量增加。

「如果，小珠是認真地在自責說『都是我害的』……」

「……」

「那就把繪美原本在那只有一次的人生中應該享受到的快樂，會覺得『好幸福啊』的體驗，那一切的一切，全都背負起來生活。簡單來說，小珠妳啊，必須連同繪美的份，竭盡所能、長長久久地享受豐富圓滿的人生。這才是我所說的『背負起來』的意思喔。」

父親說到這裡，輕微咳了幾次。

「爸爸……」

鼻頭深處湧現一股熱意，我已經語帶哽咽。父親在眼前的溫柔笑容，搖曳擺盪。

「我早就已經背負起來囉。所以才決定，不論任何時候都只想著會讓自己心情好的事物，只採取會讓自己心情好的行動。就是因為這樣，才會被人家傻瓜、傻瓜的叫吧。」

「啊哈哈……」

我哭著同時笑著。

「順便說一下好了，妳知道我的座右銘嗎？」

「欸，有那種東西嗎？」

「喂，有啊，而且是很酷的耶。」

父親雙臂在胸前交叉，得意洋洋地對我挺起胸膛。然後，說出也沒酷到哪裡去的一句話。

「人生不論發生任何事情，都要好心情。」

「欸？」

「就這樣。」

受到燦爛一笑的父親影響，我不禁噗嗤發笑。

「什麼東西。意思是要『硬撐著強顏歡笑』？」

「白痴啊妳。我可是最討厭硬撐的耶。」

「那，是什麼意思？」

「聽好囉……」

父親之後簡直像在閒話家常似的，說出這番話來。

據他說是這樣的，人生就算有痛苦、悲傷或討厭的事，這些現象中絕對隱藏著「好的部分」，所以要發掘出那些部分，確實品味「好心情」的喜悅。

「那，像媽媽去世時那樣，都已經是糟糕透頂的悲傷之時又該怎麼辦？根本就沒有什麼『好的部分』嘛。」

我故意拋出這個壞心眼的問題。我是帶著半開玩笑的心情，想要為難笑我白痴的父親。但是就算面對我這個質問，父親同樣是四兩撥千金地一笑置之。

「那個啊，也有好的一面喔。既然離別是那麼悲傷難受，就代表我真的娶到了一個棒到不像話的老婆耶，自己還真走運呢……只要能這麼想，那一瞬間就能有好心情唄。而且啊，只要察覺到還好我沒比老婆先走，心情就會變得更好呢。想想看嘛，那樣就不會讓繪美嚐到失去伴侶這種糟糕透頂的悲傷啦。這種悲傷，由我來代替她受比較好唄。」

我瞪大雙眼，淚珠同時滾落。

「我問你喔，爸爸……」

「嗯，什麼？」

「媽媽去世的時候，你真的可以這麼想嗎？」

結果，不會說謊的父親有些寂寞似的瞇起雙眼，搖搖頭。

「唉，那種時候，畢竟沒辦法這麼想呢。」

「那，是從什麼時候開始……」

「繪美的葬禮結束後，大概有一個禮拜都是一蹶不振，不過靜子奶奶突然來到店裡，這麼對我說耶。正太郎今後要連同繪美應該感受到的幸福一併『背負起來』，好好活下去。」

「靜子奶奶她……」

「對。是那句話給我力量的。那也成為我改變思考模式的契機。」

父親是在追憶當年吧，眼神變得有些悠遠。

「好厲害喔。」

「什麼厲害？」

「靜子奶奶。」

「那是當然的唄。」

「欸？」

「不論怎麼說，她可是我選擇的老婆的媽媽呢。」

他說這話的表情實在太認真，我不禁又噗嗤發笑。

「我說，小珠啊。」

「嗯？」

突然間，父親流露出今天最溫柔的笑容。

「既然已經背負起繪美的人生，今後就要用加倍的好心情活下去喔。」

藍色海風從窗戶輕柔地吹進來，蕾絲窗簾隨之飄盪。感覺上，起居室裡稍微明亮了起來。

「嗯……」

這麼一回答，感覺溫暖又像悲涼的複雜情緒頓時湧現心頭，淚珠又開始撲簌滾落。

「好了，別哭了。」

將一旁面紙盒整盒遞給我的父親，流露莫名懷念的微笑。

「那張哭臉，還真像繪美呢。」

「欸……」

「我求婚的時候，她呀，實在是太開心了，還大哭呢。妳跟她當時的哭臉，一模一樣。」

「哈，還有過這麼一回事啊。」

父親見我心情逐漸平復，一邊用面紙擦去眼淚，忽然露出惡作劇似的臉龐說。

「才～怪。騙妳的喔～」

「欸……」

「我求婚的時候啊，其實別說是大哭了，她啊，還說什麼『你開玩笑的吧？』然後，噗嗤一聲笑出來呢。」

我被應該是不會說謊的父親騙了。

「欸……等等，什麼嘛，煩耶。」

我笑著將揉成一團的面紙扔向父親。

溫暖的淚水，看來一時半刻還止不住，但是邊哭邊笑的我，已經有好心情了。

◇◇◇

原本披著耀眼綠意的群山，開始轉成黯淡苔色時，充滿透明感的涼風就會隨之吹下青羽町。這個季節，徜徉河川的人會卯足全力捕撈順流而下產卵的香魚與日本絨螯蟹，遨遊山間的人則是拚勁十足地採集香菇。海洋中有鰹魚與幼鰤魚迴游過來，讓每個姜太公欣喜若狂。山間部小塊水田中已經能見金黃色毛毯隨著秋風搖曳，旱田則早已迎接各種果實的收穫季節。

就在這秋高氣爽的某一天，我斜眼看著揮動長釣竿的好幾個姜太公，一邊開著「CARRY」造訪初音奶奶的家。一踏進前院，我不禁吐出嘆息。排列一旁的盆栽比以前更為雜草叢生，玄關屋簷下還結著蜘蛛網。

我照例按下門鈴，沒等回應就拉開拉門。

「初音婆婆，跑腿宅配車來了。打擾囉。」

我對走廊內側出聲，一邊脫了運動鞋踏上室內。

「來了、來了。」

遲了一會兒，裡面傳出初音婆婆可愛的聲音。

一走進放有冰箱的廚房，拖著右腳的初音婆婆正好從內側房間現身。我遞出放在桌旁的小圓凳，讓初音婆婆坐下。聽說，她右膝的疼痛這一陣子逐漸惡化。

「初音婆婆，事情過後還好嗎？」

在確認冰箱之前，我這麼問。因為平常已經夠瘦小的初音婆婆，看起來更小了。

「也才過了十天而已呀。」

初音婆婆感覺寂寥地瞇起整個埋在皺紋中的雙眼。

「對耶。嗯，說得也是呢……」

也才十天左右而已，怎麼可能現在就沒事了呢……我心想。

與初音婆婆同住的妹妹敏美婆婆，是在距今正好十天之前驟然辭世。敏美婆婆大概半個月前由於病情不樂觀，住進隔壁町的醫院，不過後來情況惡化，據說臨終前是在初音婆婆的照護之下，彷彿沉睡般斷氣的。

敏美婆婆的葬禮在隔壁町的殯儀館靜靜舉行。我只有在守夜時，徵求同意後露過臉，說老實話，致哀者與弔慰花禮少到讓我心裡忍不住隱隱作痛。

我像是要重振精神似的發出開朗聲音，一邊確認冰箱內部一邊問初音婆婆。

「今天呢，我帶了白米、豆腐，調理包熟菜，還有沒有什麼想訂的東西呢？」

「其他，也沒有特別想要什麼了……糖果，已經沒有了呢。」她是說平常當運費送我的糖果。「小珠，如果，看到有什麼好吃的，再幫我帶來好嗎？」

初音婆婆說著，仍然坐在圓凳上，溫柔微笑。

我不經意看向初音婆婆背後的廚房水槽。裡面堆著好幾個用過沒洗的盤子。冰箱旁邊也有棉絮球滾動。以前總會將家裡整理得一塵不染的初音婆婆，事到如今也無法再做家事了嗎？

「糖果……初音婆婆自己不吃吧？」

「我不用啦。」

「那……」

就在我開口時，初音婆婆沉靜的聲音打斷我的話。

「敏美她，以前是最愛糖果的……不過，我買糖果是為了小珠喔。」

「初音婆婆……」

「我最期待的，就是小珠像這樣到家裡來呢。」

初音婆婆用滿是皺紋的臉龐微笑，當我發現她的眼角滲出淚水時，差點也哭了出來。

「嗯，我瞭解了。謝謝喔。那，我下次會把好吃的糖果帶來的。」

「真多謝啊。」

那句真多謝，是我的台詞呀……

我在內心低喃，回以微笑，隨即將帶來的白米倒進米箱，預計到傍晚能煮出兩合（註23）份量的飯，於是先將飯鍋設定好。「要是有什麼事，隨時打電話給我喔。」我這麼說完，便揮別初音婆婆的家。

我步出玄關，關上拉門，立刻拿起躺在院子角落、感覺開始要壞掉的掃帚。然後用那支掃帚清除玄關屋簷下的蜘蛛網。

我仰望秋天晴朗的天空，吐出一聲嘆息。

走過荒廢的庭院，我來到停在面向岸邊的小徑上的「CARRY」，上了車。

我發動引擎，放開排檔。

踩下油門前，我不自覺又轉頭望向初音婆婆的家。失去一位居民的藍色屋頂小屋，看起來比以前更荒涼了。

我心想。敏美婆婆以前有初音婆婆照顧，臨終時也有初音婆婆看護，但是……現在變成孤伶伶一個人的初音婆婆，要是有個什麼萬一時……

當現實就這麼被攤在眼前，似乎有些害怕今後來造訪這戶人家。

◇◇◇

當天晚上，當我在「架上的麻糬居酒屋」為隔天的跑腿宅配車做準備時，牛仔褲裡的手機開始震動。是靜子奶奶傳來的電郵，還附了一張照片。我暫且瞄了一下正文。

『小珠，妳好。今天也做跑腿宅配車，辛苦妳了。寄給妳這陣子在玄關旁的草地上照的照片。很不可思議的是，自從有了這張照片，每天肯定都有四個小幸福降臨。這對小珠應該也有相同效果，所以務必隨身攜帶喔。我每天要進被窩睡覺時，就會回顧一整天，一個一個回想當天發生過的四個幸福，仔細品味幸福的感覺。那麼一來，就能睡得很好。小珠，一定也要試試看。那麼，晚安。』

多麼瀟灑的一封電郵啊。靜子奶奶這個人，真的是帶給別人幸福心情的天才耶……我不由得讚嘆。

一定就是因為她是這樣的人，才能告訴父親「連同死去母親的幸福都一起背負起來，好好活下去」那麼動人的話語。

我打開那個據說能夠呼喚四個幸福的圖像看看。

啊，好可愛喔。

（註23）「合」：一合約一百五十克。

照片映入眼簾的瞬間，我在內心高聲說道。

那是沐浴在燦爛陽光中的四葉幸運草照片。

幸運草還是維持生長在地面上的狀態，靜子奶奶輕輕用手指捏著草莖。

我馬上將照片設定成桌布畫面。只要事先設定成桌布，今後一整天就能一而再、再而三看到這張照片。光是這麼想，心情就已經有些雀躍了，而且感覺上未來真的會有雀躍的事情一樣。

我突然間很想讓別人看這張照片，轉頭一看，擺好飯菜回來的夏琳就在那裡。但是夏琳手上正好也拿著手機，感覺滿臉幸福的樣子，我不自覺地難以出聲叫她。每個人都有各自的幸福。夏琳正在品味自己的幸福時，也不用非得出聲叫她吧。我這麼想，然後對靜子奶奶回覆了感謝的電郵，後來就那麼將手機收進牛仔褲口袋。接著，又重新投入隔天工作的準備。

跑腿宅配車的四葉幸運草圖案的束口袋，與手機桌布一致，總覺得是個好兆頭。

每天都有四個小小幸福啊。

我已經背負起母親的死亡，被賦予必須品味兩倍幸福的任務，對我而言，這簡直如有神助。

◇　◇　◇

週三，從一大早開始就下著絲綢般的綿綿霧雨。

隔著「CARRY」車窗眺望的青羽町風景，不論怎麼看，都蒙上了一層朦朧的灰，心情就是高昂不起來。當然，顧客的出門意願也大副降低。業績受天候大幅影響，這也是經營跑腿宅配車的困難之一。

即使如此，雨到傍晚就停了。

已經巡迴完這天預定的販賣點後，我一到家立刻回房換衣服。因為我全身都被那纏人的霧雨，淋得溼答答了。

好不容易換上乾爽衣服，才鬆了一口氣，樓下的門鈴響起。今天是「架上的麻糬居酒屋」公休日，夏琳或父親肯定會去應門吧，我一邊豎耳傾聽，卻似乎沒人應門。我慌慌張張跑下樓，拿起對講機話筒。來訪者是宅配人員，據說是寄給夏琳的貨到付款包裹。我正想再上去三樓拿錢包時，浴室傳出聲音。

「小珠，是宅配人員嗎？」

夏琳好像在淋浴。

「嗯，說是貨到付款，我先付喔。」

「我的錢包，放在起居室的托特包裡面喔。從那邊付喔。」

沒關係啦，我先墊就好……正想這麼說的時候，我突然想起一件事。話說回來，現在，我的錢包正處於阮囊羞澀的狀態。

「知道了。托特包裡面喔。」

「拜託妳了喔。」

「瞭解。啊，爸爸呢？」

「在房間睡覺喔。感冒又變嚴重了喔。」

我回答：「是喔。知道了。」

不論如何，得先來招呼宅配人員才行。

夏琳的托特包被隨便放在起居室的椅子上。往內窺視，有個歷經長年使用、皮革老舊的黃色長皮夾。我拿了皮夾下樓，拉開後方玄關大門，就看到一位有印象的宅配大哥站在那裡。

「辛苦了。」我說。

「謝謝您，寄給您的貨品在這裡。」

感覺有五十公分見方的紙箱被交到我手裡。

這樣的尺寸感覺卻很輕耶，我心裡這麼想，瞄了出貨單一眼，「品名」欄位寫著「裁縫組」。

夏琳這人啊，一邊唸日文也要開始學裁縫啦……對於以「日本新娘」的身分持續努力的夏琳，也有點想對她致敬的感覺。

我從黃色皮夾抽出幾張鈔票，用來支付貨款。

「謝謝您。」

宅配大哥很有精神地這麼說完，就離開了。

我關上後方玄關大門，將零錢收進附拉鍊的零錢包中。為了避免弄丟收據，還是先收進皮夾好了，我這麼心想一邊窺視鈔票夾層旁的內袋，就在那一剎那……

欸……

我的手指驟然停止。

因為裡面放著一張褪色的照片。

雖然直覺「不能看」，不過錢包既然都託給我了，看看裡面也沒關係吧……我硬是這麼矇騙自己，抽出那張照片。

那張比三乘五吋還小一號的沖印照片，也已經滿舊了吧，四個邊角都已經有些磨損。我避免在照片上留下指紋，輕輕將照片放在掌心上。

相紙映出四個菲律賓人。大概……不，不會錯，這是夏琳菲律賓的家人。照片可見父親、母親、夏琳還有年幼的妹妹。

聽說，夏琳全家在她十七歲時因意外死亡。這麼說來，這張照片中的她大概是國中那時候吧。現在已經很娃娃臉了，那時候的夏琳有張更為稚氣、美麗的臉龐。

皮膚有些黝黑，雙眼渾圓閃亮的一家四口，在簡陋的木造房屋前排排站，每個人都滿臉笑容。感覺上只要豎耳傾聽，似乎就能聽到照片傳出四人愉悅的笑聲。

明明，看來是那麼幸福……

然而，就在照完這張照片後，夏琳家的幸福並沒有維持太久。

我甚至沒有嘆息，逕自凝視這張老照片。

某天，因意外突然失去所有家人，被安排住進育幼院，二十六歲時與其他到外地工作掙錢的女性輾轉來到日本，然後再到東京的菲律賓酒館工作後，在各地漂泊、再漂泊……而如今，照片中的夏琳正在我家的浴室淋浴。拚命學日文、學煮菜，做家事、工作，就算忙到疲累不堪，不論任何時候都還是樂觀開朗，同時努力想要成為我母親的嬌小女性。而且，現在還打算學做裁縫。

與她相較之下，我呢，一直以來都被容許自由自在地過活，有時還常把自己想像成失去母親的悲劇女主角。

夏琳她，同樣懷抱著失去家人的悲傷啊。

為什麼我會忘記這件事呢……

夏琳以及死去的家人們看來好幸福的笑容。

我盯著那張褪色的照片，羞愧到幾乎落淚，然後打算將照片放回錢包。

但是，就在那時候，我突然轉念同時停手。

對了，這張照片……

我手裡拿著錢包與照片，急忙步上樓梯到三樓，進入自己房間。然後，我打開第三個抽屜。從裡面拿出來的是，用慣的數位相機。

一定能讓她開心吧……

我心想，一邊開啟數位相機電源。

第五章

還想，活下去

葉山珠美

這一陣子，秋意一口氣轉濃。

特別是清晨的空氣冷冽，感覺上透明感日益增加；一天早晨，我在被窩裡醒來的同時，隨即眉頭緊蹙。

「嗚，好冷……」

被子都已經蓋到脖子了，全身還是竄過顫抖，臼齒「喀答喀答」直打顫。身體也感覺格外沉重，好像連微血管都被黏土塞滿了。儘管如此，總算努力下了床的我，換上昨晚早已備妥的衣服。

老實說，在我睜開雙眼的時間點，就已經了然於心。這種顫抖並非單純因為「寒冷」，而是「寒氣」造成的。我不僅頭痛得厲害，背後也直發寒。

但這不是感冒。

絕對、絕對，不是感冒。

我勉強這麼說服自己一邊下樓。一旦承認是感冒，心情就會直接盪到谷底，整個人悶悶不樂，所以我決定刻意不量體溫。

「早安，小珠。」

夏琳一看到我，就從廚房那邊衝著我笑。

「早喔～」說出這句輕挑招呼的，是懶散躺在起居室的父親。

我拚命揚起嘴角，分別對兩人道早安。

「小珠，昨天晚上，飯菜剩好多喔。所以，早餐幫妳準備好多喔。」

這是夏琳特有的脫線體貼，平常的話，這裡就應該道謝的。但是我不僅頭痛，從昨晚開始就沒食慾，唯獨夏琳的語尾「幫妳」讓我格外反感。

「一大早的，吃不了那麼多啦。」

完全表露不悅後，我隨即走向洗臉台。

我站在鏡子前面，望著自己蒼白的臉龐。不由得「唉」的一聲，深深嘆息。對於身體狀況不好，連個性也變得不好的自己，感到厭煩。我慢吞吞地洗臉、刷牙，然後回到起居室。

桌上已經擺好烤魚、納豆、味噌湯，一桌好像旅館早餐的料理。我在桌邊就座前，暫時先上樓回到自己房裡。然後拿起放在桌上的幸運草圖案束口袋，補充今天跑腿宅配車要用的零錢。要是零錢在工作途中用完了，各方面都很麻煩的。我說著，用力拉緊束口袋的細繩。

「啊……」

噗滋、噗滋、噗滋……

袋口被縫成管狀用來穿細繩的部分，縫線斷了好幾公分。仔細想想，這個束口袋是十幾年前做的，縫線畢竟也都變脆弱了吧。

「哎喲……討厭耶，為什麼會這樣啊。」

我忍不住發牢騷，但是對著束口袋抱怨也無濟於事。總之縫線都已經綻成這樣了，得先將所有線抽掉，再重新縫過才行吧。

我無可奈何，只好決定拜託當初製作的靜子奶奶幫忙修補。今天的跑腿宅配車，就用房裡正好有的點心罐來代替。師父古館先生以前也都是用這種點心罐的。

我將找錢用的零錢移到點心罐裡，穿上耐吉夾克後，就回到樓下起居室。看到「喀恰喀恰」作響的罐子，父親雙眉一垂這麼問：「那是，什麼東西？」

「裝零錢的束口袋壞了啦。所以，改用這個。」

我手裡搖著壞掉的束口袋給他看。

「是因為束口袋太舊了吧。」

「嗯。我今天會順路去一趟靜子奶奶那裡，請她幫忙修補一下。」

我說著揉揉太陽穴。頭痛慢慢加劇了。

廚房裡，夏琳正哼著歌，一邊幫父親手沖咖啡。她似乎對我剛剛扔出的那句冷漠話語，絲毫不以為意。

我一坐到椅子上，夏琳就連珠砲似的出聲攀談。像什麼「啊，那個魚，是小珠喜歡的魚。是我幫妳要來的喔」、「我幫妳做了好喝的柳橙汁喔」、「小珠喜歡的香菇啊，昨天有在超市裡看到。所以買了喔。香菇也幫妳加在味噌湯裡面了喔」，照例說了一堆摻雜些許施恩感的話語。

我一聲嘆息，比剛剛更用力地揉揉太陽穴。

夏琳沒有惡意，我的「腦袋」很清楚這一點。但是，今天早上身體狀況糟到一個地步，喜歡的束口袋又壞了，我的「心靈」包容量似乎已經不足。所以，夏琳口中發出的高分貝聲音，再再讓我火大。

我暫且拿起筷子，俯視早餐盤。

順勢，嘆了口氣。完全，感受不到食慾。

儘管如此，我想說至少得喝暖暖的味噌湯，所以拿起湯碗。裡面放了我喜歡的珍珠菇。

我勉強將味噌湯送進嘴裡。

「小珠，好喝嗎？」

就是正常的好喝啦，一直問真的很煩耶……我心裡這麼想，簡短應聲「嗯」，然後看向電視。因為我希望看看新聞節目的天氣預報，能讓自己忘卻對於夏琳的煩躁。

平常的那位天氣姊姊，以帶著些許鼻音的甜膩聲音，傳達各地天氣。根據預報，今天天氣在中午前會變糟，這附近也會下起冷冷的雨。

昨晚的天氣預報，明明是說晴時多雲的啊……

一下雨，顧客就會減少。

而且，在這種寒氣逼人的日子裡，竟然還會下什麼「冷冷的雨」。

這種事情，讓我更悶悶不樂了。

「小珠，飯菜，要吃很多很多喔。虧我做了這麼一大桌喔。」

夏琳從後面出聲對我說。

哎喲，頭好痛，我心想。

「魚也很好吃喔。是從港邊要來的黃金竹莢魚喔。小珠，快吃、快吃。」

我總算只喝完了味噌湯，然後望著夏琳。

「有點沒食慾，抱歉。」

我說著起身。

慵懶躺在起居室裡的父親回頭看我。

「喂，怎麼了？不舒服嗎？」

好像感冒了……我將差點脫口而出的話語使勁嚥了下去。

「沒事，只是，肚子不怎麼餓而已。」

當我拚命這麼回答時，夏琳從廚房「噠噠噠」地快步走來，正面仰望我的臉。

「小珠是在說謊喔。很奇怪耶。臉色看起來不舒服喔。」

夏琳將有些黝黑的小手伸向我的額頭。

「就說沒事了嘛。」

我撇開臉，閃過那隻手。

「小珠。」

夏琳眉頭深鎖。直接的不滿，寫在臉上。

「真的，不要緊啦。」

就在我這麼說的時候，牛仔褲臀部口袋的手機響起。是電郵。

這麼一大清早的，誰啊……

我背對夏琳與父親，確認手機畫面。寄件人是真真。開啟正文一看，裡面寫著讓我更加憂鬱的內容。那也就是，真真每天早上都會確認的那個「凜子的森羅萬象占卜」的結果。

『今天的小珠，所作所為都會事與願違，所以任何一切都切忌逞強。一年之中最需要注意厄運的日子。這占卜準得要命，所以真的要小心喔。』

原來如此啊，的確，從一大早開始好像就已經諸事不順了……

我在內心叨唸，關閉畫面。

就在那一剎那，我的後頸部被冰冰涼涼的什麼東西碰到。

我嚇得發出「啊」一聲輕微慘叫。

「果然發燒了喔。小珠，工作不行喔。要休息喔。」

是夏琳從背後碰了我。

「什麼嘛，果然發燒囉。」

本來慵懶躺在那裡的父親也起身，看向這裡。

「好了，都說，沒什麼大不了的啊。」

我刻意不量體溫，就是為了避免心情低落的……

針對多管閒事的夏琳所萌生的煩躁，在我內心一口氣開始膨脹。

「小珠，今天休息喔。」

「就跟妳說，這種小狀況是不能休息的啦。客人，都在等我耶。」

「發燒了。生病了喔。勉強自己，是不行的喔。」

「就說不要緊了。」

「不是不要緊喔。今天休息喔。」

夏琳雙手扠腰，以堅定的雙眼仰望我。

哎喲，頭好痛。

總覺得，已經撐不住了。

好想大聲喔……

就在我這麼想的時候，為什麼呢？擦得乾乾淨淨的佛壇，突然映入眼簾。我對夏琳視若無睹，自顧自地站到佛壇前上香。我雙手合十，閉上雙眼，追憶母親。我覺得，這樣似乎就能壓抑即將傾洩而出的煩躁情緒。「小珠，就算我說不行，也要去工作？」夏琳在我背後執拗出聲。

「如果一定要去，開車，很危險喔。那我幫妳開喔。」

啊，又來了，說什麼「幫妳」。

這麼一想，快被頭痛碾碎的腦袋，感覺上有根線就這麼「啪」一聲斷裂。我放下原本合十的雙手，重新面對夏琳。接著，發出連自己都不可思議的冷靜聲音。

「我跟妳說喔，夏琳，妳老把什麼『會幫妳』、『已經幫妳了』這種好像以上對下的說話方式掛在嘴邊，不太好喔。日本人呢，是不會用這種說法的。而且啊，我之前教過妳『積陰德』這句話吧。日本人就是會像那樣，暗地裡為其他人做一些事，然後是不會告訴本人的。那才是最美的善行喔。」

我說到這裡，隨即拿起桌上那個放著零錢的點心罐，轉身背對夏琳與父親。

「我走囉。」

我沒回頭，簡短說完就步向樓梯。因為我想直接上工去。

就在這個時候，耳邊傳來父親悠哉的聲音。

「喂～我說小珠啊。」

老實說，本來就覺得會被叫住了。

「什麼事？」

我駐足，只有脖子以上轉過去。

頭好痛。惡寒也越來越嚴重。

「大概，先跟妳說一聲好了。夏琳她呀，可是有好好在積陰德喔。」

我不懂這話的意思，保持沉默。

「小珠開始做跑腿宅配車的前後，她都默默在町裡奔波發傳單喔。那種事算是陰德唄。」

我嚇了一跳，望向夏琳。

夏琳看來對於事跡敗露，反而覺得很開心似的，以一貫的笑容聳肩。

什麼啊，是這樣的呀……我這才恍然大悟。打從跑腿宅配車上路第一天開始，顧客聚集之踴躍甚至讓人覺得有些不自然，原來是因為這麼一回事啊。這麼說來，放在「架上的麻糬居酒屋」收銀機旁的傳單會消失得那麼快，也是夏琳幫忙拿去發的嗎？原來是這樣啊……

得知出乎意料之外的事實後，我想不出任何話語回答父親。

「看吧，嚇到了唄？小珠所知道的，並不是這個世界的一切唄？」

父親的話語，絕對不重。他所散發出的氛圍，反而像在打哈欠或什麼的。儘管如此，我還是非常清楚。父親是在教訓我。

夏琳看著變得有些洩氣的我，展露彷彿更洋洋得意的笑意。能受到父親袒護，挺開心的吧。

但是呢，妳錯囉，夏琳。像這種時候，日本人是會害臊的喔、會靦腆的喔。我拜託妳，稍微也覺得不好意思一點嘛。哎喲，頭好痛。一陣一陣的刺痛。我這麼想，一邊說：「是這樣的啊。一直都不知道呢。夏琳，謝謝妳喔。那，我走囉。」我扔下這麼一句沒什麼真心的話語後，直接衝下樓梯。

「啊，小珠。」

我用背部將夏琳的聲音擋了回去，直接出去。

儘管如此，怎麼會這麼厭惡自己呢。我到底是從什麼時候開始，性格變得這麼扭曲的呢。突然間，我回想起夏琳偷藏的菲律賓家人照片，雙眼深處開始湧現熱潮，所以我「呼」地大口吐氣，希望避免刺激淚腺。

我步出後方玄關，坐上「CARRY」。我將點心罐、綻線的束口袋還有手機，輕輕放到副駕駛座上。繫上安全袋，發動引擎。然後比平常還要早出發。

我開出停車場，慢吞吞地開在沿岸道路上。

我想盡量壓抑寒意，於是開啟車內暖氣。

好不容易開到了國道，被紅燈攔了下來。頭痛欲裂。我用雙手揉搓太陽穴。勉強從擋風玻璃望去，包圍這個町的聳立群山，披著紅黃錦緞。但是，應該歸咎於今早陰沉沉的天空又或我混濁的心嗎，眼前風景看來有些模糊暗沉。

我將方向盤轉向港口附近的冷清巷弄。從這裡再開個五十公尺，就是我常去批貨的家常熟食店。那家家常熟食店門前，停著一輛熟悉的車子。是古館先生的「CARRY」。我將車停到那輛車正後方，排成一列。

從駕駛座下車的我，兩度緩緩深呼吸，讓臉上掛著笑容後，拉開家常熟食店的拉門。

「早安。」

感覺上，自己發出了出乎預期的活力聲音。

「哎呀，小珠，早安呀。今天早上，妳師父也來囉。」

家常熟食店的大嬸一如往常，衝著我展露好像惠比壽（註24）的溫暖笑容。

「早安。」

我鄭重向古館先生打招呼。

「喔～」

還是一樣完全不和藹可親的師父，臉立刻從我這邊轉開，開始確認起進貨內容……幾乎就在同時，再次確認似的又轉向我。

「臉色很差耶。」

古館先生以有些恐怖的眼神說。

「哎呀，真的耶。小珠，感冒了嗎？」

沐浴在兩人視線之下，我有些傷腦筋地笑了。

「好像有點感冒，但是不要緊的。」

（註24）「惠比壽」：日本七福神之一，長相和藹慈祥，常以一手持釣竿、一手抱鯛魚的形象出現。原為漁業之神，後演變成為商業之神、財神。

這次的不要緊，沒辦法說得太篤定。

「或許，也發燒了呢。不是會有寒氣嗎？」

大嬸面露憂心。

「今天休息吧。」

古館先生還是老樣子，用的是有些疏遠的口吻。

「不，爺爺、婆婆都在等我。這種程度是不能休息的。」

我努力從腹部一發聲，兩人都以一副「真是受不了」的神情看我。讓人感激的是，那樣的表情該稱之為「有愛得受不了」。我再次展露笑容說：「真的不要緊啦。」接著催促大嬸幫忙備齊我想進的商品。

根據訂單毫無遺漏地進完熟食後，我與古館先生一起步出店門。然後將買好的商品擺進保存盒，搬進各自的「CARRY」車斗。

「喂。」

先堆好商品的古館先生，在自己的「CARRY」前對我出聲。我手裡拿著保存盒，直接回頭。

「真的不要緊嗎？」

「都說不要緊了。」

我竭盡所能對他擠出笑容，然後將最後的保存盒堆進去。

「是喔。」

「是啊。」

古館先生有大概兩秒的時間，以感覺驚愕的樣子凝視我的臉，末了短暫說句：「那，先走了。」隨即坐進駕駛座。古館先生的「CARRY」引擎發動後，緩緩開了出去。駕駛座那邊的車窗隨即降下，古館先生的右手從裡面伸了出來。那隻手對我輕輕揮動。我目送師父的「CARRY」，同時對他揮動右手。

等到古館先生的「CARRY」左轉看不見了，我不禁「唉」地吐氣，手撐在雙膝上。然後，再次吐出深沉的嘆息。背部直發冷，稍有鬆懈，就會全身顫抖。

今天，還是休息好了……

我盯著自己腳尖，沒出息地這麼考慮。不過，要是就這麼回家去，又沒臉見父親與夏琳。

「唉……不行。果然，還是得去。」

我彷彿說服自己似的輕聲說完，手便從膝蓋移開，然後挺起蜷縮的背部。我順勢仰望天空，那甚至讓人覺得很不穩定的黑雲，似乎筆直朝我孱弱的心壓過來。我像是要逃離那重量似的坐進「CARRY」。

◇　◇　◇

我承受著寒氣與頭痛，同時還是將顧客的笑容當作能量，勉強做完早上頭一個在青羽漁港的生意。業績並不差，而且要離開時，平常就很疼我的漁協會長發現我身體狀況不好，還買了營養飲料來給我。

「來，這是禮物。給它一口氣灌下去就對了。」

「謝謝您。」

「在工作上全力衝刺是很好，但是也不要太勉強囉。」

面對會長那般無邪的笑容，我也說著：「是。但是，我不要緊的。」盡力擠出同樣的笑容回應。

從漁港出發，喝著營養飲料一邊駛向下一個販賣點「海山屋休息站」途中，我打了方向盤，轉進沿海小巷中。我要將初音婆婆拜託的醬油與衛生紙送去給她。

我一如往常將車子停在看得見海的道路上，朝那個藍色屋頂的小房子走去。擺滿雜草叢生的盆栽的院子，比我上次來的時候變得更荒涼了，甚至讓人萌生「這裡該不會已經沒人住」的錯覺。所以我按門鈴時，竟還有些躊躇。「不可能的吧」我這麼說服自己，按下了門鈴。然後照例打開玄關門，「初音婆～婆，我是跑腿宅配車。」一邊對屋內出聲。

「來了、來了，辛苦了。」

初音婆婆可愛的聲音從屋子裡傳來。我格外地鬆了一口氣，輕聲嘆息。然後，揉了揉太陽穴。

我手裡拿著裝有醬油與衛生紙的袋子，熟門熟路地踏上室內。

平常的話，初音婆婆總會撐著柺杖來到放著餐桌的廚房這裡來，今天卻從敏美婆婆過去住的和室裡叫我。

「小珠，可以過來這裡嗎？」

「啊，好～喔。」

我回答後，在走廊上前進，拉開內側和室的拉門。

初音婆婆穿著白底紫色花樣的睡衣。她在墊被上坐起上半身，望著這邊。放在桐木衣櫃旁的小電視，正在播放中午前的綜合資訊節目。

「初音婆婆，是不是身體不舒服啊？」

「沒有、沒有，沒那回事。只是腳有點痛，要走動嫌麻煩而已啦。」

「是喔……要不要緊啊？」

「這是常有的事情，不要緊的喔。」

初音婆婆，瞇起那老人家特有的，有些溼潤的小眼睛微笑。她的背部蜷縮著，身體看來似乎又小了一號。

「真的嗎？」

「都說了不要緊的啊。」

不久之前才被好幾個人纏著問「要不要緊」的我，現在卻在擔心別人狀況，感覺好奇妙。

「是喔。那醬油放在冰箱門邊喔。衛生紙呢……要先放在廁所嗎？」

「先放在那附近就可以了。更要緊的是，不好意思，可以幫我拿一下錢包嗎？」

「啊，嗯。把平常那個包包一起拿過來好嗎？」

初音婆婆頷首。我回到放著餐桌的房間，望向木櫃旁的抽屜矮櫃上方。果不其然，上面就放著有些褪色的藍染包包。我拿起包包，再次回到內側和室。

「包包，是這個吧？」

「對、對。不好意思呀。」

從我手上接過包包的初音婆婆，還是坐在墊被上，一拿出錢包就付了醬油與衛生紙的貨款。

「初音婆婆，謝謝您一直光顧。如果還有什麼需要的東西，不要客氣，打電話給我喔。」

我對於收下貨款有點罪惡感，一邊正想起身時，「啊，小珠，等等。」初音婆婆叫住我。

「嗯？」

我抬起的腰部再次下移，然後微微歪頭。

「這個。」

初音婆婆說著從包包裡拿出來的是，裝著汽水口味糖果的袋子。啊，又要給我一顆啦……我剛這麼想，初音婆婆卻不知道為什麼，整袋塞給我。

「欸……」

我的內心瞬間僵硬，同時掠過一股莫名的不祥預感。

「這個，今天就全部拿去吧。」

「欸，全部？」

不祥預感更為放大，感覺胸口內側「嘩」地降到冰點。

「其實啊，事發突然，我下個禮拜就要搬家了。」

「欸……」

「妳看，我的身體也都變成這副德行了唄。所以，大兒子說已經無法再一個人生活了唄。」

「您說的大兒子，是到城裡去的？」

「嗯，對。他說，也差不多該捨棄鄉下，到城裡去了。」

「那，是要跟大兒子夫婦一起住嗎？」

初音婆婆露出有些為難，但是莫名地也有些欣喜的複雜表情，點頭說：「我也擔心會變成怎樣就是了呢。」

「是喔……」

原來是這樣啊。太好了耶，初音婆婆。

雖然這麼想，嘴巴卻無法順利動作。

彼此陷入短暫沉默後，初音婆婆用遙控器關掉電視。聲音忽然消逝後，和室中頓時充滿好悲傷的靜謐。

初音婆婆以有些正襟危坐的感覺重新面向我，將汽水口味的糖果袋輕輕放在榻榻米上。接著，緩緩朝我這邊推。

「長期以來，真的深受小珠的照顧啊……我什麼都沒辦法給妳以表謝意……抱歉啊……」

我有好半晌，只是俯視被推到膝前的糖果袋。

然後，輕輕拿起來。

自己大概在半個月前賣出的糖果袋，已經被開封。因為上星期，初音婆婆從這個袋子裡拿了一顆糖果給我。

就在我將那個袋子放到膝頭上時……

答……

輕微聲響，在房內響起。

有顆淚珠，滴到了袋子上。

「初音婆婆。」

「嗯？」

我的視線從袋子抬起。

「太好了耶。不用再一個人了呢。」

我說著綻放微笑，初音婆婆臉上也浮現皺巴巴的笑意。

「只不過呀，反而寂寞呢……」

「……」

「要扔下這個曾經跟孩子的爸與兒子們住過的家，還是覺得寂寞啊……」

初音婆婆說著，以彷彿枯枝的手指擦拭眼頭。

「是喔。」

「而且，也不能再跟朋友見面了，跟小珠也一樣啊……」

初音婆婆無奈的情緒，瞬間蔓延到我的胸口深處，讓我的淚腺更是全面失守。

初音婆婆要捨棄故鄉，搬到遠方城市去……換句話說，這或許意味著要與老是在「海山屋休息站」長椅上，和樂融融地談天說地的婆婆們「永別」了。要她們拖著老邁身軀，大老遠跑到城裡去，是怎麼想都不可能的，當然，與我，恐怕也是……

「初音婆婆……」

「我想，以前常看的海啊、山啊，也再也看不到了呀……」

語尾變成有些潮溼的聲音。

「對喔。說得也是呢。」

今後，初音婆婆失去的不僅僅是人與人之間的連結，還有那名為「故鄉」，其實也可說正是充滿依戀的部分人生，也將一併失去吧。今後，得將海、山、町、港、隨四季更迭的風景、家園、庭院，還有人……這一路上始終與初音婆婆相伴的所有一切都變成過去式，轉化成所謂「回憶」形式的作業，正等著初音婆婆啊。

「我問妳喔，初音婆婆。」

我假裝沒有察覺自己的淚水，發出有些明朗的聲音。

「嗯……」

「方便的話，今天要不要坐在我車子的副駕駛座，一起去做跑腿宅配車？可以繞整個町一圈兜兜風喔。」

如果能讓腳不好、始終無法出門的初音婆婆，最後再度眺望故鄉風景的話……我是這麼想的。而且，如果人能到跑腿宅配車販售現場，還能見到許許多多人，說不定也能見到感情融洽的三人組婆婆們。

但是，初音婆婆卻微微搖頭。

「這是不可能的啊。」

「欸，只是坐在副駕駛座上而已喔。」

「就算是那樣，也會累慘的呀。」

「可是，一起去的話，就能看海也能看山喔。雖然天氣不太好就是了。」

「小珠，謝謝啊。但是，不用了。」

為什麼……我問不出口。因為初音婆婆直衝著我露出甚至感覺淒涼的微笑。

「我可不能為小珠的工作添麻煩，而且，要是現在到處走走看看，就會覺得很懷念，反而會更寂寞啊。」

初音婆婆對著答不上話的我，再次低喃：「謝謝妳啊。小珠真是個善良的孩子啊。」

沉靜微笑的初音婆婆身後，傳出「喀答喀答」的寂寥聲響。是海風在敲打木窗框。

仔細一看，零星雨滴打上窗戶。

下雨了嗎……

我壓抑著感覺就要溢出的嘆息，持續搜尋要向初音婆婆說的道別話語。

◇◇◇

我步出初音婆婆家的玄關。

銀色雨滴稀稀疏疏地從憂鬱的天空落下。

我內心懷抱著既不像「再見」又不像「謝謝」的複雜思緒，在零星雨滴中走過荒蕪的庭院。

結果，最後與初音婆婆交談的就只是像「搬家後，也要保重喔」、「小珠，也要保重啊」、「嗯，那就拜拜囉」、「謝謝啊」、「我才要謝謝您呢」等，實在是過於老生常談的話語。然後，我側面對著她微微揮手，一邊輕輕拉上拉門。初音婆婆當時那淒涼的淚中帶笑，深深烙印在我腦海中。

我步出庭院，坐進停在那裡的「CARRY」。

莫名覺得突然渾身乏力，我背部軟趴趴地整個陷進座椅中。半開的雙唇逸出空洞的嘆息。

我稍微轉頭，隔著側面車窗眺望鉛色海灘。

這片初音婆婆應該眺望了數十年的大海，海面彷彿痛苦掙扎似的翻騰，淺灘的白色浪頭正遭受強風戲弄。

「實在夠悶的啊……」

做跑腿宅配車，還是有無法守護的東西呀……這種事情本來就是天經地義，認為守護得了才有問題，而且是狂妄至極……這些，我也都很清楚。

儘管如此……

我俯視大腿上那袋汽水口味的糖果。然後只拿了一顆放進嘴裡，剩下的就全收進前座置物箱裡。和之前初音婆婆送的那些色彩繽紛的糖果一起。

實在夠悶的啊……

這次是在內心低喃。再次覺得，今天真是不幸到極點的一天。傷害了家人，身體狀況糟透了，還與初音婆婆道別。占卜的結果也很慘……

當「占卜」兩字掠過腦海的剎那，我突然想起一件事。說起來，跑腿宅配車上路第一天，也收到了真真的占卜電郵。沒記錯的話，當時的占卜與今天完全相反，應該是感覺非常幸運的內容沒錯。

即使只有一點點都好，很想振奮一下心情，所以我拿起扔在副駕駛座上的手機。然後再次開啟那封半年多以前收到的電郵。

『小珠，恭喜開張♪現在啊，我正在「凜子的森羅萬象占卜」看小珠的占卜喔。結果，上面寫說這個禮拜是妳人生的轉機，金錢方面會有好機會。轉職、投資也都是吉。很重要的一點是對暗地裡支持妳的人心懷感激……好準喔！妳在一個很棒的時機開業耶。「跑腿宅配車」一定可以很順利的♪』

看為電郵內容後，我的雙唇不自覺呢喃：「原來是這樣啊……」我收到真真這封電郵時，還神采飛揚地唸給靜子奶奶與千代子婆婆聽，千代子婆婆後來還這麼對我說。

「小珠，我說妳啊，要好好珍惜保存這封郵件啊。」

千代子婆婆的確是這麼說的沒錯。她那句話的意思，我時至今日才終於明白。

暗地裡支持妳的人……

那不就是夏琳嗎？

千代子婆婆那時候，明知夏琳在分發傳單，卻刻意對我絕口不提。肯定是被夏琳本人下了封口令吧。

擋風玻璃發出「沙～」的聲響。

風雨似乎比剛剛更強了。

新一波頭痛襲來，我隨之皺起眉頭。寒氣也很嚴重，感覺是從脊椎骨裡凍到全身。我關上電郵畫面，將手機放回副駕駛座上。

好想回家喔，今天已經……

內心一隅，有個誠實的自己這麼低喃。

但是……顧客的笑容浮現腦海。還有初音婆婆那淒涼的淚中帶笑。以及夏琳與父親的臉龐。

今天，還是繼續做下去吧。

逞強的我、壓抑誠實的我。

「呼，加油吧。」

我刻意說出聲，然後發動「CARRY」引擎。

放下手煞車，在踩油門之前，我再次回頭望向初音婆婆的家。

那棟在海邊被冷雨淋溼的藍色屋頂房子，一邊哭泣，一邊靜靜凍結。

◇◇◇

中午前的第二個販賣點是「海山屋休息站」。由於雨下得更大了，我拜託理沙姊讓我在店家屋簷下陳列商品。這種惡劣的天候，幾乎沒有顧客上門，反倒是真真悄悄從二樓房間下來了。

真真一見我的臉，立刻說：「咦，小珠……」雙眉隨之垂成八字型，然後伸手貼住我的額頭。

真真手的觸感，冰冰涼涼的。

那感覺實在是好溫柔、好舒服……

我為了忍住一不小心就會滲出的淚水，說著：「哈，不要緊的啦。」勉強衝著她笑。要是，今天早上沒有像那樣閃開夏琳伸過來的手，一定也能有這種感覺吧，心裡同時這麼想。

「怎麼會不要緊啊。發燒了喔。」

真真有些慌張地衝進家門，隨即拿著白開水與退燒藥回來。盯著我把藥吃下去後，真真叮嚀道：「今天的占卜電郵，看了嗎？」

「嗯。看了。糟糕透頂吧。」

「今天，還是休息比較好啦。那個占卜，是真的很準的。」

我為了甩開頭痛，緩緩左右搖頭。

「不要緊。而且，客人在等我。」

嘴巴上雖然這麼說，老實說，在這個時候，我的內心充塞著連自己都有些意外的情緒。

今天的痛苦，肯定是對我的懲罰。必須甘之如飴才行……

就是那種也可說是「自虐式」的心情。

「真真，謝謝。藥也吃了，不要緊的。」

「小珠……」

看著發出不安聲音的真真，我發現到一件事。真真身上衣服的荷葉邊，感覺不再像以前那麼誇張了。說不定，真的只要再一點時間，真真或許就能從繭居生活畢業了。

「我問妳喔，真真。」

「欸？」

能引導真真走向畢業的，一定是……

「最近，壯介有沒有跟妳聯絡？」

「這個嘛……嗯，常常。」

果然，是這樣啊。

生性害羞的真真，面頰頓時染上淡淡紅霞。

◇◇◇

中午一到，雨勢更為增強。

我慢吞吞行駛於沿岸道路上，然後在靜子奶奶家門前停下「CARRY」。因為我剛剛打過電話，邀她一起吃午餐。手裡拿著兩個販賣商品的幕之內便當（註25），還有綻線的束口袋，我撐著傘小跑步到玄關前。

「奶奶，我來囉。」

我說著走進房屋。穿過設有廚房的土間，在三合土（註26）上脫鞋。靜子奶奶一個人坐在拉門另一側的和室矮桌旁喝茶。

「歡迎。今天的雨很冷啊。」

「嗯。受不了耶，生意真的可以說是門可羅雀耶。」

這時的我，感覺還滿能自然笑出來的。是真真給的藥發揮效用了嗎，頭痛與寒氣都緩和了不少。

「有茶，要喝嗎？」

「嗯，謝謝。午餐，就一起吃這個吧。」

我一在和室矮桌旁就座，便將幕之內便當擺出來。

「那，不是要拿來賣的嗎？」

「是沒錯啦，不過我想今天反正也只有賣不出去扔掉的份。要是不吃掉，也很浪費吧？」我將其中一個幕之內便當，推到靜子奶奶面前。「啊，還有，這個，想請妳幫忙重新縫一下耶。」

我將四葉幸運草的束口袋放到和室矮桌上。

「嗯，是什麼啊？」

靜子奶奶將剛泡的茶，輕輕放到我面前，然後拿起束口袋。

「這，還真讓人懷念呀。哎呀，這裡都綻線了呢。」

「嗯，不用立刻好也沒關係，可以幫我補補嗎？」

靜子奶奶輕微頷首，「那就先放我這裡喔。」語畢隨即將束口袋輕輕放到自己的坐墊旁。

（註25）「幕之內便當」：日本現今最普遍的國民便當，據說最初是觀賞表演的中場休息時間吃的便當，一般最常見的配菜為烤魚、魚板與滷菜。

（註26）「三合土」：又稱「敲土」，是種混合三種或以上材料的建築用灰漿，常被用來鋪設土間地面。

之後，我們就開始享用幕之內便當。

老實說，我並沒有食慾，只是覺得現在不先吃一點，沒有體力撐到傍晚，所以勉為其難地動筷子。

「小珠不做裁縫嗎？」

「嗯～一方面實在是抽不出時間。啊，但是，夏琳好像開始學做裁縫了。」

一提起「夏琳」這個名字，胸口深處就稍微揪了一下，飯也卡在喉嚨吞不下去。所以，我手中的筷子瞬間停止動作。

眼見我這副樣子，靜子奶奶微微歪著頭。

「小珠。」

「嗯？」

「這個束口袋，不找夏琳而是找我修補，這樣好嗎？」

「欸，嗯……」稍微萌生的罪惡感，讓我道出聽來像藉口的話語：「這本來就是靜子奶奶幫我做的束口袋呀。」

我的視線落至便當，開始以筷子撥開鮭魚肉，慢慢將小刺撥到一旁。我很清楚靜子奶奶的視線正投向我，莫名地就是沒辦法抬頭。

「我說，小珠啊。」

靜子奶奶發出聽來莫名嚴正的聲音。

「嗯？」

我一邊撥開鮭魚肉，漫不經心地回答。

結果，靜子奶奶是在慎選用字遣詞吧，隔了好一會兒，才娓娓說道。

「奶奶呢，心知肚明喔。」

「欸？」

聽到這麼一句意料之外的話，我不禁抬起頭。

「我很明白，妳心裡其實是怎麼想夏琳的。」

靜子奶奶輕輕放下手中的筷子。

接著，以非常沉穩的聲音繼續說。

「小珠，謝謝妳啊。」

「欸……」

「一直都這麼珍惜繪美。」

「……」

「小珠妳，是不想忘掉死去的繪美吧。我對於這件事，是非常開心的。但是啊……」

靜子奶奶話說到這裡就停了。然後稍微瞇起雙眼，臉上浮現無比溫柔的微笑。

那是簡直像佛陀一樣，好美、好慈祥的笑容。

那笑容讓我看得入迷。

「小珠，妳聽好囉。」
「……」
我沒出聲，只是，輕微點頭。
「夏琳她呢，並不是繪美的替代品喔。」
我覺得，那句話在瞬間震撼了我的潛在意識。
「不可以將兩個人放在天秤兩端。因為人與人之間，再怎麼比較都沒有意義。繪美是繪美，夏琳是夏琳。各有優缺點，都是值得愛的人喔。就算小珠與夏琳感情變好了，也不會因此就忘記繪美，繪美的存在也不會因此變得稀薄喔。」
「奶奶……」
「如果能跟小珠感情變好，夏琳她也是，一定會比現在更珍惜繪美的。妳不覺得嗎？」
被靜子奶奶這麼一問，突然間，腦海也隨之浮現一個纖瘦的背影。那是在母親忌日，在事故現場始終雙手合十的夏琳背影。
嗯……
正當我想點頭時，靜子的笑意頓時加深。那是好像有幾分淘氣的笑法。
「別當真啦。」
「欸……」
「小珠也是個大人了呢。小珠就以自己的步調，用小珠的自我本色經營人際關係就好了呢。」

「……」

「好了，繼續吃便當囉，開動。」

靜子奶奶拿起放著的筷子，又開始吃起幕之內便當。

我有好半晌，凝視那樣的靜子奶奶。然後，盡量以自然聲音攀談。

「我跟妳說喔，那個炸蝦超好吃的喔。」

「哪個、哪個。」

靜子奶奶吃了炸蝦，瞇起雙眼。

「真的。好好吃。」

「我跟妳說喔，奶奶。」

「嗯？」

「以後，要是束口袋再綻線，到時候再拜託夏琳喔。」

「好啊。」

「所以，只有這次，可以先麻煩妳嗎？」

「嗯，我知道了。」

靜子奶奶展露今天看來最幸福的微笑。

我也是，總覺得緊繃的肩頭放鬆了，一邊流露感覺有點嘻皮笑臉的傻笑，面頰同時被炸蝦塞得鼓鼓的。

「酥酥脆脆，好彈牙喔。」

我說著，壓抑著像是難為情的淚水。

「是啊。」

靜子奶奶回答後，對我微笑。

我吐出一聲溫暖的嘆息，不經意往窗邊望去。雨變得更大了。染上幾抹紅的庭院樹木，在大雨中顯得朦朧縹緲。

「下雨的日子，聽不見河流的聲音耶。」

我這麼一說，靜子奶奶隨即重複相同話語：「是啊。」然後也轉向窗戶那邊。我以既像溫柔又像悲傷的心情，茫然凝視她那從容嫻靜的側臉。

川上靜子

「那，奶奶，我會再來的。」

「嗯，等妳喔。」

我為了目送孫女，走到玄關屋簷下。

「今天下雨，開車，要小心喔。」

「ＯＫ。拜拜。」

孫女揮著小小的手，露出非常惹人憐愛的笑容。接著也不撐傘，在滂沱大雨中跑到車子那裡去。在後腦勺綁成一條的黑髮，隨著每個步伐左右跳動。那活力充沛的背影，不知道為什麼，看來好像與死去的女兒——繪美年輕的身影重疊。

等到再也看不到小珠後，我回到屋子裡。我在土間的廚房洗兩個人的茶杯，一邊想起小珠的身體狀況。吃完飯，總覺得她的臉色看起來不太好，所以我問：「是不是哪裡不舒服？」孫女卻笑說：「沒有啦，完全沒事喔。」或許，都怪我多嘴，害她心情變複雜了。雖然有這麼一句話「苦口婆心」，但即使自己活到了被稱為「老太婆」的歲數了，卻還是沒辦法清楚掌握該說或不該說的界線，所以深刻體會到人不論活到幾歲，都還是「未完成」的呀。

剛剛始終沒向小珠提起，不過老實說，身體狀況不好的人，是從昨天開始的我。並非身體哪部分會疼痛或覺得痛苦等特殊症狀，只是莫名覺得，全身細胞似乎都在慢慢萎縮……舉例來說，就像是綻放的花瓣，無聲無息地逐漸闔上……就是有這種奇妙的感覺。偶爾，也會有類似心悸的感覺。但是，那並非心臟跳動快速強烈所致，甚至可以說是相反。跳動無力，過於緩慢，身體總覺得逐漸使不上力……那種感覺的心悸。每次有那種感覺時，我的肉體就會渴望入睡。會變得好想深深、深深地入睡。結果，很不可思議的是，同時就只有雙眼非常清醒。思考與身體不協調……由於自己是這樣的狀況，昨晚為了保險起見，就沒洗澡了。

或許是因為這種身體狀態，情緒方面也是莫名地奇怪。開始覺得，格外懷念逝去的過往。剛才也是，有部分的自己將跑走的小珠背影，與女兒生前背影重疊。

洗完茶杯，以廚用擦巾擦乾水分後收入餐櫥。

我回到起居室，不經意往向窗外。

嫁到這個家以後，就這麼眺望了幾十年的簡樸庭院，在激烈大雨中顯得朦朧縹緲。

我望向黑暗天空，發出短暫的嘆息。

千代子本來今天，預定三點要過來，看這雨勢，怕是不可能了吧。千代子雖然開車，雨天基本上還是盡量不開。所以說，今天下午，應該就只有我孤伶伶一個人了。

如果是這樣……我心想，一邊從裡面房間的書架上抽出舊相本。既然心裡自顧自地懷念過往，那麼坦率面對那樣的情感便是。我是想要好好凝視當時的照片，試著緬懷故人生前的時光。

舊相本積了厚厚一層塵埃。

我稍微開啟走廊的窗戶，將相本伸到戶外去輕微抖動。

那個時候，一陣風「咻」地吹來。

啊……心裡才這麼想，雨滴已經「啪啦啪啦」潑上相本封面。

相本，在哭泣……

莫名這麼覺得的我，有些慌亂，以身上衣服的下襬擦拭水滴。

我將相本輕輕放到起居室的和室矮桌上。

米白色的封面，畫著一個手裡拿著藍色氣球坐著的小寶寶。相本標題是「小繪美的相本」。這是繪美出生時，婦產科送的紀念品。

我靜靜翻開內頁。一開始的頁面，印著剛出生的繪美手印。楓葉般紅色的小手印，讓我的嘴角自然放鬆。旁邊那頁，有亡夫文字寫著「繪美」這個名字，還有名字的意思。

『繪美——希望能走過如同繪畫一樣美麗的人生路。』

以毛筆書寫的文字，男性化又粗獷。但是，他寫下這句話當時的滿足側臉，直到如今仍歷歷在目。因為，丈夫當初就是在我現在坐的地方，在這個和室矮桌上，慎重地慢慢寫下這句話。

我的情緒逐漸湧現深沉慈愛，接著翻到下一頁。

從這裡開始，也就是相本的內頁了。

開始的第一張，是繪美剛出生時的照片。感覺甚至像是會熱騰騰冒出熱氣的新鮮生命，緊閉雙眼泡在人生首度的熱水澡中。同一頁，還貼著另一張照片是笑吟吟躺在婦產科床上的我，還有躺在身旁熟睡的繪美。另外還有以一副提心吊膽的樣子，抱著繪美的丈夫照片。

胸口被懷念緊緊揪住，我不禁「唉」地嘆了口氣。

我滿懷慈愛地照片看過一張又一張。

隨著每次翻頁，相本中的繪美也一點一滴成長。小寶寶變成小女孩，然後慢慢成長，轉變成一個亭亭玉立的少女。另一方面，丈夫與我，卻是皺紋越來越多逐漸老去。

說來雖然是理所當然，不過貼在這本相本裡的照片，不論哪一張都是擷取人生幸福瞬間的一格。這也讓我再次深感，人生就是由無數幸福的瞬間點綴起來的。但是，這些看來幸福的每個日子的背後，也藏著許許多多絕對不想以照片記錄下來的痛苦與悲傷。

即使如此……我心想。

不論好事或壞事，這一切全都包含在內，人生才能像繪畫一樣美麗又燦爛。就如同照片或繪畫描繪出光與影一樣，幸福與不幸正是讓人生更美、更有深度、色彩更豐富的重要素材。而且，人一旦上了年紀，就能後退幾步，從一定距離之外眺望自己一直以來持續描繪出的「名為人生的繪畫」。

在我的人生中，投下甚至可說是絕望的厚重陰影的，就是丈夫與女兒的死亡。但是也正因為那陰影實在過於厚重，現在才能感受到，名為「小珠」的孫女的生命有多麼光輝耀眼。光芒越是強烈，陰影看來就越是厚重，陰影越是厚重，光芒就顯得越是強烈閃耀。

我終於翻開相本的最後一頁。

照片中的繪美，是個還殘留天真爛漫氣息的國中生。她一身深藍色學生制服打扮，朝鏡頭雙手比出勝利手勢。稍稍下垂的眼角，還有高昂上揚的嘴角附近，像極了小珠。

真沒想到，我人生中的兩個寶貝，竟然會這麼相像……

這件事讓我莫名其妙地覺得開心，「呵呵」地瞇著眼笑出來。

我接著緩緩闔上第一本相本的封底。

書架上還有接下來的第二本相本。

正當我站起來，想去拿的時候……

突然，感到胸口深處吹過一陣乾燥的風。

我不自覺以雙手壓住心臟附近。又來了，那附近的心悸。心跳好像很慢，很不可靠，非常奇妙的感覺……

那乾燥的風，總覺得特別寂寞的風。就像是會讓我的心風化，變成嘩啦拉的細沙，掏空吹向某處的風。

我，如今，是寂寞的吧。

我在心底低喃，雙手從胸口放下。

兩隻手輕輕在闔上的相本上交疊。

好寂寞。

為什麼，會如此寂寞呢？

我詢問自己內心，答案很乾脆地浮現。

這是因為，我察覺到這世界實在是個難以捨棄的美好地方。明明好想一直待在這裡，但是卻沒辦法。人生是有限制的。有開始，就有結束。而那樣的結束，很快就會找上我了。所謂的「年歲增長」，單純就是這麼一回事。正因為有部分的我深刻思考這個現實，現在，才會再次感到這麼寂寞。一定是這樣的。

我的生命源自再普通不過的父母，家境雖然不是太富裕，卻蒙受了與一般常人無異的關愛滋潤，一邊長大成人。後來談了隨處可見的普通戀愛，結了婚，嫁到這個家來，生了孩子……然後父母、丈夫還有女兒都陸續死去，儘管如此，四季仍然鮮明更迭，田裡仍然結出果實。而現在，則是看著孫女成長，有時與朋友喝喝茶、相視而笑，聽著清流的潺潺流水聲，每天平靜地過日子。

這樣的我，試著眺望耗費八十年的歲月，持續描繪出來的「名為人生的繪畫」時，會覺得這幅畫從整體構成乃至於細節，一切的一切全都以奇蹟描繪而成。雖然是沒什麼特別可取之處的常見人生，但是半途只要有一丁點的差錯，就沒有現在的我了。說不定，就不會生下繪美，那樣的話，小珠就不會存在了。

我一路以來所描繪的畫作，真的就是一幅沒有任何一筆多餘的奇蹟畫作呢。

是一幅如何飽含幸福的畫作啊。

我想要一直、一直都存在於這幅美麗的畫作中。

因為有這樣的盼望，所以才覺得寂寞。

因為我深愛自己的人生，現在，才會寂寞的啊。

莫名地……

感覺心臟跳動比剛剛又弱了一些。而且，觀望世界的方式，好像逐漸變成了慢動作。全身每個細胞都像慢慢闔上的花瓣似的開始入睡，身體也慢慢地無法隨心所欲活動了。

即使如此，很不可思議的是沒有不好的感覺。

心情反而像是被包裹在平穩、溫暖的絲絹中呢。

哈～

溫柔的一聲嘆息，如湧泉般的幸福感隨即湧現，心臟附近的力量以舒服的感覺緩緩流失。

非常自然的，我發現一件事。

啊～這樣啊。

大限之期到了呀。

再過不久，我就要與這幅如同奇蹟的平凡美麗畫作道別了。

一得知這件事後，寂寞感更為加深。

然而，卻不悲傷。

相反的，感覺甚至像是有人為我慶賀、祝福。

壽命。

突然之間，我記起這兩字的意義。

慶賀生命（註27）。

原來是這樣的啊。迎接生命終點，是喜慶之事呀。

啊～謝謝。

頓時，對父母與祖先懷抱感謝。

接著，我就籠罩在彷彿被抱在母親胸口的襁褓時期的安心感，身體輕飄飄地越來越輕盈。

既然大限之期已到，為了不讓留在這裡繼續生活下去的人操心，我想要好好躺進被窩裡，像沉睡似的「回去」。並不是「去」那邊的世界，又或「逝去」，我的心情是很自然地覺得「回去吧」。我是要從所謂「這個世界」的充滿奇蹟的精彩旅程「回去」了呢。我歡喜結束這猶如漫長夢境，所謂「人生」的美麗旅程，放下這裡所有一切，「回去」的時候到了呢。

不論是為了不時之需而一點一滴存下來的錢、中意的桐木衣櫃、與丈夫一起在庭院種下的梅樹、內心善良的友人、承受操勞的年老肉體，還有比生命還重要的小珠，全部都是……將所有的一切全都擱在這裡，我要回去了。

我再次以平靜的心情大徹大悟。你在這世上被賦予的一切，全都只是僅限一夜的租借品罷了。就真正意涵而言，這世上沒有任何事物可以稱為「自己的東西」。我很快就會變得一身輕盈。將手上所有僅限一夜的租借品全都放掉，就要自由了。雖然有對於放手的寂寞，卻沒有不安或依依不捨。因為這些本來就不是我的。

突然間，情緒沉浸於一口氣返老還童的快感。

在此同時，身體力量也逐漸流失。

我在和室矮桌旁，緩緩躺下。

就那麼淺淺呼吸了幾次，再次全身使勁，在榻榻米上像個嬰兒一樣爬行。不論是手掌感受到的榻榻米冰涼觸感，就連吸進肺部的空氣的存在，感覺都值得珍惜。甚至是那一個人孤伶伶度過的無數夜晚，讓我感覺孤獨的擺鐘聲響，現在聽來也開始覺得依戀，淚水下意識湧現。

感覺上，我好像一口氣回到了使盡全力哇哇大哭的那時候去。原來如此，我現在，正在變回嬰兒呢。

我為了躺進被窩，努力地想回到內側臥室去，但是現在就連爬行動作都無法隨心所欲了。但是相對的，心卻變得晶瑩剔透、閃閃發亮，對於存在於世覺得新鮮、開心得不得了。

當我好不容易終於爬到房間角落時，肺部已經吸不太到空氣了。但是，沒有痛苦的感受。反而是幸福感，在胸口內側逐漸膨脹。

我伸出右手，想要拉開拉門。

（註27）日文中也有「寿命」一詞，意義與中文同。而日文的「寿ぐ」，意為祝賀、致賀詞、祈求幸運等，故有此言。

就在這個時候，我的腦海中浮現小珠的笑容。

接著，想起那個約定。

惹人疼惜的小珠，還是眼睛圓滾滾的孩子時，做給她的那個束口袋……我，不是答應她要幫忙修補的嗎？

是啊。這世上，還有一個工作得做。

只要想到，我持續描繪至今的繪畫上的最後一筆，將是讓惹人疼惜的孫女開心的針線活兒，就開始感受到一股難以言喻的幸福。

我將原本伸向拉門的右手縮回來，然後就在我將身體方向轉向收著裁縫工具的架子時……我的雙臂頓失力氣，面朝下癱倒在榻榻米上。

左面頰傳來熟悉的老舊榻榻米冰涼的觸感。隱約可以聞到，那榻榻米懷念的氣味。

眼前光景如同鑽石塵一般開始閃閃發光。

我的面頰還是貼在榻榻米上，視線投向和室矮桌上，可以稍微看見小珠的束口袋的上方。據說能夠召喚幸運的四葉幸運草一角，散發綠色光芒。

要幸福喔。

謝謝啊。謝謝啊……

身體如同被風逐漸帶走的砂，眼見著慢慢喪失質量感，我幾乎是無意識地讓這副身軀匍匐前進，一邊靠近和室矮桌。

一伸出右手，指尖就碰到了束口袋。

然後，緊緊握住。

緊握的右手，就那麼墜落地面。

手裡那用舊的布料觸感，有種說不上來的舒服。捧在手掌心上呵護，惹人疼惜的小珠，長期以來用到這樣破舊的布袋觸感。

閃耀的光芒中，浮現小珠的笑容。

多麼惹人疼惜呀。

我孕育扶養，深愛的繪美。繪美孕育扶養，深愛的小珠。溫柔善良、天真可愛，我的孫女兒。我的寶貝。最重要、最愛，打從心底深愛，名為珠美，真的就像顆明珠的孫女兒。

啊～繪美……謝謝妳，在世上留下小珠陪在我身邊。妳的名字，也隱含著「笑容」（註28）的意思呢。這是先回到那邊去的丈夫，拚了命才想到的好名字呢。

啊～孩子的爸。謝謝。

我的眼前有四葉幸運草。那抹綠，益發籠罩於閃閃發亮的溫暖光芒中。

好耀眼。

因為耀眼，於是我輕輕閉上雙眼。

（註28）日文「繪美」的發音為「Emi」，與意為笑容的「笑み」發音相同，故有此言。

我身體的質量感變得更為單薄。全身細胞就像砂子，嘩啦嘩啦流出。自己簡直就像自由的空氣越來越輕。那種感覺非常舒服。

彷彿輕飄飄地漂浮於母親子宮羊水上的安心感。

我就要回去了。

回來啦……

感覺上，這飽含慈悲的聲音，直接傳至內心的核心部分。

我很自然就能理解。

現在，這個瞬間，包裹著我的無限寬廣，將完全接受完整的我。

我，今後將成為一。

與無限合而為一。

最後再一次……

我掃視一遍自己描繪至今，那幅美麗的奇蹟繪畫。

那整體樣貌，果真就是走馬燈。

而我發現，那所謂的「走馬燈」總是那麼完美，於是深深、深深地放心了。

在此同時，我的內在所有都因為感謝的光芒而變得豐滿。

「嗖」地我消失，同時擴展。

然後，我成為了我。

葉山珠美

下午過四點……

今天最後一個販賣點，是離隔壁町比較近的一個小聚落的廢棄工廠。這個上個月開始新加入的販賣點，據說原本是印刷工廠。工廠倒閉時，只賣出建築物內部的機械，所以現在變成一個正好像是庫房的空間。有屋頂也有牆壁，所以像今天這種下雨的日子，就是個讓人滿心感激的販賣點。話雖如此，與晴天相比，今天的顧客還是不到一半就是了。

「那，小珠，再見囉。」

眼前個頭嬌小、胖嘟嘟的老婆婆對我微笑。在聚落中被稱為「鳥店婆婆」，廣受大家喜愛的她，據說直到二十年前都在從事培育銷售傳信鴿的工作，所以現在還是被大家稱為「鳥店婆婆」。

「鳥店婆婆，謝謝您經常光顧。下次再來喔。」

我也揚起嘴角回應。

鳥店婆婆手裡提著裝有剛剛才買的紅茶與淺漬小黃瓜的袋子，緩緩轉過身去，撐起褐色雨傘。然後，踏上雨中歸途。眺望著那感覺肉肉的嬌小背部，獨處的我隨之發出「唉」的一聲深沉嘆息。即使身體不舒服，再怎麼樣還是招呼完最後一位顧客了。現在覺得真真給的藥，效用逐漸減弱，肯定是因為到了傍晚又慢慢燒起來了吧。

「好了，收拾完就回家囉。」

我為了鼓勵自己，刻意發出聲音。

我接著鞭策幾乎想要蹲下的沉重身軀，將排列在保存盒中的商品堆放到「CARRY」的車斗中。

耗費平常的兩倍時間，堆放完商品後，我坐進駕駛座，虛弱無力的背部整個陷進座椅中。

「呼，結束啦……」

自言自語的聲音，變得虛弱又嘶啞。

總之，接下來只要設法回到家，就撐過去了。像今天的業績計算啦，明天的進貨啦，看這情形應該是不可能了。但是，唯一必須做的事情就是將大量賣剩的商品收進店裡的冷藏、冷凍庫。食物要是腐敗，就太浪費了。說不定，夏琳可以幫忙處理這項作業。如果真是那樣，今天想要坦率道謝說「謝謝」，以好心情請她幫忙。

那樣的話很好吧，靜子奶奶……

我回想起靜子奶奶白天那沉穩的微笑。

好了，得回去了。

「拜託你囉，『CARRY』。」

我低喃，發動引擎。

就在那一剎那……

副駕駛座上的手機響起。液晶螢幕上，顯示父親的名字。父親會在我工作時打電話過來，還真稀奇。說不定，是要責備我今天早上的無禮舉止……瞬間雖然這麼想，但是隨即轉念。父親不是這樣的人。一定是從早上開始，就在擔心身體不舒服的我，受不了才打電話過來的。

「喂？」

我抱著一絲緊張，同時按下按鍵。

『喔，是爸爸啦。』

「嗯。」

『小珠，妳現在在哪裡？』

父親的聲音感覺上與平常不同。總覺得他說話速度很快，言語間隱含似乎壓抑著情緒的異常緊張。所以，我不自覺反問：「欸？」

『工作，已經結束了嗎？』

「欸……唔，嗯。剛結束。」

『妳人在町裡唄？』

「現在，在燒澤聚落的廢棄工廠。」

『這樣啊。』

「嗯……」

『啊～那個啊……』

「……什麼？」

『那個，小珠啊。』

「欸？」

在這個時間點，我開始有種不祥的預感。我從沒聽過，父親以這種方式說話。

『妳要冷靜聽我說喔。』

「欸？」

『就是，要妳保持冷靜，好好聽我說。』

「……」

父親說到這裡，停頓一下。然後，「呼」地嘆了一小口氣。是在調整呼吸吧。都怪這不自然的間隔，我內心瞬間充塞討人厭的騷亂。

『那個啊，剛剛，千代子婆婆打電話來。』

根本就還沒聽到什麼要緊事，我卻明白，自己腦袋「咻」地血氣盡失。

「嗯。」

我的嘴裡吐出簡短回答。但是，那聲音，聽來有點像別人的聲音。

『靜子奶奶她，剛剛……』

父親的聲音也變得好遠。聲音聽起來，好像是從與現實不同的另一個虛構世界傳來的。大概是因為這樣吧，感覺上也聽不清楚「剛剛……」接下來是什麼。儘管如此，我的身體還是確實做出反應。

「騙人……」

『我沒騙人。』

「騙人……」

『我是不會拿這種事來騙人的唄。』

父親突然發出無力的聲音。

我用左手將手機貼在耳邊，右手使勁壓住心臟附近。

『發現的人，是千代子婆婆……』

我的腦袋一片死寂，幾乎陷入停止狀態。即使如此，腦袋的一部分還是理解了父親話語的內容。

「我過去。」

我的嘴巴逕自開口說道。

『妳說，過去……喂，小珠，好好聽我說呀。現在呢，警方驗屍官已經到靜子奶奶家裡來了……』

「我、馬上、過去。」

『欸……喂。』

「抱歉，爸爸。先掛了喔，現在馬上過去。」

我單方面切斷通話，將手機扔到副駕駛座上。手機馬上又響起父親打來的鈴聲。我充耳不聞，放下手煞車，踩下油門。

車子衝出昏暗的廢棄工廠，在籠罩於白色朦朧雨幕的聚落奔馳。才覺得視線怎麼這麼糟糕，隨即發現忘記開雨刷了。

由於是位於山間部的聚落，道路狹窄蜿蜒。我將方向盤一下往右一下又往左打，一邊在心底數度低喃：「騙人、騙人、騙人。」明明心知肚明，父親是不會拿這種事來騙人的。

手機的來電鈴聲停止。

父親似乎是放棄了。

當我開到視線惡劣、路幅狹窄的彎道時，一輛速度飛快的對向來車，以差點撞到我側邊後照鏡的距離，疾駛而過。我瞬間感到一陣涼意，卻還是無法放鬆腳踩住的油門。

我用一團混亂的腦袋，反芻父親打來的電話內容。

聽說，靜子奶奶整個人趴倒在那個常坐的和室矮桌旁。而且，手裡還緊握著我的束口袋。

腦海浮現警方驗屍官那些人，擁進那個家的景象。不論何時，都環繞在清流柔和的潺潺流水聲的那個家，竟然被外人闖入，檢查趴倒在那裡的靜子奶奶。

我不要……

這麼一想，不知道為什麼，頭疼立刻回來了。我不禁皺起眉頭，停止呼吸。我忍住疼痛，雙手緊抓住方向盤。惡寒卻彷彿追隨頭疼腳步似的再次回歸。緊貼在座椅中的背部起了雞皮疙瘩，臼齒「喀答喀答」直打顫。我使勁咬住吵死人的臼齒，中止那窩囊的聲音。頭好痛，視線搖搖晃晃地無法穩定。

以一定節奏左右移動的雨刷。

那簡直就像催眠術似的讓我的意識逐漸模糊。

今天下雨，開車要小心喔。

就在不久之前，靜子奶奶還出聲這麼對我說。用蘊含深沉慈愛的聲音。以後再也聽不到了嗎。我還沒有足夠的餘力去理解這樣的現實。

突然間，我想到靜子奶奶因自己女兒死於車禍所承受的悲傷。另外，母親比靜子奶奶先走的心情，也在同時，莫名的，事到如今才流進胸口核心處。

我回想起書桌抽屜中的母親遺照。

我，就只有那麼一點點，稍微放鬆踩油門的力道。

車子終於駛離沿海國道，行經「海山屋休息站」前方。再往前好一會兒，逐漸看見青羽大橋，然後在紅綠燈路口右轉。車子緊接著開在沿岸道路上，逆流往上游駛去。左手邊慢慢可以看見「常田馬達」的舊招牌。當車子駛過那個車庫時，感覺上瞬間瞥到了穿著水藍色連身工作服的壯介背影。

從這裡開始，前方道路緊貼青羽川，路幅一下子縮減，還會遇到好幾個急彎道。柏油路面千瘡百孔，車子「嘎搭嘎搭」震動，連帶搖撼著我疼痛的腦袋。

不穩定的烏雲。毫無停歇跡象的滂沱大雨。暴漲的清流變成混濁的綠褐色，看來就像一條瘋狂的大蛇。

唉……

我吐出潮溼的嘆息。

我，到底是在做什麼呢……一直以來，拚了命做跑腿宅配車，結果，卻讓最珍惜的人孤伶伶地一個人死去，不是嗎？

孤獨死……

一想到這三字詞彙的重量，上半身就猛然顫抖。那顫抖是惡寒引起的，還是悲傷造成的，又或源自對於本身的憤怒呢？我不清楚。

右邊車輪，突然間陷進路面凹洞，強烈震動連帶搖撼腦袋。我痛得皺起眉頭。大概是因為始終緊咬臼齒，牙齦附近也陣陣抽痛。因發燒而茫然失神的腦袋。沿岸道路已經是一片昏暗。

但是，不趕路不行。

我又再次用力踩下油門。

一旦加速，不知道為什麼，淚水隨之汩汩湧現。在因淚水扭曲的世界中，我將方向盤往右、往左地持續轉動。

靜子奶奶的溫柔笑容掠過腦海。

遺照中的母親微笑也在同時閃現。

我覺得，她們兩人都想對我說些什麼。

哎喲，頭好痛。

想趕快見到靜子奶奶。

我在高速行駛下，過完一個左轉的和緩彎道。

接下來，是個稍微有點急的右轉彎道，彎道銜接著那條能下到碎石河灘的緩坡。只要再一分鐘，就能抵達靜子奶奶家了。

風景因淚水而扭曲。

就在那一剎那……

茫然失神的腦袋其中一部分，「啪」地迸現閃光。

啊，危險！

當我發現時，對向卡車已經逼近眼前。

叭叭～！

耳邊響起刺耳的喇叭聲。

接下來全都變成慢動作。

我的左邊視線一角，瞬間看到道路護欄的盡頭。那是通往下方河灘的緩坡入口。我於是反射性地硬是將方向盤猛往那條緩坡打。

嘰咿咿～！

車輪大幅打滑。

在強大離心力作用之下，我的右肩撞上車窗。藏青色卡車就以千鈞一髮的極近距離閃過我，隨即呼嘯而去。

打滑頓失平衡的「CARRY」，直接衝向緩坡。那條緩坡當然沒有護欄，連扶手都沒有。要是就這麼筆直前進，就會從緩坡邊緣摔落河灘。我將方向盤急往右切，希望盡可能順著緩坡開下去。但是「CARRY」一時之間轉不過去。左側車輪頓時騰空，耳邊響起混凝土坡面與車子底盤摩擦時所發出的「嘎哩嘎哩」的討厭聲響。就在下一瞬間，眼前的世界開始緩緩旋轉。因為「CARRY」從高約一．五公尺的緩坡飛出去了。

我在一段好長、好長，讓人噁心反胃的懸浮感中，莫名冷靜地思考著。奇妙的是，這個右轉彎道不正是母親事故現場的前一個彎道嗎？要是「CARRY」繼續再前進個數十公尺，開進與母親相同的那個彎道，沒有緩坡這條逃脫路徑的我，早已經迎面撞上卡車了吧。還好，剛剛回想起靜子奶奶與母親遺照，就算只有那麼一點點，也因此稍微減速了。所以，我現在還活著。

當我想到這裡的時候，眼前的世界已經是上下顛倒。

我拚死緊緊握住方向盤。

但是，再這樣下去……

當我意識到死亡時，夏琳今天早上的臉龐在腦海中浮現。仰望身體不舒服的我，雙眉擔憂地垂成八字型的夏琳。當下，這個瞬間，徘徊在生死邊緣的我，回想起的不是母親也不是靜子奶奶，而是夏琳的臉龐。我還沒能好好向夏琳說「抱歉喔」，也還沒能說「謝謝」。那件事，肯定讓我內心留下深深的遺憾。既然懷抱的是這樣的心情，那麼我還不能死。

世界已經轉了四分之三圈。

被雨淋溼的碎石河灘逐漸逼近眼前。

我，

還想，

活下去。

當我在內心這麼大喊的下個瞬間……

砰嘎嘎嘎鏗！

我遭受難以置信的巨大衝擊。

墜落河灘後，「CARRY」似乎還是繼續翻轉。

在那期間，我完全不清楚、也記不得身體的哪裡，遭受到什麼程度的撞擊。儘管如此，我總算沒有喪失意識。雖然強大撞擊讓我茫然失神，但是勉強沒有當機。

「CARRY」停止旋轉後，又過了幾秒呢？我微微睜開雙眼。首先映入眼簾的是，碎得亂七八糟的擋風玻璃。我已經沒有握著方向盤了。身體呈現彷彿上半身倒在副駕駛座上的奇妙姿勢。要是沒繫安全帶，說不定就被甩飛出去了。

不幸中的大幸是，旋轉到了最後，「CARRY」是以「立姿」停止的。竟然不是側翻，也不是倒栽蔥。

「嗚、嗚嗚……」

正想撐起上半身時，耳邊傳來某人的呻吟聲。我是在轉瞬過後，才察覺那是從我嘴裡發出的聲音。這是所謂的震驚狀態嗎，我感受不到疼痛，只是覺得全身像被火燒一樣。

我勉為其難地勉強撐起上半身。

我以精神恍惚的狀態，茫然看著車內情況。

左右兩邊的後照鏡也被撞得粉碎，副駕駛座的製物箱蓋子頹然敞開，之前持續從初音婆婆那裡拿到的糖果，飛散各處。裝錢的點心罐滾到我的腳邊。但是蓋子已經開了，裡面的錢與糖果一起雜亂散落車內。我想說，不論如何先將罐子撿起來也好，伸出右手時，我又發出「嗚嗚……」的聲音。因為右手肘稍微上方附近，傳來刺痛。骨頭應該沒有異狀，不過好像被撞得很嚴重。

我輕輕卸下安全帶，用左手撿起罐子，然後放回副駕駛座上的原位。我不知道蓋子到哪裡去了，說不定，飛到外面去了。

我總覺得右側頭部怪怪的，用發疼的右手一摸，有種溫溫的討人厭觸感。我看向那隻右手，食指與中指一片赤紅。是鮮血。右耳稍微上方附近的頭部側面，像火燒般發疼，血一定是從那裡流到脖子去的吧。我用沾到血的手指，摩擦穿著褲子的大腿，將血擦掉。

我發現，引擎還在運轉。

轉動鑰匙，熄了火。

世界歸於一片寧靜……就在我這麼想的瞬間，卻換成毫無慈悲的大雨聲、暴漲河水的轟鳴聲開始支配灰暗的河灘。

手機呢？手機到哪裡去了？

視線一陣遊移後，發現手機不知道為什麼與玻璃碎片一起躺在儀表板上。

我伸出左手，拿起稍微被雨淋溼的手機。

按下電源鍵，液晶螢幕就像什麼都沒發生過似的閃耀平和的光芒。那小小的畫面上，顯示出靜子奶奶過去寄給我的四葉幸運草照片。

奶奶……

呈現鮮嫩綠色的四片葉子。

葉片開始搖曳。

因為我的眼眶，積滿了淚水。

眨了眼，淚水順著面頰滴落。

一滴、兩滴，不論再怎麼滴落，淚水還是源源不絕地湧出。

咦，為什麼止不住呢？這樣，就看不到四葉幸運草了啦……

我用還有些朦朧的腦袋，這麼思考。

滴答……

淚珠也滴落到四葉幸運草上。

看到這個，我以衣袖拭去淚水。然後以左手操作，叫出某個電話號碼。

按下通話鍵。

一聲鈴響、兩聲鈴響、三聲鈴響。

我一邊祈禱對方接電話，一邊用肩膀用力推開吱嘎作響「CARRY」車門。

我沒有絲毫猶豫，走進滂沱大雨中。

腳邊躺著被擠壓變形到慘不忍睹的機器，那是裝在「CARRY」車頂上的擴音器殘骸。

拜託，接電話。

我將手機貼在耳邊，腳步踉蹌地直接在碎石上邁開步伐。

常田壯介

放在車庫牆邊紅色工具箱上的手機，從剛剛開始就持續騷動。

「嘿、嘿，我知道啦。但是，現在就是空不出手來嘛。」

鑽到車體底下的我，這麼自言自語，一邊鎖上最後一根螺絲。

「好耶，修理完成。」

我又這麼自言自語，從車底下爬出來。

我一手拿著扳手，縱身一跳站起來。

我走向工具箱，被油漬染得漆黑的右手一邊伸向連身工作服的大腿附近摩擦。然後，那隻變得稍微乾淨一點的手，伸向手機。

手機畫面，顯示小珠的名字。

「來～了，久等囉。」

我一如往常，語帶輕鬆對她說。

『壯介……』

「欸？」

我打從一開始就啞口無言。小珠的聲音很怪，從手機喇叭隱約可以聽見非常嘈雜的雨聲，還有類似暴漲河流的重低音聲響。

『壯介……』

小珠再次以無力沙啞的聲音，叫我的名字。

「欸，小、小珠，怎麼了？」

小珠沒有立刻回答。

我一把將手機緊貼住耳朵，豎耳傾聽。因為只有那麼一點點也好，我想盡量瞭解小珠的狀況。結果，雖然只有蛛絲馬跡，我聽到了不自然節奏的呼吸聲。

在哭……

不會錯。小珠她，現在，正在電話那一頭哭泣。

我的腦袋瞬間開始刷白。但是，另一個我卻說「總之，先保持冷靜」。

「小珠，妳現在，人在哪裡？」

我盡力以平穩聲音詢問。

『河灘……』

「河灘？妳是說，青羽川的？」

『嗯……』

「這樣啊。那，唔，發生什麼事了？」

『壯介……』

「嗯，怎麼了？」

『抱歉，壯介……』

「欸？」

『我，把「CARRY」給……』小珠說到這裡，發出大概兩次抽噎聲。『我把壯介幫忙做的「CARRY」啊，弄到不能開了。』

「不能開了……」我說到一半，突然恍然大悟。「欸，該不會出車禍了嗎？」

『嗯……抱歉耶。』

我的心臟開始狂亂跳動，感覺甚至像是從肋骨內側往上推升。

「話說回來了……小、小珠妳要不要緊？有沒有受傷啊？」

『嗯，不要緊。』

「真的嗎？」

『嗯。』

「可以說明狀況嗎？」

『嗯。』

小珠之後一邊數度抽噎，一邊述說沒能過彎成功，墜落到緩坡上，還有「CARRY」全毀的樣子。據說小珠本身，雖然手肘或頭部等有撞傷，不過傷勢都不太嚴重。

『所以啊，壯介。』

「嗯……」

『車子，希望你能幫我拖吊。』

「那是當然的啊……小珠，妳在哪裡啊？」

『現在在走路。』

「走路？在哪裡走路？」

『正在從摔下去的河灘，走到路上去。』

「雨聲很大耶，妳有撐傘嗎？」

『沒有，可是……』

「欸？」

也不撐傘，到底想要走去哪裡啊。就在我這麼想的時候，小珠親口道出去處。

『我要去靜子奶奶家。』

欸，靜子奶奶家……為什麼，是現在？

所以說，她是將撞壞的「CARRY」扔在河灘上，想在這種大雨中，走到靜子奶奶家嗎。

不論怎麼想，都是異常的行動。

「小珠啊，為什麼現在非得去靜子奶奶家呢？」

我這麼一問，也不知道為什麼，小珠隨即抽抽搭搭地大哭起來。

「欸？等等，小珠，怎麼了？」

『……奶，……了啦……』

嘈雜的雨聲混雜嗚咽，我聽不太清楚小珠的話。

「欸，妳說什麼？」

『靜子奶奶她……』

「嗯。」

『死掉了啦……』

小珠又開始抽噎。

「欸……」

我的腦袋瞬間凍結。

但是，當腦袋再次啟動時，身體早已自作主張地動了起來。

我衝出車庫，跑過庭院。「嘩」一聲打開主屋玄關大門，對著人在裡面的父親大聲說。

「老爸，我出去一下！」

我不等父親回答，直接衝向可以執行拖吊的車子。然後，再次對手機說。

「小珠，我立刻就過去。我會送妳到靜子奶奶那裡去的。」

『……』

「喂，有沒有在聽？」

『嗯……』

「好，那，小珠妳回到『CARRY』裡面去。」

『……』

「然後，等我過去。」

我說到這裡，就單方面掛上電話。

我將手機塞進連身工作服的口袋。

然後，跳進停在車庫旁的拖吊車。

「受不了耶，搞什麼東西啊，這個小珠……」

我一邊自言自語，轉動原本就插在那裡的鑰匙，發動引擎。外面已經是一片昏暗。我開了車燈，啟動雨刷。然後放下手煞車，打到L檔，踩下油門。

等等喔……

這輛破爛拖吊車，在大雨滂沱中奔馳在沿著河岸的道路上。

兩分鐘能不能到啊……

檔位越打越高。

一回神，我已經像是踩到底一樣，猛力踩著油門了。

第六章

蝸牛

葉山珠美

靜子奶奶葬禮的隔天……

我坐在二樓起居室，茫然眺望大海。

琉璃色的水平線上方，是一片澄澈剔透的水藍色廣闊天空。

「嘩嘩嘩」的怡人浪潮聲，從敞開的窗戶流進來，十一月有些冰涼的風，吹得蕾絲窗簾飄逸擺盪。

總覺得，是平靜到不可思議的日子呢……

我閉上雙眼，緩緩深呼吸。

這個時候，夏琳與父親從樓下上樓。應該是從店裡冷藏庫選好要用的食材，帶上來了吧。

「小珠，食材拿來用囉。謝謝喔。」

「啊，嗯。」

將「CARRY」整個撞爛的我，已經不能再做跑腿宅配車了。但是，冷藏庫裡還剩下大量食材。反正也沒機會再賣了，所以決定在腐敗前，請夏琳拿來煮給家裡吃。

「有好多可以用微波爐加熱的熟食喔。」

站在廚房的夏琳，吟吟微笑，不過畢竟是葬禮隔天，看起來有些疲憊。

「嗯。喜歡的都可以拿去用喔。」

夏琳說著：「３Ｑ。」對我豎起拇指。

「我說啊，反正今天不開店，白天開始就來喝一杯唄。」

在我對面的椅子上就座的父親，以泰然自若的語氣說。但是聲音背面，同樣貼著一層薄薄的疲憊。

「哇喔，那很棒喔。」

夏琳誇張地表現出開心的樣子。那種有些作戲的感覺，好像反而激發了靜子奶奶死去的悲傷。

「但是啊，小珠還是別喝為妙吧。」

「欸，為什麼？」

我微微歪頭望著父親，父親隨即指著我的頭。

「頭上的傷，搞不好會痛呢。」

「啊，這沒什麼大不了的，不要緊啦。」

原來是在說我摔落河灘時，頭部側面受到的撕裂傷呀。這個傷，在隔壁町的醫院縫了大概三針。說是說「縫」，實際上就只是用像訂書針一樣的金屬針「啪擦啪擦」釘了幾針而已。除了有一陣子不能洗頭之外，生活上並沒有什麼特別不方便的地方。

夏琳將肉丸子、回鍋肉等調理包加熱後，開始擺到桌上。我也從桌邊起身，拿出罐裝啤酒與玻璃杯，又或從樓下店內冷藏庫，將本來應該是跑腿宅配車載出去賣的袋裝醃漬芥菜拿過來。

當全是調理包的偷工減料午餐湊齊後，三人的玻璃杯斟上了啤酒。在昨天過後的今天說什麼「乾杯」也很怪就是了，算是「獻杯」（註29）吧，正當我這麼想，父親開了口。

「昨天，有很多人來上香呢。」

那是彷彿嘆息，感慨良深的語調。

「是啊……」

我拿著玻璃杯，以有些沙啞的聲音說。

「大家都在哭，那是一場很悲傷、很美的葬禮呢。」

「嗯。」

我頷首，夏琳也以格外嚴肅的表情坐在父親身旁。

「總之呢，妳們兩個都辛苦了。」

之前擔任喪主的父親在桌上高舉玻璃杯。我與夏琳也微微舉起玻璃杯。

（註29）「獻杯」：日本葬禮儀式中，眾人舉杯向亡者表達敬意的動作。

三人各自啜飲啤酒。

要是平常，父親就會爽朗說出什麼「噗啊，白天喝酒果然讚耶」，今天卻以感慨的表情，放下玻璃杯。

「好了，吃吧。順便提一下，今天呢，這個、這個、還有這個，都是我請客的喔。」

我手指著桌上那些本來應該由跑腿宅配車載出去賣的菜，故意以開玩笑的感覺這麼說。「啊哈哈，真的耶。」父親稍微笑了，但是雙眉也稍微垂成八字型。感覺上，夏琳反而以悲憫的眼神看向這裡。

之後，三人就慢吞吞地動筷子，用溫吞步調喝啤酒。對話不太熱絡，停止時也不覺得尷尬。

偶爾，會有柔和海潮聲乘著風，從窗外流進來。

那是入冬有些冰涼，感覺清冽的風。

在沒開電視，也沒放音樂的起居室中，不符合當下季節感的風鈴「鈴」一聲輕輕響起。

非常安靜、肅穆的下午。

靜子奶奶的葬禮，與初音婆婆的妹妹敏美婆婆去世那時候一樣，辦在隔壁町的殯儀館。悼唁者排成長長人龍，高峰時間甚至都排到建築物外面去了。人龍中也有古館先生的身影。上完香的古館先生，還是一如往常頂著一張撲克臉，拍了拍我肩膀，只對站在一旁的父親說：「最近會再去喝一杯的。」隨即離去。

讓人驚訝的是，平常為人尖銳的千代子婆婆皺著一張臉，抽抽搭搭地傷心大哭。而町裡好多人看她那副樣子，也都被惹哭了。

我幾乎是哭個不停。感覺淚水流得越多，心就變得越乾越空洞，等到葬禮結束時，已經只剩下一副空殼了。

平常就很容易感動，淚腺比任何人都發達的夏琳，不知道為什麼卻連一滴眼淚都沒流。在我眼中，那看起來實在很不自然，葬禮過程中我也數度窺探夏琳。夏琳沒有哭泣的雙眸，呈現有些可怕的澄澈灰褐色。而且那對可怕的眼睛與我溼潤的雙眼，不知道為什麼，就像互相吸引似的數度四目相接。

喂，夏琳不難過嗎？

雖然呈現可怕的雙眼，不悲傷嗎？

我也想這麼問，不過老實說，當下根本沒有那種餘力。因為每當悼唁者以溫柔聲音向我攀談時，淚腺就會完全失守，只能顧著以手帕按著眼睛，始終低著頭。

「小珠？」

夏琳的聲音讓我猛然回神。

原來我回想起昨天的葬禮，曾幾何時已經將筷子放到桌上，茫然發呆。視線就投注於從父親與夏琳之間看得到的窗外蔚藍大海。

「欸，什麼？」

「飯菜，不吃嗎？」

「啊，嗯。總覺得，不太餓吧。」

我說著，望向擺在桌子中央的餐盤。不論哪一盤料理，都沒怎麼減少。不論父親或夏琳，果然都沒食慾啊。我喝點啤酒，讓酒流過喉嚨，取代飯菜。結果，父親又幫我斟了剛減少的酒量。而我也幫父親斟了酒。然後重新拿起筷子，將甜甜辣辣的肉丸子送進口中。因為我覺得要是完全不吃的話，會讓夏琳與父親擔心的。

結果，這次換夏琳放下筷子。

「小珠。」

「嗯？」

夏琳感覺有些慎重地從正面望著我。

「靜子奶奶不在了，很難過呢。」

這句像是冷不防扔來的話語，讓我的胃部一帶頓時僵硬。但是，夏琳似乎對這樣的我不以為意，流露微微笑意，繼續說。

「但是，不要緊喔。」

「欸……」

「有爸爸桑跟我在喔。所以沒問題喔。」

噗通。

我感覺心臟發出奇怪聲響。

沒問題喔……

那句話壓迫著我的胸口，讓嘴裡的肉丸子吞不進去了。之後，我花了一點時間咀嚼，終於才將肉丸子嚥下去。

靜子奶奶死掉了，是沒問題的嗎？

噗通、噗通。

耳朵深處可以聽見鼓動。

那震動，讓我內心的基礎部分，「嘎啦嘎啦」土崩瓦解。

「妳說的『沒問題』，是什麼意思？」

「喂，小珠。」

察覺到我寂靜的憤怒，父親想要介入。

但是，我視若無睹繼續說下去：

「夏琳，妳該不會是認為可以取代靜子奶奶吧。」

「喂，我說小珠啊。」

父親將裝有啤酒的酒杯放下。

「NO～NO～不是喔。不是那樣的。」夏琳上半身在桌面上稍微向前探，雙眸瞬間黯淡，逐漸蒙上那感覺可怕的憂愁。「死掉了，很悲傷喔。我也悲傷。非常悲傷。但是，這也是沒辦法的。小珠還活著喔。活著的人，要笑笑的，露出笑容喔。」

「說什麼笑容……昨天，葬禮才剛結束，哪有可能笑得出來啊。」

「啊～NO～NO～不是那樣的。不是喔。那個……」

夏琳露出焦急神情，上半身更往前探。

「拜託，不好意思。暫時不要管我……應該說，可以請妳別再提起靜子奶奶了嗎？」

我也在用我自己的方法，去接受與靜子奶奶離別，期盼好好往前看、重新出發。但是，那是需要時間的。這個道理不是理所當然的嗎？結果呢，就連這樣的心情，這個菲律賓人竟然都無法瞭解。

我正想離席。

因為想要逃進三樓自己的房間。

就在這個時候，夏琳毫無預警地滔滔不絕說出不知道是什麼意思的話語。

「阿安星　啪　安　搭摸，昆　啪泰　那　安　卡巴優。」

我從椅子浮起的腰部又坐了回去。因為，夏琳懇求般的表情留住了我。

「那是，什麼……」

「菲律賓的諺語唄？」

不知道為什麼，應該不懂他加祿語的父親從旁回答。

「我是問，什麼意思？」

我想這時的我，臉色已經非常難看。但是，夏琳仍然正面迎視我嚴厲的視線，這麼說。

「死掉的馬，不需要草……這是，菲律賓從很久以前就開始流傳的諺語喔。」

「……！」

這白目到了極點的話，讓我倒抽一口氣隨即屏息。

靜子奶奶是死掉的馬？不需要草？

我已經，不想逃進自己房間了。腦袋逐漸刷白，身體也開始顫抖。這種情況，或許是我有生以來第一次。

「Oh～NO～小珠，聽我說喔。人都會死。那很悲傷喔。我也是喔。但是，不要緊喔。妳還有爸爸桑，還有我，妳有家人喔。家人最重要的是……」

「喂，夏琳。」我以強烈語氣，打斷夏琳的話。「我跟妳說，不論是靜子奶奶，媽媽，兩個分別都是不一樣的人喔。所以，不論任何人都絕對、絕對不可能，取代她們兩個的。」

「NO～NO～我，不是的……」

「不要再說了，我拜託妳。」

不想再更生氣了。我厲聲這麼說。雙手在大腿上緊緊握拳。微溫的淚水，「滴答、滴答」落至雙手指甲。緊咬下唇的我，沒有察覺滴落的淚水，正對著夏琳盯著她。

結果，夏琳澄澈的灰褐色雙眸突然晃動……那張娃娃臉幾乎就在同時，慢動作似的扭曲。

她竟然在哭。

不管任何時候，對我永遠不是笑就是生氣的夏琳，首度展現情緒哭泣。

「我，不行呢。沒辦法，成為小珠的媽媽呢。爸爸桑，對不起喔。」

夏琳從椅子站起來，發出簡直像是少女的哭聲，衝下樓去。

「喂，夏琳！」

父親從夏琳背後叫她。但是，夏琳並沒有停。耳邊隨即傳來店鋪玄關拉門被拉開的聲音，還有夏琳直接衝出碎石停車場的腳步聲。腳步聲由近而遠，不久後就消失了。

頓時失去情緒發洩對象的我，緩緩望向父親。

父親始終看著夏琳奔下的樓梯方向。他的視線一轉回來，隨即「呼」一聲，發出像是筋疲力盡的嘆息。他接著靜靜拿起罐裝啤酒，沒倒進玻璃杯，直接將剩下的酒「咕嚕咕嚕」一飲而盡。最後發出「喀」的輕微聲響，將空罐放到桌上。

「我說，小珠啊。」

父親發出低沉聲音，望著我。

一定會被罵吧。或許，至少也會被甩巴掌吧。

但是，那也是沒辦法的。

我早已經做好心理準備了。

我沒有回答，轉而正面迎視父親。

「有件事，得先向小珠說清楚。」

「……」

桌面上方，我與父親之間的空氣逐漸緊繃。

一回神，我已經挺直腰桿。因為有生以來，恐怕是頭一次，覺得父親的視線「恐怖」。

父親吸氣，定定看著我的眼睛。

然後，開了口。

「小珠，謝謝妳啊。」

「欸……」

我仍然挺直腰桿，同時呆若木雞。

「因為小珠，是個善良的孩子呀，就算夏琳有很多事都做得不好，還是一直忍耐呢。」

「……」

父親的雙肩頓時放鬆，接著展露微笑。溫柔海風，從父親背後明亮的窗戶流進來。白色的蕾絲窗簾如夢似幻地飄盪。

鈴～

風鈴聲與海潮聲逐漸滲入我的胸口，情緒一下子變得多愁善感。然後，是為什麼呢？腦海中竟然閃現靜子奶奶的微笑。

「小珠，真的很謝謝妳呀。」

父親的臉龐隨著淚水東搖西晃，我的肩頭開始上下起伏。

就在下個剎那，感覺耳朵深處聽到小小聲的嗚咽。

原來，嗚咽是從我的喉嚨被擠出來的。

不像剛剛的夏琳，那簡直就像是少女般的奔放哭法。

父親靜靜從椅子站起來，繞過桌子，坐到我身旁的椅子。然後，輕柔撫摸我的背部。

「阿安星　啪　安　搭摸，昆　啪泰　那　安　卡巴優。」

父親緩緩說出剛剛的他加祿語。

我抽泣著，一邊聽那聲音。

父親輕撫著哭個不停的我的背部，一字一句開始述說。

「這句諺語呢，直接翻譯就是『死掉的馬，不需要草』。但是啊，真正的意思是有點不一樣的，好像是這樣的喔。」

在他人真正需要幫助時，必須伸手援助……

父親彷彿也在說給自己聽似的，慢慢說出諺語的「真正意涵」。

「簡單說呢，夏琳她啊，看到一口氣失去靜子奶奶與跑腿宅配車的小珠，覺得現在正是必須幫助家人的時候呢。但是，用日文就是沒辦法流利說明，才會不自覺用出了菲律賓的諺語唄。」

父親的話語如同水滴，滴進了還在輕微抽泣的我的內心正中央，激起的漣漪緩緩往外擴散。

「夏琳她呀，昨天晚上是這麼說的。實在太擔心小珠了，所以自己在葬禮上都沒辦法哭呢。」

「欸……」

我終於抬起頭。不，是不得不抬頭。

「藉這個機會，就順便說出來好了。」

「什麼？」

「被夏琳封口的事。」

封口？我微微歪頭。我仍然止不住淚水，父親一個勁地輕撫我的背部。

「妳看，我們家的佛壇呢，不論什麼時候都是乾乾淨淨的唄？」

「欸……」

該不會……我心想。但是，父親隨即以和緩的語調，道出了那「該不會」的事實。

「夏琳她呀，跟我結婚以後，每天早上都持續早起吧？妳覺得，她早起以後，第一件事情是做什麼？」父親回頭，看向佛壇那邊。「是清掃喔。清掃佛壇。」

「……」

「我呀，告訴過她，佛壇就是死者的家。結果夏琳她呀，就說『那麼，這裡就是繪美的家喔』。之後，佛壇就一直保持乾乾淨淨的了。」

「我以前都不知道……」

我低喃，然後吸吸鼻涕。

「是唄？」

父親露出摻雜些許惡作劇感覺的笑容，繼續說下去：

「還有呢，我們店裡的進貨工作都是交給夏琳打理，但是最近，進貨數量就是多了那麼一點。知道為什麼嗎？」

我恍然大悟地睜大雙眼。

「也就是說……」

「嗯，對。為了提供食材做跑腿宅配車的『架上的麻糬特價品』，她是故意多進了一點貨呢。」父親說到這裡，原本輕撫的手「啪」地拍了我背部一下。「啊，對了，有東西要讓小珠看，等等喔。」

父親從椅子站起來，隨即踏著悠閒的腳步上樓去。然後，他從三樓夫妻兩的臥房拿來的，竟然是似曾相識的東西。

「來，這個。針還插在上面，小心拿喔。」

父親朝我遞來的，是那個四葉幸運草圖案的束口袋。

「這個，為什麼……」

我邊問，答案卻已經了然於心。綻線的部分用大頭針固定住了。

「夏琳，就是這種人呢，或許無法取代繪美或靜子奶奶，但是啊，她卻以自己的方式，偷偷的，拚命想要去做任何她做得到的事情耶。」

「……」

「那就是，想想嘛，小珠喜歡的那個唄？」

「那個是……」

「就是所謂的『積陰德』唄。」

溫柔的父親，彷彿絕對不想把我逼進絕路似的露出一笑。所以，我才能坦然讓眼淚撲簌撲簌地奔流，一邊「嗯」地頷首。

「我呀，覺得她比日本人還像日本人喔。不論是在天堂的繪美，還是靜子奶奶，一定最喜歡這樣的夏琳了唄？畢竟啊，她為了小珠，拚成這樣子呢。」

「……嗯。」

淚珠隨著我點頭的節奏再次落下。跟剛剛一樣都是落到雙手指甲上，感覺淚珠的溫度卻不一樣。因為我的手，現在正握著四葉幸運草的束口袋。

「我說，小珠啊。」

我抬頭。

「夏琳的優點是什麼呢？」

雖然是唐突的問題，我的腦海裡立刻浮現夏琳陽光般的笑容。所以，我這麼回答。

「個性，開朗……？」

「嗯，是呀。我也這麼覺得。她明明懷抱著艱辛的過往，不論任何時候，都還是那麼爽朗、樂觀呢。」

「嗯……」

「既然如此呢，今天一定也會露出燦爛一笑，原諒妳的。所以，跟我一起去追夏琳唄。」

我用手背拭淚，「嗯」一聲點頭。然後說：「這副樣子出不了門，先去換個衣服。」一邊從椅子站起來。

「可別花時間化妝喔。」

「知道啦。」

我展露帶淚的笑容，走向三樓自己房間。

我迅速換上牛仔褲還有耐吉白色帽T，也就是做跑腿宅配車最常穿的衣服。

然後……輕輕拉開書桌抽屜。

母親遺照，從抽屜中仰望我。

遺照旁，有個明信片大小的木質相框。那是之前，出去做跑腿宅配車時順便偷偷買的。我將那個相框與手機放進帽T的腹部口袋，下樓到父親等著的起居室。

「好了，那麼，走唄。」

「嗯。」

我們步下階梯，在後方玄關穿鞋。

「我問你喔，爸爸。」

「嗯？」

「你知道夏琳在哪裡嗎？」

「這個嘛，心裡大概有個底囉。」

父親笑了。那是與平常絲毫不差的悠哉笑容。

深深覺得，爸爸好溫柔，好寬大……

只要這麼一想，總覺得又要哭了。

◇　◇　◇

一步出房子的後方玄關，全毀的「CARRY」隨即映入眼簾。

所有車窗都碎了，車身凹凸不平，彩繪也很悽慘地剝落。車架完全扭曲變形，內部機械的狀況也都糟糕透頂，所以幫忙拖吊的壯介都這麼說：「老實說，修理是不可能了耶。看來，只能當報廢車處理了……」

父親緩緩朝那輛「CARRY」旁走去。

對不起喔、對不起喔，我在內心低喃，盡量不去看那輛讓人心痛的「CARRY」，追隨父親背影。

「要往哪邊走？」

我稍微加快腳步，與父親並排前進。

「唔，跟我來就是了。」

父親照例一臉悠哉，對著藍天舒服地打哈欠。

從碎石停車場走出柏油道路上，父親隨即朝青羽川方向走去。

冰涼的風帶著海洋的味道，輕撫我的領口。

我雙手伸進帽T口袋，邁步向前。右手摸著那個小小的相框。光滑的木框觸感，不可思議地讓我想起夏琳有些黝黑的肌膚。

「我問你喔，爸爸。」

「嗯？」

「你懂他加祿語嗎？」

我問出始終放在心上的問題。

「唔，就只有一點點吧。每天早上，跟夏琳復健健走的時候，一邊請她教我的。」

「喔～這樣啊。」

「那句諺語啊，她前一陣子才教過我，碰巧記得而已。」

原來如此，所以才會連諺語「真正的意思」都知道啊。

走了一會兒，我們就碰上橫向的河岸道路。「這邊。」父親說著左轉。就這麼直直往前走，就會走到海邊去。

「海邊嗎？」

「大概吧。」

每當父親跨出一步，腳邊就會發出「啪答啪答啪答」聲響。明明都已經入冬了，這人竟然還穿著海灘拖鞋出來。

「腳，不冷嗎？」

我有些擔心地問，父親的回答卻完全文不對題。

「啊哈哈，猜對了耶。」

「欸？」

「來，妳看那裡。」

父親指向斜前方。那裡正好是青羽川與大海交會處一帶。從前方混凝土護岸，有一條長長的防波堤，筆直朝海上延伸。防波堤最前端那裡，有個小小的人影。

「夏琳……」

「是不是，正如我預期唄。」

夏琳坐在防波堤尾端邊緣，兩隻腳往海上伸，整個人看起來小小的。我們看到的是背影，她的黑髮隨風飄逸。

「那個防波堤……」

我仰望走在身旁的父親。

「嗯，對。繪美遺照的拍攝地點，也是那裡呢。」

「為什麼，會在那裡……」

「早上健走的時候啊，常會走到那裡去。夏琳說很喜歡那裡呢。」

「為什麼喜歡呢？」

「那，就是莫名地說不上來唄？」

這樣啊。莫名地說不上來，呀……

我再次試著思考，感覺自己也莫名地喜歡那裡。

從山裡流出的河水，首度與大海相會的地方。彷彿身處於廣闊蔚藍正中央的開闊感。遠方的浪聲。起伏擺盪的大海。水平線的顏色與緊挨著後方的群山色彩。河口祥和的町內街景。偶爾可以看到魚兒激起的波紋。在頭頂上緩緩飛舞的老鷹剪影。燦爛灑落的陽光。橫渡海洋的風。還有，母親曾在這裡溫柔微笑的美好過去。

說起喜歡這裡的理由，肯定是不勝枚舉。因為有太多理由，或許就會變成「莫名地說不上來」，就是喜歡。

我與父親爬上沿著河川建造，高度大概到腰部的混凝土護岸。兩人在上面，用比剛剛快一些的步調往前走。

護岸最後是一段混凝土階梯。只要步下階梯，就是夏琳所在的防波堤起始端。

「聽好囉，小珠，從這裡開始，不要發出腳步聲喔。」

在防波堤上邁出步伐的父親，露出彷彿壞小鬼的表情。

「為什麼？」

「那當然是，讓她嚇一跳比較有意思唄。」

「要是夏琳嚇一跳，掉到海裡怎麼辦？」

「啊哈哈哈，不會掉下去的啦。」

父親爽朗大笑。

結果，期望落空。那笑聲過於響亮，讓前方人影回頭看向這裡。

「哎呀，已經穿幫囉。」

父親窸窸窣窣地搔頭。

那個纖瘦的人影，緩緩站起。

我覺得心臟突然間砰砰作響，腳步也變得沉重。

就在這個時候，我的肩膀被一隻粗壯的臂膀抱住。是父親，搭了我的肩。

「小珠，保持笑容喔。」

父親在我耳邊低喃。

「欸？」

「夏琳剛剛也說了唄。活著的人要笑嘻嘻地保持笑容啊。」

一陣稍強的海風吹來，我綁成馬尾的頭髮隨風擺動。夏琳的頭髮同樣隨風擺動。

「……嗯。」

我與父親，在陽光普照的筆直防波堤上往前走。我們與夏琳的距離越來越近。

我在緊張之下，「呼」地吐了口氣。

站在與母親拍攝遺照相同地方的夏琳，看來有些害臊似的低著頭，視線投向這裡。

然後，就在夏琳與我的距離大概剩下三公尺時……

「好了。」

我才在想，父親的手怎麼從我肩膀上鬆開了，下一秒背部就被推了一下。

踉蹌往前兩、三步的我，與夏琳正面相對。

「夏琳，小珠有話跟妳說喔。」

父親以慣有的慵懶感覺說。

「啊，那個……」

吞吞吐吐的我，看向夏琳有些黝黑的小臉。

澄澈的灰褐色雙眸，靜靜仰望我。那視線沒有帶刺也沒有敵意，讓我覺得稍微獲得了救贖。

保持笑容喔……

父親剛剛那句話掠過腦海。

但是很遺憾的是，我並不是那種在當前狀況還笑得出來的大人物。

「那，那個啊，夏琳。」這麼開口的我，此時應該是一臉僵硬。即使如此，我只確定一件事，那就是想要好好傳達心意的意志。「剛剛，很抱歉。」

我老實地微幅點頭，淚腺再次全面失守。然後，我戰戰兢兢地抬頭一看……

夏琳正對著我輕輕搖頭。

「我也是，很抱歉喔。諺語的說明，出錯了喔。我已經在反省了喔。」

她說著，往我走近一步。夏琳的眼中，同樣含著曳動的淚水。

「欸……」

諺語出錯？

「說馬，果然是不行的吧。因為是『馬鹿』（註30）的馬喔。」

「……」

場面陷入讓人發楞的瞬間沉默後，夏琳這句無厘頭到了極點的話語，讓父親爆笑出聲。我與夏琳受到那笑聲牽引，突然間也覺得好笑，開始咯咯發笑。兩人都是笑中帶淚。

三張笑容，徹底扭轉了現場氣氛。

驀然一看，夏琳手上正抓著手機。

「夏琳，妳剛剛是在這裡看手機嗎？」

邊哭邊笑的我，用掌心拭淚，一邊問。

（註30）日文漢字「馬鹿」（發音為「Baka」）意為「笨蛋」、「混帳」，在部分情況下是相當嚴重的罵人詞彙。

「是啊。我在看能讓我有精神的照片喔。」

夏琳開啟手機電源，讓我看她的手機桌布。

「欸……這是……」

我驚訝得啞口無言。因為夏琳的手機畫面上，顯示的正是四葉幸運草的照片。

「這是靜子奶奶，用電郵寄給我的照片喔。」

夏琳以憐愛的眼神，看著那張照片。

「欸，等一下喔。」我左手伸入帽T口袋，拿出自己的手機。然後說著：「妳看，這個。」

讓夏琳看我的桌布。

「哇喔，一樣喔。」

「嗯，一樣。」

夏琳「嗚呼呼」地像個少女一般笑了。然後，她開始說起收到這張照片時，靜子奶奶以電郵教她的「幸福訣竅」。

「這張照片，在晚上睡覺的時候看喔。然後回想一整天發生過的小小快樂，一個、兩個……像這樣子數喔。光是這樣，我就可以變得幸福。尋找快樂的人，就能變成發現快樂的人喔。」

夏琳望著我。

「嗯，靜子奶奶是那麼說的呢。」

我在不知不覺中深深嘆口氣。這是莫名讓人覺得心情平靜到不可思議的嘆息。

靜子奶奶寄給我與夏琳相同的照片，而且，就連幸福生活的訣竅，也同樣教了我們。

「小珠。」

「嗯？」

「靜子奶奶真的很溫柔喔。我最喜歡她了喔。所以，非常、非常悲傷喔。」

俯視著四葉幸運草的照片，淚腺發達的夏琳又滴滴答答地流下淚水。我也被她惹哭了。

咻咻的海風吹來，夏琳的頭髮隨之搖曳。

在這有些冰涼的蔚藍海風中，像這樣哭泣，原來感覺是很舒服的啊……我茫然這麼想。

就在這個時候……

吱～嚕嚕嚕嚕嚕。

老鷹的歌聲從遙遠的上空降下。

三人一齊仰望藍天，再緩緩移回視線。我看看父親，看看夏琳，然後說。

「夏琳，我從爸爸那裡聽說，妳偷偷地從各方面做了好多事來支持我呢。」

夏琳稍微瞪大眼睛看向父親。「穿幫了喔」一臉像是這麼說。

「我一直都沒有發現。」抱歉喔……最後一句我忍住沒說，然後說出：「謝謝喔。」

要對眼前的人，鄭重道謝有些害臊，但是我想這時候的我，反而可以很自然地展露笑容。

「嗚呼呼，積陰德。這是小珠教我的喔。」

夏琳也溫柔地吟吟一笑。

「還有，聽說妳也幫忙清掃佛壇。」

於是，夏琳二度微微轉頭，看向一旁。

「我，沒有跟繪美見過面呢。但是，繪美是爸爸桑的太太，也是小珠的媽媽喔。所以，現在是我的家人喔。」

「欸……」

「菲律賓也是，日本也是，家人是最重要的。這是一樣的喔。」

微微歪頭的夏琳，展露那陽光般的笑容。然後，雙手突然間伸到我背後，緊緊抱住我。

「謝謝妳，夏琳……」

說媽媽也是自己的家人。

我也輕輕抱住夏琳纖細的身體。

夏琳的體溫。

涼爽的海風、溫柔的海潮聲、耀眼的陽光……

真的，這裡是個說不上來為什麼，就是感覺很棒的地方。

從我眼角湧出的淚珠，順著面頰滑落，掉到夏琳肩頭。

我，很幸福……

夏琳無法取代母親，也無法取代靜子奶奶。但是，反之亦然。不論母親或是靜子奶奶，都無法取代夏琳。

夏琳鬆開雙臂，再自然不過地結束這個擁抱。

兩人順勢四目相接，莫名地總覺得難為情，我們隨之對彼此咯咯發笑。

之後，我想起一件重要的事，右手伸進帽T口袋，拿出那個明信片大小的木質相框。

我雙手拿著相框，遞向夏琳。

「來，這個。」

夏琳露出「什麼？」的神情，靜靜接過相框。

結果，就在下個剎那……

俯望相框的夏琳雙眼圓睜，那對眼睛隨即望向我。

「小、珠……」

夏琳右手拿著相框，左手摀著嘴。

「抱歉喔，夏琳。我發現妳錢包裡的照片，就偷偷拿去複製了。」

然後，我就將那張照片放進了可愛的相框裡。想說，看什麼時候再送她。

「夏琳，那個相框可以放在我們家的佛壇嗎？」

「……」

「如果，我的媽媽是夏琳的家人，那夏琳的菲律賓家人，也是我的家人啊。對吧，爸爸？」

我說著，看向父親。

「嗯，是呀，理所當然的唄……」

之前當過混混的父親，發出窩囊的淚聲。

「小珠……可以嗎？」

夏琳也語帶嗚咽，一邊抬頭望看著我。

「理所當然的唄。」

有些害臊的我，模仿父親台詞，調皮微笑。

結果，夏琳的臉皺成一團，拿著相框緊抱住我。

「我很幸運喔。」

我想起靜子奶奶的溫柔微笑，彷彿自言自語地說。

「欸……」

夏琳還是緊抱著我，一邊抬頭。

「因為啊……」說到這裡，我讓胸膛吸滿蔚藍海風，然後將吸進的風直接轉化成心頭浮現的話語，很舒服地吐了出來。「因為我有一個生我的媽媽在天堂，另外一個能像這樣一起幸福吵架的夏琳在身旁呀。」

「小珠……」

夏琳靜靜離開我，用水汪汪的眼睛仰望我。雙手仍然百般珍惜似的抱著裡面有重要家人照片的相框。

溫柔的潮浪聲中，融入了「嗚、嗚」孩子般的哭泣聲。

那哭聲的來源是……

「啊哈哈哈。拜託，爸爸你別哭啦。」

我淚中帶笑，「砰」一聲拍下父親背部。

「說、說什麼蠢話。我、我才沒哭呢。」

父親說著，又哭了。

「啊哈哈，爸爸桑，你好好玩喔。」

夏琳也是淚中帶笑。

「啊，對了。」想到一個不錯點子的我，再次從帽T口袋中拿出手機。「來，我們三個一起拍照啦。」

在這個與母親遺照場景相同的地點，我們來拍照。

世上最幸福的全家福照片。

「欸，為什麼啊？」說著，以手腕抹掉淚水的父親。

「好喔、好喔。」展露陽光般燦爛笑容的夏琳。

「好啦、好啦。」讓兩人站近一點，同時站到他們身旁的我。

拿著手機的右手使勁伸長……

「要照囉，來，要笑喔。」

啪嚓。

三人隨即探頭張望才剛拍下的照片。

「哈，爸爸桑，臉好怪喔。」

「真的，一張臉好像笨蛋喔。」

「什麼東西？妳們還不是臉超腫，眼睛看起來不就像是埴輪陶俑（註31）嗎？」

我噗嗤發笑，夏琳則問父親：「埴輪陶俑是什麼啊？」

這張照片的確將三個人都照得難看透頂。

但是……我覺得這可是比起夏琳在菲律賓的全家福毫不遜色，非常精彩出色的一張照片。

葉山正太郎

今天，中午過後是動過手術的背部定期回診的時間，總之就是得等到天荒地老。一開始的診療要等，核磁共振要等，X光攝影檢查要等，之後的診療又要等，就這麼等到最後，一個有著孩子氣臉龐的年輕醫師就只這麼對我說了一句話。

「很順利呢。平常也記得要適當運動，避免脊椎附近組織變硬。那麼，下一次回診是在一個月之後。」

我實在忍不住想吐槽說：「讓我等了這麼久，就這樣嗎！」但是總算將卡在喉頭的話嚥了下去。真是的，醫院這種地方，真心覺得想要敬而遠之啊。

從醫院飛車返回家裡時，已經大概是傍晚了。

我在停車場一下車，偶然間仰望入冬的高遠天空。

稀疏零星的雲朵，閃耀著熟透芒果般的色澤。就連吹來的舒爽海風，感覺上都染上了透明感十足的芒果色澤。

我從牛仔褲口袋掏出鑰匙串。從中選出最細的一把鑰匙，正想插進後方玄關大門時……

「今天休息啊？」

某人從背後發出低沉聲音。

一回頭，一個雙手插進褲子口袋、頂著撲克臉，雙眉垂成八字型的男人杵在那裡。

「喔～古館阿伯啊。今天公休喔。」

我一笑，古館阿伯微微嘆息。

「公休啊，那就沒辦法了。改天再來。」

正當阿伯轉過身去，這次換我對他背部出聲。

（註31）「埴輪陶俑」：日文原文「埴輪」（Haniwa），為日本古墳時代（約西元四至七世紀）裝飾於墳丘周遭造形簡樸的中空土俑。

「難得來了，就喝一杯再走吧。我今天本來就想喝一杯了。」

「方便嗎？」

「相對的，端不出什麼像樣的東西就是啦。」

古館阿伯還是一副撲克臉，只有嘴角微微流露笑意。

我沒開自家的後方玄關，轉而開啟店鋪玄關。因為沒營業，也沒掛上暖簾。

今天公休日，小珠開著我用五圓買來的黃色破爛車，載夏琳到很遠的市區去。聽說是要去上個月剛開幕的大型購物中心什麼的地方逛街購物。她們說晚餐也會在外面吃，回家時間也會很晚吧。換句話說，正好是方便兩個男人靜靜喝一杯的夜晚。

我只點亮店內吧台還有廚房照明。

古館大叔坐在吧台正中央位子。

我姑且物色一下廚房冷藏庫的東西，決定隨便做些下酒菜。我將刻意存放熟成藉此引出甜味的花枝與黑鯛做成生魚片，用原本應該由小珠的跑腿宅配車載出去賣的鯖魚罐頭灑上細蔥再淋上醬油，魟魚鰭稍微炙燒過搭配七味粉美奶滋。另外就是之前吃剩的金平牛蒡絲（註32）與冷豆腐。

「大概就先上這些東西唄。」

我說著，將餐盤擺上吧台。

「不好意思耶，這樣就很夠了。」

「等一下要是不夠，再隨便出幾道。古館阿伯你，生啤酒可以嗎？」

「喔～」

我準備兩個中型啤酒杯後，在古館阿伯身邊就座。然後兩人「鏘」一聲用啤酒杯互碰後乾杯。

喉嚨舒暢發出聲音的兩個曾混過的不良大叔，異口同聲說：「噗啊～好喝。」然後就有一陣沒一陣地聊些沒營養的幼稚話題。古館阿伯畢竟年齡也到了，喝酒步調很慢。所以今晚，我決定也用悠哉的步調喝。偶爾，用這種喝法也不賴。

古館阿伯喝完兩杯生啤酒後，小口小口地啜飲起當地酒，隨即用筷子戳弄金平牛蒡絲說。

「事情過後，稍微平復一點了嗎？」

咦，是指靜子奶奶的葬禮還有小珠的車禍。

「嗯，平常也一點一點地慢慢恢復開車了。」

「今天，家裡的女人呢？」

「兩個結伴去城裡逛街了。」

「感情很好嘛。」

我不禁笑了。

「反正，在那邊一樣會嘰嘰喳喳地和樂融融吵個沒完吧。」

（註32）「金平牛蒡絲」：日本常見的家常菜，牛蒡絲搭配蓮藕或紅蘿蔔絲等根莖類，以砂糖與醬油調味拌炒而成。

古館阿伯也「呵呵」兩聲淡淡地笑了。

「那，小珠她不要緊嗎？」

「表面上是很開朗地幫忙打理店務啦，不過失去那麼拚命投入的工作，打擊還是很大唄。每次一看到決定報廢的『CARRY』，就會偷偷唉聲嘆氣的呢。」

我為古館阿伯的日式大酒杯斟酒。阿伯彷彿讓酒在舌尖上打轉，再緩緩吞下後，眼神變得有些悠遠。是我多心了嗎？那側臉看來感覺筋疲力盡。

「阿伯，是不是累了？」

我直接問出內心所想。

「有那麼一點，累了吧。」

從這人嘴裡，冒出示弱的話語，還真稀奇。

「怎樣啦，是不是身體哪裡不舒服啊？」

「沒有不舒服啦。正太郎，你啊，知不知道我今年多大歲數啦？」

「怎樣啦，突然這麼問。這個嘛……六十加上……四歲嗎？」

「是五歲，六十五。」

「喔，可惜差了一點耶。」

我將黑鯛生魚片扔進嘴裡，然後幫自己斟酒。

「都這個歲數了耶，做移動販賣那種肉體勞動，本來就會累啊。」

「好像很吃力耶。我看小珠做就知道了。」

「就因為這樣，我也差不多是時候了。」

「欸？」

「我是說退休啦。」

自言自語似的這麼說完，古館阿伯仰頭將酒一飲而盡。

「……真的假的啊？」

「正好，我的冷藏車也壞了呢。」

「那輛跟小珠一樣的『CARRY』？」

「嗯，對。動不了了啦。」

「修理呢？」

「不修啦。已經要退休了。修好了也沒用。」

我定定凝視著正在咀嚼花枝生魚片的古館阿伯側臉。那張臉緩緩轉向這裡。視線對上了。古館阿伯的雙眼，看起來隱含別有深意的笑意。

「所以說，是怎樣……那輛動不了的『CARRY』要報廢嗎？」

「嗯，就是那樣唄。又或是，讓給誰囉。」

我拿起酒壺。然後，真心誠意為古館阿伯的大酒杯，斟了滿滿一杯當地酒。

「既然如此，那輛車，我跟你買如何？」

古館阿伯咧嘴一笑。

「喔～我說你啊，這輛動不了的車，打算花多少錢買啊？」

「這個嘛，希望退休後生活無聊的老頭兒，能交到一個好色女友共結良緣，就用五圓跟你買啦。」

古館阿伯「科科科」地用喉嚨發笑。

「希望我有良緣，所以用五圓啊。那還真是傑作呢。」

「反正是動不了的破銅爛鐵唄。比起付一筆報廢處理費，用五圓跟你接收要好多了吧。」

「真是的，反正怎麼樣都是你贏啦。」古館阿伯故意流露傷腦筋的表情。「沒辦法了，那就五圓賣你啦。不過，今天喝酒得免錢。至少得這樣才行，不然會被老媽罵。」

「啊哈哈。被老媽罵就麻煩了唄。」我雖然試著這麼說，但是心臟附近已經像是被注入溫水一般暖和起來。我忍住差點奪眶而出的淚水，繼續說：「嗯，那，今天我請客。」

「喔～」

之後，我們用大酒杯輕輕碰撞乾杯後，開始稍微加快速度喝了起來。不論是古館阿伯，又或是我，都有些難為情。

喝光三個小酒瓶後，醉得恰到好處的古館阿伯，右手肘撐到吧台上，很難得地聊起自己。

「你們家有個女兒，小珠，其實我也有個女兒呢。」

「欸，這倒是頭一次聽說呢。」

「以前都叫她小貴。」

「小貴？」

「嗯，對。貴美的貴。而且，還跟小珠同年呢。」

「喔～」

「唉，但是……因為我離了婚，從她三歲起就沒再見面了。」阿伯「嘿嘿嘿」地以自嘲的感覺笑了，雙眉隨即垂成八字型。「跟我這種流氓傢伙，還是切得乾乾淨淨比較好唄。所以啊，後來跟女兒就再也沒見過了。」

「是喔。那還真是寂寞呀。」

我這麼想。或許……當古館阿伯看小珠的時候，也將自己女兒的「現在」投射在她身上了吧。

「我說，正太郎。」

「嗯？」

「我呢，雖然當爸爸只有短短三年的時間，不，就連那三年，也都沒有正經去幹呢……即使如此，嘗試為人父母以後，也稍微能瞭解為人父母的心情了耶。」

「嗯，就是這麼一回事唄。我也是自小珠出生後，才首度覺得以前真是給父母添麻煩了呢。」子女不知父母心……好像有這麼一句話，那可是千真萬確啊。

「是唄？我老爸很早就死了，不過老媽還活著。」

「我的父母都已經回去那裡了。」

我說著，指指天花板給他看。

「算滿早就去世了耶。」

「算吧。都是人生短暫卻硬挺的人唄。但是，我才不管背後長了腫瘤還是什麼東西，已經計畫好要活得像小弟弟一樣，持久又硬朗地活下去就是了。」

聽了我硬塞進來的笑梗，喝醉的古館阿伯一副「說這什麼玩意兒啊」的樣子，幾乎都沒笑。

他只是凝視大酒杯的內側，以類似嘆息的聲音回應我。

「我啊，雖然都這把年紀了，不過我在想，現在才來好好孝順好像也不錯呢。」

「喔……」

「唉，像是贖罪之類的吧。」

古館阿伯俐落地將大酒杯中的酒一飲而盡，然後露出莫名寂寥的微笑。

「我並不討厭這樣的古館阿伯喔。」

「笨～蛋，我才不想被混帳東西喜歡呢。」

口出惡言的古館阿伯，難得露出開心的笑容。

「什麼嘛，阿伯，這麼一笑，那兇相不是馬上就變得和藹可親了嗎？」

他的雙眼頓時變細，而且還是感覺和善的彎彎月亮眼。

「嘿嘿。我還是小鬼的時候，就常被這麼說耶。人家都說，我一笑就像老媽。」

「喔～那麼，你的老媽，身體好不好呢？」

「要說好嘛也算好啦，只是年紀很大了，得了認知症呢。現在就算看到我，也不認識了。」

「是喔……」

現在看到自己也認不出來的母親，今後想要好好孝順她……這個曾經混過的流氓，怎麼一直要惹我哭啊……我才這麼想，阿伯立刻露出像是突然想到什麼妙計的表情，一邊望著我。

「對了，正太郎。」

「嗯？」

「下酒菜已經吃完了耶。」

「啊～」

「做玉子燒給我吃啦。」

「玉子燒？」

「嗯，對。」說著點頭的古館大伯，臉上浮現平常幾乎不曾示人的和善笑容。「那可是我還是小鬼的時候，最愛吃的東西了。要幫我做加了一堆砂糖跟味醂，甜甜的那種喔。」

「不是普通那種加高湯的玉子燒嗎？」

「嗯，要甜的那種。」

古館阿伯眼神沉穩悠遠。

「真是的，實在是個會隨便使喚人的老頭兒耶。」

我雖然口出惡言，卻是一副期待已久的樣子，從椅子站起來。我走向廚房一邊捲起袖子時，下定了決心。

等著吧。我會幫你做出我人生中最美味的「甜甜玉子燒」……

常田壯介

「好了，修好囉。喂～引擎發動一下。」

我在「常田馬達」的車庫中，對小珠出聲道。

「瞭解。」

像軍隊一樣敬禮鬧著玩的小珠，輕巧坐進駕駛座發動引擎。

「動看看。」

「收到。」

小珠又做出相同動作鬧著玩。然後，開啟雨刷開關。

滋～滋～滋～滋～……

雨刷膠條開始在乾燥的擋風玻璃上刷動。

「好，很完美呢。」我說。

「謝啦。」在駕駛座上比出勝利手勢，開心微笑的小珠。

受到小珠笑容影響，總覺得新的「CARRY」看來似乎也是笑嘻嘻的。

真沒想到，這麼快就能弄到第二輛「CARRY」……

我不禁想起前幾天那件出乎意料之外的事，心頭一片暖洋洋之餘，也發出了嘆息。

那是三天前的午後。正太郎叔叔突然打電話到「常田馬達」，委託我處理車輛修理以及車籍變更。

『喔，壯介。我從古館阿伯那裡接收了一輛動不了的「CARRY」，幫我好好修理呀。還有，車主要變更成小珠的名義，要快喔。』

問都不問我們的預定工作，說什麼「要快喔」，以上對下的態度還是完全沒變呢。況且，修理費用到時候一定又會用「架上的麻糬居酒屋」喝到飽來抵吧。話雖如此，正太郎叔叔是老爸的學長，平常也深受他多方照顧，又是小珠的爸爸，而且據說以前又是滿危險的那種人，所以我也只能拿著話筒挺直腰桿答「是」。

然後，隔天，我到古館先生家去看「CARRY」的情況，他一見到我就將鑰匙遞過來說：「開走吧。」

「欸……車子，動不了吧？」

「是啊～動不了。」古館先生說著咧嘴一笑。「是雨刷。」

就這樣，我就從古館先生那裡，直接將交給我的「CARRY」開回這個車庫。然後緊急從廠商那裡調到故障的雨刷根部零件，剛剛才修理好。

據小珠所說，這輛「CARRY」就以「動不了」這樣的理由，被正太郎叔叔用五圓接收了。說到底，其實就是跑腿宅配車的師父傳給弟子的貼心禮物。

小珠發現後，打電話給古館先生道謝，師父也對她提出了幾項要求。

如果用這輛「CARRY」重啟跑腿宅配車的話……就要將古館先生非常重視的販賣點之一養老院「望洋苑」列進巡迴路線中。到那裡去的時候，一定要為輪椅婆婆買好水羊羹帶過去。還有，正太郎叔叔常會幫忙製作甜甜的玉子燒，那個也要帶過去。去的時候，讓古館先生坐在副駕駛座一起去。據說，他提出了這些條件。

「壯介，謝謝。」

小珠熄火後，從駕駛座下車過來。

「喔。」

「小珠，車能修好，真是太好了呢。」

發出甜美聲音的是剛擺脫繭居生活的真真。獨自出遠門畢竟還做不到，不過至少早晚已經能試著在那附近隨便走走，或騎著腳踏車來我們家車庫玩。這已經是很大的進步了。那像是奶油水果蛋糕的甜甜裝扮，也比以前慢慢收斂了很多。

「嗯，這麼一來，跑腿宅配車就能重出江湖了……先不說這個，真真，妳聽我說，今天早上夏琳她啊……」

小珠似乎還是與夏琳不對盤，常常抱怨對她的不平不滿。但是，感覺與以前有一點不一樣。

每當小珠提起夏琳時，不論是好話或壞話，感覺上都是毫無顧忌的。有時候，前一天才以讓人暢快的感覺對她讚不絕口，隔一天又把人家批到一文不值，但是不論什麼情況，小珠的表情感覺上都是神采奕奕的。

「我問你，壯介你覺得怎麼樣？」

突然被點名的我雖然有些畏縮，不過姑且還是說出了真真前一陣子教我的資優生回答。

「啊～嗯。感覺上可以理解。真的，小珠辛苦了。」

簡單說來，據說女人這種生物呢，只要對她展現有所共鳴的態度就好。不然，要是一不小心認真思考，提出解決方法，反而可能被罵，到時候就麻煩了。另外，真真還教我像這種時候，另一個有效的說話訣竅。

「話說回來了，新的『CARRY』接下來只剩貼美容膠帶，用噴漆彩繪就完成了。小珠，這次的設計想怎麼弄？」

據說，像這樣扔出其他開心的話題就好了呢。

「啊，嗯～要怎麼弄呢？」

看，心情馬上就變好了吧。小珠微微歪頭，表情像在眺望將來。那一定是，閃閃發亮、光明燦爛的未來。

「說吧，別客氣喔。我一定會幫妳把車子做成完美的『作品』的。」

「嗯，我知道。但是啊，上一輛的設計真的很酷，要是做成一樣的，感覺好像又會出意外，也不吉利，所以這次就保留白底，加個商標進去就好了吧。」

「喂喂，沒有在用白色的吧。」對於親手創作的我而言，那樣實在不過癮。我想享受創作的成就感啊。「小珠的跑腿宅配車啊，已經有了祖母綠的既定印象了唄。所以說呢，還是用同色系的比較好唄。」

「欸～為什麼是壯介決定呢？明明是我的車耶。」

「雖然是妳的車，不過也是我的作品耶，至少不要用白色啦。」

真真輪流望著相互爭執的我們，咯咯發笑。

就在這個時候，小珠的手機響起。她從據說是從城裡購物中心買來的柿紅色外套口袋拿出手機看了看，隨即皺著一張臉說：「喔，是夏琳啦。」

即使如此，她還是心不甘情不願地接了電話。

「啊，喂？嗯。是啊，在壯介這裡。欸？我哪知道啊。現在在修理『CARRY』還有討論設計。欸？是吧。我？我是說就用白色，加個商標就好……欸？啊，嗯，對。不是啦。那，夏琳覺得呢？欸？嗯、嗯。」

接電話前，明明是愁眉苦臉的，結果說著說著就與夏琳討論起設計來了。這兩人的關係，就是這部分轉變了。

「啊，那個，好耶。好主意。夏琳，妳偶爾也會說好話嘛。」

才不是，「偶爾」喔。常常說喔……

夏琳對於小珠沒禮貌的話語提出抗議，從手機可以聽見她隱約傳出的聲音，我與真真看向彼此都笑了。

「啊～嗯，是啊。我覺得那也很好。欸？ＯＫ，明白了。就那樣？嗯。那我會買回去。好喔，拜拜。」

結束通話的小珠雙眼，明顯閃耀光芒。

「壯介，新『CARRY』的設計，決定了。」

「喔，怎麼樣？白色我可不接受喔。」

「啊哈哈，知道啦。這是夏琳的點子，說想將四葉幸運草設計成圖案加進去。還有，車斗的車廂部分畫成一圈圈捲起來的蝸牛。」

「那什麼東西啊？」

我完全掌握不到那個意象，不過真真似乎聽懂了。

「欸，那應該會很可愛呢。我覺得很棒。」

這該不會，也是真真的共鳴策略吧……我才這麼想而已，小珠隨即很開心地說起這個設計的決定性理由。

「四葉幸運草呢，是以靜子奶奶寄來的幸運桌布畫像為靈感。簡單來說，就是快樂的象徵。然後，蝸牛呢，意思是這次一定要注意安全駕駛。」

「那是夏琳說的？」

我這麼一問，小珠滿臉幸福地眯起雙眼。

「嗯。」

「真真，腦海裡已經有那個設計意象了嗎？」

「欸？我嗎？」

「嗯，對。」

「這個嘛，要說有也算有……吧。」

「是嗎。嗯，那幫我畫張意象圖吧。我再根據那張圖從各方面去構思。」

「嗯。」

要是不久之前的真真，應該會沒什麼自信地反問說：「欸，那個，我來做，好嗎？」現在則是二話不說，一口答應。所謂的女人，好像是三月不見，就會讓人刮目相看的生物耶。

啾～咿、啾～咿。

車庫前的道路對面樹枝上，突然傳來棕耳鵯的叫聲。我們三人不約而同循聲仰望。棕耳鵯正在啄食莢蒾熟透的豔紅果實。視線繼續往上移動，就是一片感覺幾乎可以穿透看到太空的澄澈藍天。

「天氣好好喔。」我這麼呢喃後，走出車庫屋簷下。

兩個女生也跟上來。

「天空藍到好像可以看穿過去呢。」

小珠說。

「很快就是聖誕節了耶。」

真真流露夢幻眼神。

山上一陣冷風吹下來，眼前的樹木隨之沙沙低語。

棕耳鵯再次活力十足地鳴叫。

沒有半點聲響，靜靜飄浮在藍天上的雲朵，呈現類似純白羽翼的形狀，緩緩朝東邊流動。

我再次這麼想。

這個鄉下地方的空氣與水，與我契合極了。

一定與小珠、真真也同樣契合。

我朝藍天伸出雙手。

「嗯。」一聲舒服地伸懶腰。

於是，想起了這麼一句話。

「撥開綠意深入再深入，眼前仍是青山。」

的確，是這樣的句子沒錯。

「嗯。那是什麼？」

小珠微微歪頭。真真也以有些不可思議的眼神望著我。

「山頭火的句子。」

「種田山頭火……是個流浪俳人，對吧？」

愛看書的真真，果然學富五車。

「嗯，對。那是去年的事吧……有個開著『HIACE』舊車改造而成的露營車，流浪全國的前國語教師大叔啊，旅行途中經過我們家。他說引擎狀況怪怪的，拜託我們修。好像是姓杉野，眼神看來兇兇的大叔呢。然後呢，當我忙著幫他修理的時候，他就教我剛剛那一句。聽說是很符合這一帶美麗群山的句子喔。」

「喔～」兩個女生異口同聲。但是兩人臉上也都寫著「沒什麼興趣」。

證據就在於，小珠隨即轉換了話題。

「話說回來了，我最近從理沙姊那裡聽說一件事耶。」

「欸？聽到什麼了？」

這次輪到我微微歪頭了。

「嗚呼呼呼。」

小珠輪流看著我與真真，開始奸笑。

「壯介跟真真，一起在工作吧？」

「欸？是啦。就跟之前講的一樣啊。」

裝傻的我，看向真真。她的雙頰早已染上一片粉紅，低垂著頭。真是個不會說謊的人耶。

「我在做車體的設計彩繪，真真就把相片數據化，用來做網頁或宣傳囉。然後呢，除了實物照片之外，也做了很多設計範本圖案，放在上面，讓顧客挑選。那種工作，很有意思唄。」

小珠聽著我的說明，還是不停奸笑。

「很有意思喔。而且，真真跟壯介可以一起做，真的棒透了啊。」

「……」

感覺上，好像完全穿幫了。正當我還在思考到底該說什麼、怎麼說時，沒想到真真竟然開了口：

「我問妳喔，小珠。」

「嗯？」

「妳早就知道了吧？」

「知道什麼？」

「我的心意……」

「嗚呼呼。是吧。」小珠說著，朝真真送了個秋波。「國中那時候，就知道啦。」

「所以，那一天才會把壯介帶到我家來？」

「答對了！」

「咦？」

原來，一開始硬要拉我去當時還在繭居的真真家裡，是這麼一回事啊。我現在才知道。

「帶他去是正確的呢。最後才能變成這樣啊。」

小珠說著用手肘戳我的手臂，一邊嘲弄我說：「是不是？是不是？」

「幹嘛啦，不要這樣喔。話說，那些事情我當初可是完全都不知情喔。我說妳啊，幹嘛那麼雞婆呀？」

我為了掩飾自己的難為情，用有些粗魯的語調這麼一說，小珠隨即一個轉身往回走，來到第二代「CARRY」前面，背部就直接靠在車上。

啾～咿、啾～咿。

棕耳鵯高聲鳴叫，凜然冬風吹動小珠的馬尾。

「想要我告訴你嗎？」

「欸？」我說。

「想知道我雞婆的理由嗎？」

我望向雙頰從粉紅轉成豔紅的真真後，微微頷首。結果，小珠流露彷彿南國陽光的笑容，這麼說。

「這是在積陰德呀。我可是恪守葉山家的家訓呢。」

岡林千代子

新年過後，到今天正好兩個半月。

從以前就怕冷的我，脖子上的圍巾繞了一圈又一圈，獨自走在青羽川沿岸道路上。仰望的天空，晴朗得沒有一絲瑕疵，不論任何部分都是那麼高遠。從上游吹來的冷冽河風，飽含山上腐葉土芳香氣味。

一步、一步，又一步，我如同枯木的雙腳往前邁出腳步。

不論再怎麼走，田野廣闊景致幾乎沒什麼改變，但我死去的摯友曾教我，緩緩慎重前行這件事本身的喜悅。所以，即使是年邁的雙腳，我也不覺得麻煩，一步接著一步往前邁出步伐。

說起「幸福的真諦」，就是隨時保持好心情吧……

不論發生什麼事，都是好心情。

那很重要。

不，光那樣就夠了。

為了隨時保持好心情，必須仔細尋找日常生活中瑣碎的事物或現象，將之掬起，專注凝視，品嘗自己內心當下的變化。例如，如果在路邊發現雜草的花，說著「好可愛喔」，好好欣賞，深呼吸一次。光是那樣，心情就能稍微好一點。天空如果是藍的，好心情；飯煮得很飽滿，好心情。城裡的兒子寄了電郵來，就算那是暌違一個月的訊息，好心情。

像今天這樣，能眺望清流緩緩散步，心情非常、非常好。

好心情的「原料」，身邊俯拾即是。一個接一個不停去收集，仔細吟味。所謂的「幸福」，就是那麼一回事喔，這是重要的摯友教我的。

所以，我只要能走，就會持續邁步向前。

往前走、去看，去感受。

就是要毫無顧忌地頻繁使用這副已經用舊的身體，嘗盡這世上無數的好心情呀。就算是老邁的雙腳，也還是能派上用場的。

我正在思考這些時，慢慢地可以看到目的地的溫泉設施了。

只要豎耳傾聽，就能聽見從遠處河流下方隱約傳來音樂。我還是少女時期流行的那首曲子，緩緩、緩緩接近了。

小小的車子很快就要來了。繪有四葉幸運草圖案的小貨車。這裡的老人全都親暱地叫那輛車「蝸牛」。

我走進溫泉設施的停車場。

那裡已經有十幾個熟面孔，正引頸期盼「蝸牛」到來……隨處都能見到綻放的笑容。

我逐一與那些笑容互相打過招呼。

千代子、千代子婆婆，感受呼喚我的人們聲音中的溫暖。

深刻感受到的，好心情。

清流的潺潺水聲、凜然的澄澈空氣、冬天的朗朗青空。

當初嫁到這小小的窮鄉僻壤，拚命將孩子拉拔長大，正想稍微喘口氣時丈夫先我而去，而去年，摯友也先我而去。

人生，不論任何時候都不簡單。

即使如此，現在有「蝸牛」會來。而在「蝸牛」來到的場所，總會聚集無數的笑容。

還有，我也不知道還能在這個讓人萬分依戀的鄉下地方，呼吸新鮮的空氣多久。因為或許會像那位摯友，突然就必須面對大限之期的到來。

但是，另一方面，有些事我卻是很清楚的。

那就是，我直到臨終的那一瞬間，都不會再迷惘。

沒有絲毫迷惘，盡量懷抱好心情活下去。我是非常自然而然做出這個決定。所以，什麼心理準備，根本就不需要。因為只要非常淡然，肩頭放鬆，品味著這個世界一邊活下去就好。

很快，就能看到那位摯友為我們留下的寶貝的笑容了。

那如同南國太陽一般，明朗的笑容。

好了，今天要買些什麼呢……

我就像個少女，稍微感覺到怦然心動。

看哪。

潺潺流水聲中，活潑的音樂逐漸接近。

大家的「蝸牛」就要來了。

完

我在二十幾歲那時候，是個露宿野外的漂浪者。我騎著摩托車，成了斷線的風箏，玩遍日本國內的河流與大海。那時候我常缺錢餓肚子，所以時而垂釣、時而採摘山菜果實……充分學到了不用錢也能活下去的智慧與技術。如今回想起來，那種將整個人調整成認真自給自足的模式，才是無與倫比的奢侈「玩樂」吧。

一個人旅行很孤獨，所以我也常搭訕走在附近的婆婆，在帳棚前請人家喝茶。鄉下地方的婆婆好可愛，最棒了。低級的玩笑梗，也會捧場地哈哈大笑，彼此混熟了，還會請我享用當地的美味佳餚。

當我在深山清流河灘紮營生活一星期後，聚落裡的人就會來找我說「來住我家啦」、「來我家泡泡澡啦」，這雖然讓人感激，但是，有一次讓我留宿的爺爺一把抱住我的肩頭，在我耳邊低語：「跟我家孫女兒結婚，當我家女婿吧。」的時候，我真的是火速騎上摩托車，「咻」地衝下山逃離現場。

留宿在老夫妻家中時，我最喜歡在晚上彼此靜靜對飲，傾聽老爺爺與老婆婆的人生傳記。我就是在那時，藉此紮實地學到不論任何人，都會有一兩個能寫成小說的人生經驗這個道理。

回歸正題，曾經度過那麼一段瘋狂青春時代，很喜歡鄉下地方的我，從幾年前開始一直有個耿耿於懷的詞彙揮之不去。那就是「採買弱者」。人口過少的區域中沒辦法開車的老人家，因為每天的採買問題而苦惱，這也逐漸成為一種社會問題。但就在那時候，有則新聞突然吸引我的注意。據說，有個叫作東真央的年輕女孩，在三重縣的紀北町開創「移動販賣」事業，幫助聚落中的採買弱者，是一則很耀眼的新聞。她的事業名稱就叫作「真央的跑腿宅配車」。

對此很有興趣的我，立刻與責編一起去見真央。

真央是個淡定、沉穩，沒有絲毫「諂媚」，在現今可說非常罕見，擁有堅韌內在的女性。進一步說來，也是個美女、歌聲美妙，做粗活時臉色完全不會改變，而且還是個將家人看得比什麼都來得重要的善良女孩。

隔天，我請她讓我共乘「跑腿宅配車」貼身採訪，眼見顧客的爺爺奶奶將真央當作孫女一般疼愛，我就確信這個故事是能寫成小說的。我當時是想要從「跑腿宅配車」與「家人」這兩個切入點，嘗試探索生活在現代的我們的「幸福本質」。

在上述來龍去脈之下所完成的，就是這本書。書中的登場人物，與真實的真央還有顧客都有很大的出入。小說中，是將主角母親設定成沒有血緣關係的菲律賓人，實際上，真央母親則是日本美女。其中只有父親的角色，恕我寫得與某個真實人物有些相近。那個人過去很野，現在則是深受當地人喜愛的居酒屋招牌老闆。像這種擁有濃濃人情味的人，我真的是很喜歡呢。

執筆過程中，心情彷彿也沐浴於故事舞台青羽町（虛構的町）的清爽涼風中，總覺得想要再次踏上暌違已久的漂浪之旅。但是，這一陣子很忙好像做不到，所以至少想要藉由妄想來旅行。

當然，在腦海裡也會向可愛婆婆搭訕的。

森澤明夫

國家圖書館出版品預行編目資料

小珠的幸福宅配車 / 森澤明夫作 ; 鄭曉蘭譯 .
-- 初版 . -- 臺北市 : 臺灣角川 , 2018.03
面 ;　公分 . --（文學放映所 ; 108）

譯自 : たまちゃんのおつかい便
ISBN 978-957-564-118-4(平裝)

861.57　　107000888

小珠的幸福宅配車

原書名＊たまちゃんのおつかい便

作　　者＊森澤明夫
封面插畫＊げみ
譯　　者＊鄭曉蘭

2018年3月26日　一版第1刷發行

發 行 人＊成田聖
總　　監＊黃珮君
總 編 輯＊呂慧君
編　　輯＊林吟芳
美術設計＊邱靖婷
印　　務＊李明修（主任）、黎宇凡、潘尚琪

台灣角川

發 行 所＊台灣角川股份有限公司
地　　址＊105 台北市光復北路11巷44號5樓
電　　話＊(02)2747-2433
傳　　真＊(02)2747-2558
網　　址＊http://www.kadokawa.com.tw
劃撥帳戶＊台灣角川股份有限公司
劃撥帳號＊19487412
法律顧問＊寰瀛法律事務所
製　　版＊尚騰印刷事業有限公司
I S B N ＊978-957-564-118-4

香港代理＊香港角川有限公司
地　　址＊香港新界葵涌興芳路223號新都會廣場第2座17樓1701-02A室
電　　話＊(852)3653-2888